秦往 著

情圣雷恩

ZHENG JIU QING SHENG LEI EN

SH 中国言实出版社

图书在版编目（ＣＩＰ）数据

拯救情圣雷恩 / 秦往著 . —北京：中国言实出版社，2014.6
ISBN 978-7-5171-0629-6

Ⅰ．①拯… Ⅱ．①秦… Ⅲ．①长篇小说－中国－当代 Ⅳ．① I247.5

中国版本图书馆 CIP 数据核字（2014）第 131945 号

责任编辑：陈昌财

出版发行 中国言实出版社
　　　地　　址：北京市朝阳区北苑路 180 号加利大厦 5 号楼 105 室
　　　邮　　编：100101
　　　编辑部：北京市西城区百万庄路甲 16 号五层
　　　邮　　编：100037
　　　电　　话：64924853（总编室）　　64924716（发行部）
　　　网　　址：www.zgyscbs.cn
　　　E-mail：zgyscbs@263.com
经　　销 新华书店
印　　刷 北京市玖仁伟业印刷有限公司
版　　次 2015 年 5 月第 1 版　　2015 年 5 月第 1 次印刷
规　　格 787 毫米 ×1092 毫米　　1/16　　18 印张
字　　数 264 千字
定　　价 32.00 元　　　　　ISBN 978-7-5171-0629-6

目 录
CONTENTS

01 初遇雷恩 / 001

02 稿件被毙 / 004

03 我是怎么当上记者的 / 011

04 记者的荣耀与惆怅 / 016

05 紧急会议 / 020

06 记者"大神" / 024

07 "陈鲁豫" / 029

08 寻找雷恩 / 033

09 跟踪 / 037

10 代笔挨批 / 041

11 初步接触雷恩 / 046

12 "钟抄抄"被人粘上了 / 052

13 "有记者跳楼了" / 055

14 丑人与好人 / 061

15 雷恩的故事——求学 / 066

16 约悠悠吃晚餐 / 071

17 雷恩的故事——爱情 / 076

18 雷恩的故事——落魄 / 083

19 社会反响 / 089

20 为悠悠炮制假新闻 / 092

21 "钟抄抄"的尾巴 / 096

22 扶不上墙的雷恩 / 101

23 向悠悠求爱 / 108

24 "罗战神"的猛料 / 113

25 "摇钱树"是"妓者"？/ 119

26 给雷恩相亲 / 124

27 陪雷恩散步 / 130

28 悠悠要见雷恩 / 136

29 "钟抄抄"打人 / 141

30 悠悠回家过年 / 146

31 父子谈话 / 148

32 意外惊喜 / 155

33 爱情之夜 / 161

34 再遇钟正操 / 167

35 可怜的雷恩 / 172

36 做不了"坏人" / 177

37 暗访 / 182

38 进局子了 / 189

39 雷恩自残 / 195

40 要给雷恩变性 / 200

41 骗父母八万 / 205

42 悠悠辞职了 / 210

43 美丽的雷嫣 / 216

44 学做女孩 / 221

45 雷嫣上班了 / 225

46 悠悠生气了 / 230

47 寻找悠悠 / 235

48 冯哥的困顿 / 240

49 援救"罗战神" / 244

50 又揭开一起大案 / 248

51 落魄三兄弟 / 254

52 三个大红包 / 260

53 雷嫣的困扰 / 264

54 钟正操栽了 / 268

55 我和悠悠的结局 / 274

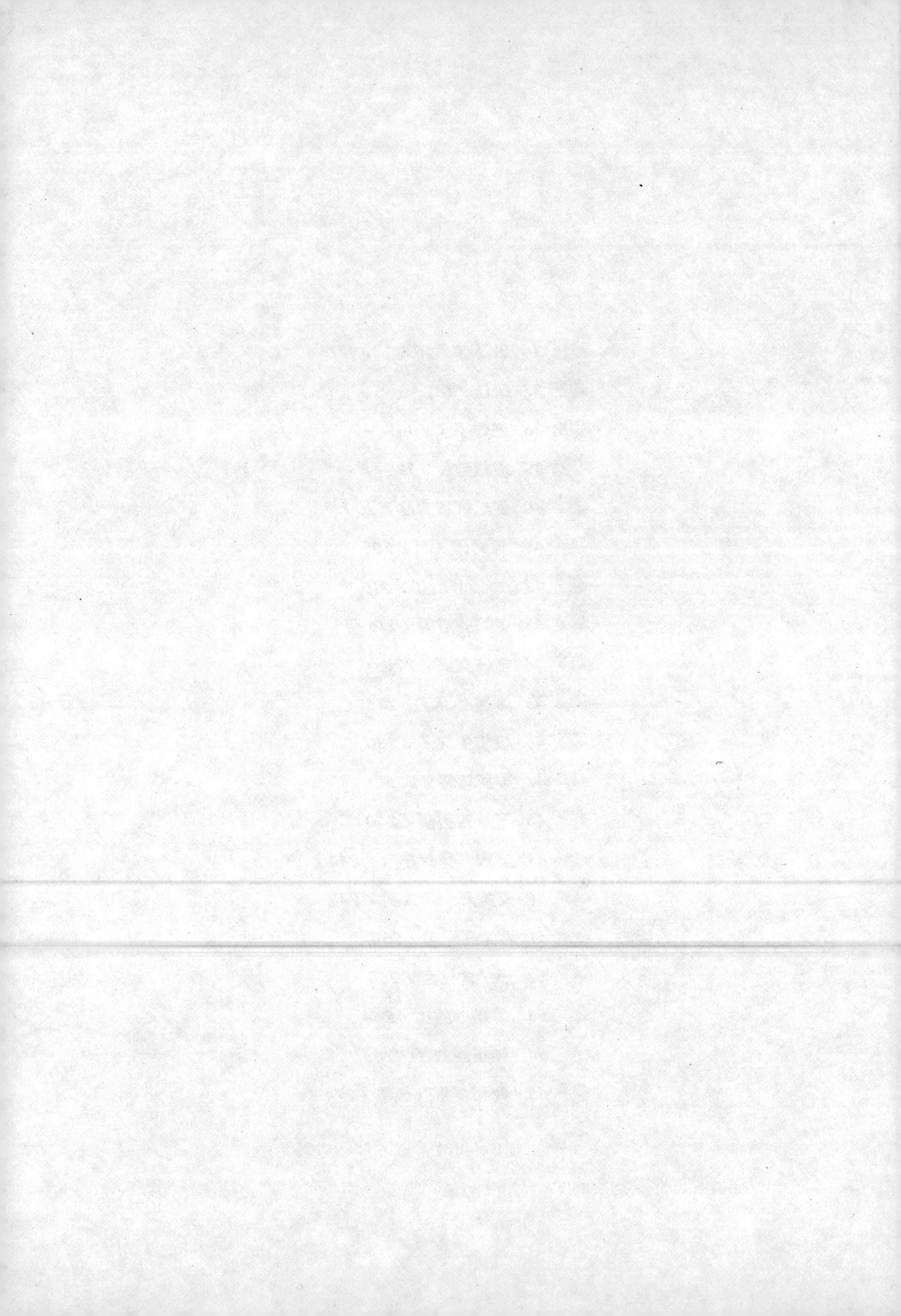

01 初遇雷恩

他们是这个城市的失业者、失意者、落魄者，处于人生的最低谷，靠捡些废品卖点钱维持生活

"周力波，稿子写了没有？"

这是下午五点半，我们《吉都都市报》编辑中心主任汪含健（我们记者私下里称他"汪汉奸"）打我的手机。

每次听到"汪汉奸"在电话里呼我的名字，我都要不由自主地四下张望，担心周围的人听见，尽管手机里的声音除了我谁也听不到。没办法，本人跟时下某个大名人的名字同音了，这是一件痛苦的事。每当走在大街上，遇到熟人，被人喊一声"周力波"时，方圆一公里的人都扭过头来看我，一副要对我围观的架势，让人心惊肉跳。久而久之，我产生条件反射了。

"还……在回报社的路上。"我气喘吁吁地回答道。此时我正踩着一辆快用光了电的电动车，艰难地奔走在离报社还有二十公里的群众路上。

"超过六点半还没回来，你就不要写了！""汪汉奸"撂了电话。

太盛气凌人了。

没办法，谁叫我是一名才入行的小记者呢，在吉都报，小记者的地位可能只比校对高零点一厘米。有时候，校对也敢抄起电话朝你骂娘呢。

"周力波，你这狗娘养的，写的什么稿子啊，错字连篇！"这样的话我听

得耳朵都起老茧了。

谁写稿没有错别字呢，是不是？记者更难免，因为记者每天得在晚上八点半之前交稿，采访了一天回来，人本来就累了个半死，还要构思，还要打字（我使用的是拼音打法，偏偏汉字同音字又多），一边写稿还得一边看时间，要是没有错别字那就见鬼了，可责任不能全怪我吧，不还有版面编辑审稿嘛（不过，编辑偶尔还把正确的字改成了错别字呢）。但校对不敢骂编辑，只有拿我等小记者来撒气。

下午五点半，正是编前会开罢之时。在编前会决定了版面内容后，性格刚烈（不是"肛裂"哦）的"汪汉奸"便开始——落实交稿情况，已交稿或正在写稿的记者，会受到夸奖，得到一朵想象中的小红花；还没写稿的，会被骂一顿（你可以想象一盆脏水朝你泼来），之后编辑们三五成群鱼贯而出，一路说笑着，找个小饭馆，点几个小菜，喝几杯啤酒，优哉游哉。六点半左右，酒足饭饱回到报社，开始编稿。

而我等小记者，这时候哪有时间吃饭，除非你只有三百字的小简讯可写，否则这个时候，你不是在电脑桌前埋头苦干，就是在奔向电脑桌的路上。如果你一天只有个把小简讯可写，每天是可以正常吃饭了，可到了月末，你就喝西北风去吧。

记者是按工分领薪水的，所发稿件按字数或重要性（是否重要由编委会决定）打分，到了月底，你得多少分，就领多少钱。在我们吉都报，一篇三百字以下的稿件只有一分，一分折合人民币二十五块钱。如果你一天只得一分，到了月底，你只能领七百多块钱，加上五、六百元的基本工资，也就一千三左右。这点钱在你交了房租（房子面积还不能超过三十平米）后，只够餐餐喝稀饭。更要命的是，每个月要七十分才算完成任务，如果你连续三个月都达不到七十分，自觉一点，自己收拾办公桌抽屉里的变形金刚、A片碟滚蛋吧。

所以，你每天挣的工分起码在二点五分以上，才能在报社待下去，才能在吉都生活下去。每天都要写三条简讯或一篇八百字以上的稿件可不是一件容易的事。尤其对于我，更加不容易，因为我是个才入行的新记者。

闲话少说，还是赶紧往报社赶吧。

屋漏偏逢连夜雨，电动自行车的电量表亮起了红灯，转眼间变成了人力自行车，尽管双脚不停地用力踩踏板，可它如在原地踏步一般，一辆辆自行车从我身边飞驰而过。我搞不明白，电动车产家为什么要把它的人力装置设计得这么费劲而又走得这么慢，是为了告诫车主出门前一定要记得把电充足吗？

走了大约十公里后，我汗流浃背，腰酸腿胀，不得不停下来歇一会儿。我站在街边一棵香樟树下，掏出一瓶冰红茶，咕咚咕咚，一口气喝下了大半瓶。

突然感觉左边有点不对劲，扭头一看，距离我不到一米的地方，一个男人正看着我，把我吓了一跳。

是的，吓了一跳。虽然我是个男人，他也是个男人，我还是被吓了一跳。因为他就像是变魔术变出来的，悄无声息就站在了我身边，我都无法确认他是一秒钟之前还是两秒钟之前站在我身边的，是走过来的，飘过来的，还是从地底钻出来的。我扫了一眼他身后，想寻找他来到我身边所留下的轨迹，例如一串脚印，一条拖痕，一溜烟雾，一撮土，但什么也没发现。

我又扫了他一眼。乍一看，他是一个很帅气的人，年纪大约三十岁，白白净净，文质彬彬，高高瘦瘦如玉树临风。他身着一套灰色西装，但很陈旧，估计进城农民工都会嫌它旧，而且西装经过了N次水洗，皱皱巴巴的。

这人的形象和他的服装太不搭了，我不由又看了他一眼。细看之下，这人却有一种慵懒的神态，他无精打采，面无表情，身体一动也不动，不说话，默默地站着，像看你又像没看你，目光低垂，让人感觉他不是在看我的脸，而是在看我外衣上的第三颗扣子。

我低头看了一眼外衣上第三颗扣子，没发现异常，我望着他，有些纳闷，问："你……干嘛？"

"先生，你的空瓶子可不可以给我？"他客气而羞怯地问。

"你要瓶子干什么？"我脱口而出，但马上就明白了，他是个捡废品的，等着收我的瓶子。我这才注意到，他右手提着一只塑料袋，鼓鼓囊囊，像是装了不少空瓶子。

在吉都市的街头（在其他城市想必也一样），偶尔可以看到这样的人，他们有男有女，有老有少，或踩自行车或步行，提一只小袋子，或背着一只大编织袋，从一个垃圾筒走向另一个垃圾筒，从中翻找空饮料瓶、冰淇淋盒、废纸、钞票、黄金之类的东西（后两类估计很难找到）。他们是这个城市的失业者、失意者、落魄者，处于人生的最低谷，靠捡些废品卖点钱维持生活。

不过那些捡废品的，明显能看得出，都是些进城打工者、低文化者，像眼前这样一个帅气、书卷气的拾荒者，我第一次见到。我估计这人起码有大学文化，否则难以炼就这一身书卷气。这么帅气、这么高文化为何沦落到捡废品的地步？像我，不是学新闻专业的，也不帅气，还弄了一份记者的工作呢。

身为一名记者，我对他产生了好奇心，不过没有往深处里想，因为此时占据我头脑的事情，是赶快回到报社写稿。我把最后一点水喝完，把瓶子递给他，之后骑上人力电动车，继续赶路！

♥ 02 稿件被毙

市民跟市民吵架是社会新闻，市民跟广告客户吵架就不是社会新闻了

下午六点二十五分，我终于回到报社，路过编辑中心时，往里瞄了一眼，发现"汪汉奸"不在（估计还在小饭馆喝着小酒），心里竟生出小小的窃喜。因为，若是被他发现，肯定会挨第二轮骂。

走进我们社会新闻部，只见黑压压一片人头，敢情都还在埋头写稿哪。我也顾不得喘口气，直奔到我的写字台，打开电脑，趁电脑开机的间隙，抹一把满脸的汗水。

我想，如果到明年能存下点钱，一定买台笔记本，这样就不用大老远赶回报社写稿了，不管在哪个地方，采访完了，就地找家咖啡馆或茶庄，坐在卡座里，一边品尝香飘飘的咖啡或龙井，一边写稿。写完了，摸摸鼠标，稿件就飞进编辑中心稿库了。之后，晃晃悠悠地回报社，多省心。

不胡思乱想了，倒计时，7，6，5，4，3，2，1——开始进入状态。

我写，我写，我不停地写。

脑细胞飞速地碾压，榨出一行行汉字，我用键盘把它们导入到WORD文档上。

我越写越顺，文思泉涌、妙笔生花。虽然是采访稿，可我记性好，采访的东西记在了采访本上，同时也记在了我脑子里，写稿时不必频翻笔记。我十个手指在键盘上如跳舞一般叮叮当当，我差点和着敲键盘的声音欢快地哼起小曲来。

"好大一篇稿。""罗战神"路过我身边，拍拍我的桌子说，估计这小子完稿了。

"别吵。"我埋头写稿，不想理他。我得赶紧写，这篇稿没有两个小时是写不完的。

过了一会儿，又有一个人写完稿从我身边经过，他搋搋我的肩膀，说："嗬，猛料！"是"钟抄抄"。

"别吵。"我继续干我的活，谁也不想理。

八点十分，二版编辑王勃打电话问我写什么稿，写得怎么样了？编辑的电话得理睬一下，我中断写稿五秒钟，告诉他，最多还有十多分钟就写完了。

八点三十五分，一篇两千字的新闻稿成形了。精彩！我给了自己一个夸奖。我想，得个十二分应该没问题吧，今天是十一月一日，当月第一天，就得十二分，是个良好的开端。上个月才得八十分，丢人哪；有这篇稿打头，这个月超过一百分应该没问题，超过一百分后工分就按双倍计算了。

我又花了十多分钟，把稿件梳理了一遍，改掉了十几个错别字，然后心满意足地将它送进了稿库。

下楼吃饭。刚才干活的时候一直不觉得饿，现在闲下来了，只听见肚子咕咕地叫，像有一只水怪在里面翻腾。已是晚上九点，有谁还没吃晚饭？恐怕有人开始吃夜宵了，可是我等小记者，从中午一直饿到现在呢。

走出报社大门，附近有一家名为"红玫瑰"的快餐店，我走了进去。点菜台的盘子大都空了，只有两个盘子里还剩一点菜，被服务员拢在一角，像一小堆垃圾；盘子下层用来保持温度的水也不见冒气。点菜员和收银员都没了人影，估计她们对能不能卖掉这最后一点菜已经没有信心了，干脆离岗玩去。

快餐店这种情况我已经见得多了，习惯了，适应了，我高喊一声"点菜"！两个姑娘从里间跑了出来，我把最后两个菜一扫而空。

我索性再要了一瓶啤酒。我想，现在回出租屋也没事做，睡觉又早了点，去哪里玩又晚了点，干脆慢慢吃，犒劳一下自己。其实我心里也担心着稿件，两千字的稿件哪，还需要修改的可能性很大，如果早回家了，到时候又被叫回来，多麻烦。我住的地方离报社有十多公里呢。

心里想着事，果然就有事。快餐还没吃完，我就接到了"汪汉奸"的电话，"周力波，你马上给我滚回来！"

听这口气，我意识到有麻烦了，幸亏早有心理准备。

我以刘翔在赛场上的架势飞奔，越过熙熙攘攘的大街，越过报社大门口的栏杆，越过报社大厦楼梯的一级级台阶（电梯正在顶层），一口气冲到"汪汉奸"跟前，"汪汪汪……汪主任，找我什么事？"

"不是我找你，是莫总找你。""汪汉奸"没好声气地说。

看来情况有点严重，我心里慌张起来，可是我不明白问题出在哪里，我的稿子这么猛的料，能有什么问题？如果有问题，首先"汪汉奸"这一关就过不了。到莫总手上已经是版面大样，有问题也是只有高层才能发现的问题了。难道是我偷梁换柱的问题？看稿件要看质量嘛，非得先经报题会同意才能写吗？

我报记者采访新闻，按照工作流程，一般是先把题材报给部门主任，部门主任再报给采访中心主任，由中心主任汇总交给早上的报题会，之后由报题会决定可不可以写。今天的采访，是部门主任柳得华（部里的记者称他"得花柳"）安排给我的，但我没有按任务去写，自己临时找了个题材。

是这样的：昨天下午，社会新闻部新闻热线接到一个报料，说光华路的吉丰化工厂，每天早上都偷偷排放污水。昨天编前会上，老总们觉得这条线索可以做，"得花柳"就把任务派给了我。今天早上，我起了个大早，赶去三十公里外的吉丰化工厂，在它围墙外的排水口潜伏下来。为了不让厂里的人发现，我钻进了刺蓬里，如鹅一般大的蚊子在我头顶上乱飞，在我身上乱咬，我仍岿然不动，我把自己想像成电影里那些能忍受千难万苦的英勇侦察兵。

可是奇了怪了，我一直守到中午，它排出的水都是清悠悠的，能照得出我清瘦的面孔。不过，承纳这些水的小溪岸边，残留着不少污渍，可以看出曾经排过污水。可曾经是曾经，新闻要做的是抓现行。难道报料人恶搞我们不成？我打报料人的电话质问，报料人赶过来了，他打开数码相机，给我看照片，称绝不撒谎。我看照片确实是在这里拍的，也就不怪他了。也许化工厂今天不开工，也许此前它的污水处理设施坏了，不得不排污水，今天早上修好了，就不排污水了，我却很不识趣地赶过来了。

我只好自认倒霉，白跑一趟，可心里老大不甘心。就像出租车司机，每天一睁眼，头上就顶着公司的二百块钱"份钱"，我们当记者的，每天一起床，头上就顶着报社的二点五工分。今天不写一篇新闻稿，就等于明天得多写几篇，压力山大啊。

肚子里没有料，我只有"扫街"了。

"扫街"是传媒业的行话，意即到大街上找新闻，找街头新闻。"扫街"对于记者来说，是最无奈的事——毫无目的，满街乱窜，找不找得到新闻心里一点底也没有，即使找到了，也多是些不痛不痒的报屁股新闻。可是"扫街"对于我们社会新闻部记者，却是不得不经常做的事。

我报共有六个采访部门，采访中心下辖时政新闻部、政法新闻部、社会新闻部、机动新闻部，另有采编合一的文体新闻部、专刊中心。时政部、政法部每个记者都有五六个机关单位（业界称为"口岸"）对应，记者每天早上到这些部门转一圈，基本上都有料可写；机动部主要写外地新闻、策划新闻，基本上都是领导派工；文体部、专刊中心以编版面为主，每人一个月的采访任务只有二十分，轻轻松松。

而我们社会新闻部，记者们只有一两个"口岸"，现成的料不多，主要新闻线索来源就是那两部热线电话了。如果这一天新闻报料多，记者们不愁没新闻写，可一旦没什么报料，只有各自出去"扫街"了。

离开化工厂，在回市区的途中，我一路走，一路东瞅西望，渴望发现点什么。经过"心家园"楼盘时，挂在楼群半腰的密密麻麻的白色条幅映入眼帘，让我惊诧不已。

这是一个似乎还没有竣工的楼盘，因为整个楼盘主要的几栋二三十层的高楼，连外墙的脚手架都还没拆。在我的印象里，悬挂条幅一般都是在某个项目开工、竣工而庆贺的时候，而且条幅应该是红色的，为什么这里的条幅是白色的？好奇心驱使我冲进楼盘一探究竟。

一进小区，便发现这里聚集了成百上千的人，如赶集一般热闹，嗬，还有警察呢。细看条幅内容，更让人振奋，如"一房多卖，国法难容！""请人民政府为我们做主！""欺骗业主，丧尽天良！""无良开发商，还我血汗钱！""我们无家可归，我们伤痕累累！""坚决不接受黑心房产商的道歉！"

房地产新闻归专刊中心负责，所以我对房地产方面几乎没有接触。但眼前发生的事应该不属经济新闻、行业新闻，而是社会事件，购房户维权嘛，这当属社会新闻范畴。如此大规模的维权活动极为少见，看来我遇上猛料了！我精神大振，大脑急速运转，思考如何开展采访。

购房户得知我是记者，纷纷围住我，七嘴八舌，向我控诉房产商的欺诈行为。原来，"心家园"从前年开始兴建，当初开发商把楼盘吹得天花乱坠，诸如"面朝大海，春暖花开"（这里离海不远）、"朝五晚九，日月相伴"（指每天早上、晚上都可以看到太阳、月亮从海面升起来）、"心灵的家园，诗意的栖居"，楼盘一时成为购房热点。预售那天，场面火爆，市民们蜂拥而来，在小区里搭起帐篷安营扎寨，全家人轮番上阵连夜排队预订，市民排队过程中还时不时发生打架事件。不到一个星期，整个楼盘就预售完。但是，从去年下半年开始，楼市价格猛涨，原材料价格跟着一路飙升，导致成本大增，眼看开发此楼盘无利可图，甚至亏损，开发商便搞起"一房多卖"套取资金，而且原定今年6月交房的，如今连竣工都遥遥无期……

我一口气采访到下午五点多，想到要回去赶稿，才匆匆结束。我看到现场并没有其他报社的记者，这应该是我的独家新闻，值得做大！我初步决定明天、后天继续来采访，争取把它做成连续报道。

我信心满满，打算光做这条新闻就吃它三十分，然而，莫总一句话冷不丁呛得我信心顿失，还出了一身冷汗。

"你是不是想要本报倒闭？"莫总一见到我，劈头就问。

我接过莫总甩过来的大样看，只见我的稿件排在头版倒头条，放不完，还转二版。我脑子里不由估算了一下，如果这般登出来，得十二分绝对没问题。我暗骂自己，都什么情况了，还想着估分，估分上瘾了不是。

我战战兢兢地问："莫总，我哪个地方写得不对？"

"天上人间房地产公司是我们的广告大户，懂不懂？不该你写的东西不要乱写！"莫总猛一拍桌子，吓得我魂飞魄散。莫总平时以温和著称，找员工谈话时，手一般都是放自己腿上的，今天竟拍了桌子，看来真生气了。

"我以为是社会新闻……"我小心翼翼地辩解。

"市民跟市民吵架是社会新闻，市民跟广告客户吵架就不是社会新闻了，要不要送你去欧洲或者美国培训半年？"莫总斜视我，眼珠子里白多于黑，有些瘆人。

"莫总，对不起，下回一定注意。"我主动妥协。

不用说，我的稿子被毙掉了。

我悻悻地往外走，路过编辑中心门口，"汪汉奸"瞧见了，朝我伸出手，五个手指头晃了晃。我知趣地走到他跟前，他白眼看我，一脸阴气，"谁叫你写这个题材的？"

我说是扫街扫来的。

"为什么不报题？"

我本想说当时手机没电了，结果说成"电动车没电了"。

"汪汉奸"被逗笑了，但不到两秒钟又板起了脸，"你娘的，想陷害我是不是？全靠莫总晚上没喝醉酒。如果让你这篇稿蒙混过关了，明天见了报，你我都得死翘翘！"

"对不起，汪主任。世界这么大，谁想得到它是颗'地雷'呢。"

"汪汉奸"的食指隔着空气，朝我身上乱戳，"我警告你，以后不报题，写得再好也不发！"

我一边夹紧尾巴点头哈腰，一边倒退着出了门。一天里就挨了三次批，真是倒霉透了。

走在走廊上，又遇见了刚从卫生间出来的一版编辑陈龙，他一边扎皮带一边骂我，"周力波，你这狗娘养的，今天要是十二点半清不了样，罚款找你要！"

第四次挨骂了，我没好声气地说："稿件能不能用，你应该比我更清楚嘛，怎么能怪我。"

这颗"地雷"怎么会过关斩将，送到了莫总的桌面上？后来我了解到，原来当天下午陈龙有事请假，没有参加编前会，晚上他看到我的稿件，以为在编前会上通过了的（否则我加班加点地写它干嘛），所以就上版了，正巧当天没有重头稿，又把它当成了猛料放在倒头条。而"汪汉奸"，偏又上午没参加报题会，以为我这篇稿是报题会决定叫我去写的（否则我写这么长一篇干嘛），也没多问，结果阴差阳错，险出大祸。

去车棚取电动车时，我看到了"汪汉奸"的捷达小轿车，我不由来气，真想找把锥子，我捅，我捅，我捅捅捅，将它的四个轮胎全捅了。有什么了不起的，不就是当个编辑中心主任吗，就以为是莫总的代言人了？就以为是老二了？我承认你权力大，多少能决定我们记者的稿件上不上得了版，也多少能决定我们记者哪篇稿件得多少分，我承认你资历比我深，我承认你受老总宠爱，你尽可以在我们面前吹嘘，用得着这么嚣张吗？

03 我是怎么当上记者的

各地在招考公务员或招聘人员时，歧视条款多了去了，比如年龄不得超过三十五岁、身高不得低于一米几、要求硕士以上学历、要求毕业于211院校、要求性格外向，等等，这都向谁诉冤去？

两年前，我从吉都大学数学与统计学院基础数学与应用数学专业毕业。

吉大（不好意思，跟著名的吉林大学的简称重了）是一所三流大学，数学专业呢，又是冷门专业，除了中小学和数学研究机构，我想不出还会有什么地方要此专业毕业生，可吉大不是师范，去学校当教师基本无望；研究机构呢，又只要硕、博研究生。尽管毕业前夕，在学校的安排下跟一家企业签了就业协议，但这种协议只是为了学校的"就业率"而签的，跟我无关。离校那天，我两眼迷茫地出了校门。

"当初劝你不要报这个专业，你偏要报，现在知道不听父母言吃亏在眼前了吧。"父亲一边叹息一边抱怨我。

我自己多少也有些懊悔。当初不顾父母反对，坚持要读这个专业，是因为我酷爱数学，高中三年，我的数学成绩一直都是年级第一名。只是，我一头扎进数学里了，偏科严重，导致高考数学成绩虽冒尖，但总分却不高，结果只被吉都大学录取。当时我并不灰心，心想：不好就业有什么关系，我考研究生，考博士，当一名数学家，让人家争着聘请我，不惜付高薪、送房子。孰料大四那年，我心情骤转，一点也不想考研究生了。

唉，人有时候太由着自己的性子行事也不好。

要说多懊悔也没有，世界这么大，还怕没饭吃？找不到合乎专业的工作，我不可以做其他工作吗？人总不能在一棵树上吊死。

虽然给自己打气，不过非专业的工作一样不好找。你想，找非专业的工作，你一点优势也没有，哪竞争得过这个专业毕业的人？比如计算机程序员这个岗位，虽说我也懂编程技术，但用人单位更愿意要计算机编程专业的毕业生。

所以我找到的多是些给人打下手的、技术含量低的、被人瞧不起的工作，连快递员我都干过，我自己干得也很不如意，不断地跳槽，两年里竟跳了二十次槽，连我自己都惊讶。

父母对我一、两个月换一次工作，更是忧心忡忡，担心我这辈子一事无成，连自己都养不活，娶媳妇更无望。春节回县里老家过年，父亲郑重其事地劝我，"力波，还是回县里来吧，三月份县里招考公务员，你回来试一试，考上了，好歹是铁饭碗，一辈子不用愁了，安安稳稳过日子；考不上，你爱去哪去哪，我也不唠叨你了。"

我当时也有些心灰意懒，想，那就回县里试试吧。

春节后，我没有回吉都，买了一套公务员考试书，埋头学习。

果然，三月初，县里公布了招考公务员的岗位，我一眼就盯住了统计局的统计科员岗位，因为这个岗位要求与我学的专业吻合，我考上的把握应该极大。

很快，笔试成绩出来了，应考的十个人当中，我得了第一名，尤其是专业成绩比第二名高出三十分。

接着面试，我的面试分数虽不是第一名，但总分依旧高居榜首。我十分高兴，父母也很满意，一家三口都认为我当公务员是铁板钉钉的事了。

之后是体检。体检对于我来说，压根不是问题，因为两年的时间里我换了二十份工作，做哪份工作不先要体检？每次体检我都没有任何毛病。所以对这次体检，我一点也不把它当回事。体检前那个晚上我玩游戏一直玩到深夜一点钟，早上八点半才醒来，晃晃悠悠地赶去体检指定医院——县人民医院。

体检已开始了，我向领队要了表，跟在一群人背后，一项项做体检，半天就做完了。

三天后，我接到了县人社局打来的电话，叫我去局里一趟。我以为我通过了，局里叫我去办相关手续呢，兴致勃勃地赶去人社局，局办秘书将我领进局长办公室。

邹局长热情地叫我坐，还给我倒了茶，之后就面无表情了，他告诉我，我的体检不合格，血红蛋白的指标只有86，未能达到标准。按照《公务员录用体检通用标准（试行）》第三条，男性血红蛋白要高于90才算合格。

我当时就懵了。过了一会儿，我才梦醒似的，傻傻地问了一句："血红蛋白是个什么东西呀？"

邹局长微笑一下，说："血红蛋白偏低，就说明你身体不合格。"

"不可能！"我冲动起来，"我去年做过十多次体检，都没有说不合格的。"

"如果你不认可，可以要求复检。"

我说："我要求复检。"

回到家，我立即上网查，得知血红蛋白偏低，有可能是白血病的症状。我吓得不轻，怎么突然就白血病惹上身了？

第二次检查的结果更惨，只有76。我浑身无力，仿佛得了白血病一般。父亲问我体检结果出来了没有。前几天我一直没把这事告诉他，怕他承受不住。现在瞒不下去了，只得告诉他实情。父亲是个工人，也不懂血红蛋白是个什么东西，但不相信自己的儿子身体有问题。他想了一下，说："是不是我们没送礼，人家搞我们？"

我说："体检能做得了假吗？"

父亲说："这年头，没有什么东西做不了假。"

我说："如果要送礼，我情愿不当这个公务员。"

父亲又说："要不，我去走走关系。"

我说："你现在送礼也没用了，人家名额都已补上了，不可能又去得罪另一个比我们后台更硬的人。"

父亲叹气，"唉，都是这第一名让我大意了，我当初想，别人就是再走关系，也不可能把第一名挤掉吧。现在的人真是什么事都敢做啊。"

我为年过五十的父亲还这么纯朴感到无语。

我虽然对当公务员灰心了，可不想坐等潜在的白血病要我的命，得赶紧治病。县里的医院肯定是治不了白血病的，我去了吉都医学院附院。

血液化验单出来了，我看到血红蛋白的数据是135。

我奇怪了，这血红蛋白难道是只跳蚤，可以高高低低地跳跃？忽然一下蹿这么高，会不会是病情突然恶化了？我拿上化验单，忐忑不安地去了门诊部。

"你血液正常啊，哪有白血病，小伙子，不要自己吓唬自己。"医生对我说。

"那为什么我前两次体检，血红蛋白的数值那么低？"

"血红蛋白数值有波动是正常的，就像血压一样，你饥饿的时候，血压可能会低点，当你生气，或跑步时，血压可能会高点。当你休息不好的时候，血红蛋白也有可能会低一些，这跟有没有白血病是两码事嘛。有没有白血病，不能只根据血红蛋白这一项指标来判定。"

"既然不能只根据血红蛋白这一项指标来判定有没有白血病，为什么公务员招录仅这一项不达标就一票否决呢？"

"你问我干什么，你问国家公务员管理局去。"

我意识到我被涮了，我很生气。我并不是非要当这个公务员，可是你也不能吓唬我是不是？我回到县里，去人社局找到邹局长，把化验单给他看，邹局长说："不是我们的定点医院，一律不算数。"

"人家是大医院，还是吉都市公务员招录体检定点医院，怎么就不能算数了？"

"那你去考吉都市的公务员好了。"

把我气得如果眼前有只蚊子在飞，我一定拍死它；就是第一掌拍不中它，我拍一百下也要拍死它。我意识到跟他是讲不通道理的，我还得以证据说话。

我又去了县人民医院，我担心他们把我列入黑名单防备着，于是以化名再做了一次血液化验，这次的结果是116。我拿着化验单，雄赳赳地去找邹局长，我要看仔细点，看他的表情是怎么样的，我准备着对他的尴尬表情还以冷笑。邹局长接过化验单，只扫了一眼，就扔给我了，说："你拿别人的化验单给我看干什么？无理取闹嘛。"

我说："这名字是我的化名。"

"是不是你的化名我不管，反正化验单上的名字不是周力波。"

真是弄巧成拙，聪明反被聪明误，我只好认输。不过，也谈不上有多难过，我因体检不"过关"被刷下来再正常不过了。

县里的公务员当不成了，我又回到了吉都，继续寻找工作。

一天，我在街头买了一份吉都都市报，想看看上面有些什么招工、招聘广告，我看到了本报招聘记者的广告。我想，我干了二十份工作，倒还没干过记者呢，何不试试？

我本不抱多大希望，因为我学的专业是基础数学，而记者应该是需要中文、新闻专业的吧，起码也应该是文科毕业嘛，没想到我却被录取了。报名的时候人家根本不看我的毕业证，考试也很简单，问答题只是高中的难度，作文也只要求写一篇五百字以上的文章。我虽然高中偏科，大学学的又是数学，但这样水平的考试难不倒我，我的成绩竟进了前十名。接着是面试和体检，面试只问了一些极平常的问题，如懂不懂开车、是否在媒体做过、吃不吃得了苦之类，体检自然是没有任何问题。

进了报社，我才知道，记者这一行的门槛太低了，低得你都不好意思说。当老师，得有教师资格证；当医生，得有行医证；当会计，得有会计资格证；当律师，必须通过司法考试；可当记者呢？就凭报社自己组织的一场考试！吉都报记者共六十多个，没几个是本科毕业和对口专业的，多数是大专生、职院生、自考生，甚至还有职高、中专的；专业更是五花八门，我这基础数学专业还算在能接受范围，有一个人的专业挺吓人，竟是核技术与核能源开发！我感到不解，那么多中文、新闻本科生都到哪去了，为什么不来当记者？我想到了米勒在他著名的《北回归线》里说的一句话，"进报馆做记者的人多是下层人"，以前觉得不靠谱，想记者的名声多好听哪，无冕之王，欧美电影里的男记者，哪个不是风流倜傥的才子，如《罗马假日》那个艳遇公主的记者，还有不少世界级的著名作家如海明威、马尔克斯、略萨都曾经是记者，应该是人人争当记者才对嘛。

中文、新闻本科生倒也有几个，他们都是在做编辑。据说，曾经有两个新闻专业的人考上了记者，但上班第二天就溜了。

04 记者的荣耀与惆怅

我认为，不做大新闻的记者不是好记者。大新闻，是我成为"名记"的路上一道无法回避的坎

不久，我就明白，吉都报为什么没有"高人"来做记者了。因为，报社记者说起来好听，其实没什么技术含量，只要你写字顺就行。何况像我报这种综合类市民报，刊发的稿子大多是豆腐块，三五百字一篇，最长一般不超过两千字。这样的稿子，初中毕业生都能写。

当然，稿子写得好不好，有没有新意、深意和新的角度，那是另外一回事了。可话说回来，几百字的新闻稿又能写得好到哪里去？想发挥也没有发挥的空间。何况，写得再好又有什么意义？市民只需要一目十行的文字快餐，大部分文章他们只看个开头和结尾。所以老总们都不提倡记者写长稿。虽然记者们为拼分数，总是把文章注水拉长，可编辑们总是毫不留情地榨水，百分之八十的稿件在八百字以下，干巴巴的。

既然初中文化的人都能胜任，所以低文凭者、"闲杂人员"等"下层人"都一涌而来了，他们更能吃苦、更听话，也就更受报社领导欢迎。一些"高

人"看到这样的情况，也就不愿来蹚浑水了。

而且事实上，在报社，高文凭、专业出身的记者往往干不过低文凭的记者。低文凭的记者有一大特点，不爱思考，他们写稿往往只写四个"W"，所以手脚快，半个小时能写就一篇，一天能写四五篇。而高文凭的记者爱纠结于第五个"W"（WHY），老半天完不了稿，三天写不出一篇，经常被领导打屁股。久而久之，中文、新闻本科专业的记者一个个流失或遭淘汰，记者队伍渐渐变成了杂牌军。

我这么说，并不是看不起杂牌军，何况我自己也是杂牌军。当上记者后，许多人也很敬业（工作来之不易嘛），有的也心怀铁肩担道义的抱负。

像我，自当了记者，我就很有成就感。

我从小到大的爱好是数学，从未写过小说散文诗歌之类，从未发表过文章，也从未想到过我的名字能出现在报纸上。可是自当了记者，第二天我的名字就上了报纸。你不知道我有多么兴奋！我拿着报纸，两眼定定地盯着我的名字，像做梦似的不敢相信。

我爱上了写文章。虽然我写文章不算多出色，但也还成个样子。新闻稿这东西不算难写，都是有格式的，只要你规规矩矩照着格式写，不会差到哪里去。何况我再怎么着，也受过本科教育，特别是逻辑严密的数学专业训练，要比那些中专生、大专生基础扎实多了，提高起来也快。我很快成了采访中心的拔尖人物。对写稿的热爱激励着我每天都极其勤快地东奔西跑找题材，我得的分数一个月比一个月高。

三个月后，我顺利通过了试用期，与报社签了劳动合同，成为一名正式招聘记者，不过签的合同只有一年。报社非在编人员都一样，一年一签。我终于有了一份可以干一年以上的工作了。我暗下决心，一定要珍惜这份工作，一直干下去，争取成为一名"名记"。

其实，更大的成就感还来源于记者的职责。

大学毕业两年来，频频换工作，考公务员得了第一名也被刷下，让我心里产生很严重的挫折感，觉得自己真是没本事，一无是处，是社会的垃圾。当上记者后，隔三岔五总有人来找我，央求我为他们解决难题，帮他们洗冤，希望我对某件恶心事给予曝光，希望我抨击社会不良现象，这让我觉得自己还是一个有用的人，这让我自信心大增，也让我心生正义感。

"周记者，昨天我去吉都商厦买东西，商场保安无端怀疑我偷东西，强迫我脱得只剩内衣内裤，我伤心得差点自杀！周记者，你一定要帮我讨个公道！"

一个四十多岁的阿姨找到我，哭哭啼啼地说。

我立马去了吉都商厦，找到他们的负责人采访。一位负责人说，保安是正常履行职责，没什么大错，只是一场误会。接着，他偷偷塞给我一个红包，我严辞拒绝了。

稿件登出来后，许多市民纷纷打我报的热线电话，对吉都商厦保安的行为予以谴责，一位律师还通过我找到那位妇女，表示要免费为她打官司。在律师的交涉下，吉都商厦不得不向这位妇女道歉，并赔偿三百元。

"周记者，吉都大学后门的德义巷有个自行车黑市，小偷们在别的地方偷了自行车，都转到这里藏着，到晚上就卖给学生们。"一个神秘男子向我报料。

我于是翻箱倒柜，找出我学生时代的衣服、书包、眼镜，装成学生模样，天黑以后，潜入德义巷，摸清了这个黑市的规模和运作方式。

稿件登出来后，引起了警方的高度重视，辖区公安分局组织了一场专项行动，把这个自行车黑市给灭了。

"周记者，我们给南吉装饰公司打了半年的工，他们一分钱工钱都不给我们……"三个民工向我投诉。

我义愤填膺地赶去这家公司采访，门口的保安拦住我，不让我进去。我硬往里面闯，一个大块头儿保安把我摞倒在地，另一个高个儿保安则抢了我的采访包。

采访不了依然阻拦不了我写稿，我把采访受阻的情况写了出来，责问"无良公司，谁给了你阻挠记者采访的权力"。第二天，市劳动稽查部门对这家公司进行调查，勒令公司支付了三个民工的工钱，三个民工特地制作了一面锦旗，对我报表示感谢。虽然锦旗上没有我的名字，我仍感到荣耀。

只是，这些报道都是些鸡毛蒜皮的小事，我这个记者简直成了居委会大妈。随着我写的新闻越来越多，得到市民的夸奖越来越多，我渐渐感到不满足，胃口越来越大，我渴望干大事，抓社会热点，写出能引起社会轰动的新闻，推动社会的改良与进步。我相信，一个人只要还有良知，他当了记者，都会有我这样的冲动与豪情，有我这样的壮志和雄心，还有正义感。

我开始有意识地寻找"大新闻"。我认为，不做大新闻的记者不是好记者。大新闻，是我成为"名记"的路上一道无法回避的坎儿，而我已到了坎儿前。

为了腾出更多时间寻找大新闻，我放弃了许多小新闻，只有编前会、报题会安排给我的工作，我才去写那些小新闻。渐渐地，我发现，我的面前有一堵堵无形的墙，让我对大新闻可见而不可得，我虽然找到了不少大新闻，但都见不了报。同时，放弃了小新闻，使我的工分大幅下降。

8月份，我写了一篇盗窃嫌疑人赵某在看守所蹊跷死亡的报道，被毙；写了一篇某村庄被镇政府强行征地、村民去市政府上访的报道，被毙。

9月份，一家化工厂发生特大火灾，我赶往现场，冒着有毒的烟雾，采访了一天，刚回到报社，就被告知不能写；接着，我又写了一篇城管队员打死小商贩的报道，也被毙掉。

10月份，我写了一篇某国企女会计举报老总腐败而被强行送进精神病院的报道，结果没有过莫总这一关；我还写了一篇反映吉都市一些路桥收费超时的文章，也未能见报。

11月才开始，一篇两千字的大稿就无疾而终了。我以为，以往的负面报道被毙，是因为写的多是涉及市政府、政府机关的问题，而这篇，只是涉及一家房地产商，应该没事，没想到它却是我报的衣食父母！

我是多么羡慕外省那些挖出重大新闻并见报，从而改变某种社会现状的"名记"，像广州"孙志刚事件"，像上海"钓鱼执法事件"，像山西"假疫苗事件"。这才配得上"无冕之王"这个名号嘛，这才对得起记者"铁肩担道义"的名头嘛。我很奇怪，这些够猛的猛料他们报纸咋就敢登呢？不知这些报社后来有没有"相关责任人"丢了工作？我对这种"后续"一直很好奇，只是"内幕消息"传不到我等小记者耳中。

屡被毙稿，我心里颇感委屈，甚至怀疑自己，进入媒体这一行，到底是入对了，还是入错了？干新闻需要新闻理想吗？需要社会责任感吗？

记得刚进报社的时候，莫总在培训会上鼓励我们，说"铁肩担道义，妙手著文章"是对记者最好的定义和诠释，记者是公众的代言人，是社会的良心，作为一名记者，要有强烈的社会责任感，为正义鼓与呼，勇揭丑恶，反映人民的呼声，推动社会进步……

可是对我们写的揭露新闻，却又老是枪毙，难道只是说说而已？

写负面报道，于记者业绩来说，是一把双刃剑。一方面，因为是负面报道，敏感度高，容易被毙，导致"杨白劳"一场；另一方面，因为是负面报道，关注度高，容易产生社会反响，获评优秀稿，除了正常给分外，还可加不少分。一番利弊权衡，不少记者放弃了写负面报道，觉得还是写四平八稳、虽不震撼但稳得工分的稿件来得踏实。他们一个月能赚五六千、七八千，过得好不滋润。坚持兼写揭露新闻的，如罗占生，总是隔三岔五地完不成工分。我要走哪一条路？

11月伊始，这条大稿的被毙，让我心头笼罩了诸多困惑。

05 紧急会议

要给自己好好定位，说白了，记者就是新闻民工，靠写新闻吃饭，维护社会公平正义不是你们的主要职责

第二天早上一睁开眼，我马上开始想，今天该去哪里找二点五工分。可手

上没有报料、也没有派工，该跑哪里？还没想出半点眉目，手机响了，是我们部主任"得花柳"打来的："马上过来开大会！"

"早上也开大会啊。"

"紧急会议！莫总要训话。"

"哦。"

"快点咯，迟到扣分！"

我一个鲤鱼打挺翻身起床，匆忙刷牙洗脸，下楼推车就走。昨晚充了一夜的电，电动车动力十足。

会议在多功能厅举行。也不知道为什么叫多功能厅，反正这地方除了开会，再没别的用途。来的都是记者，看来是记者专门会。

看到人差不多到齐了，郑副总对着话筒"喂、喂"几声，之后说："开会了，请大家自觉把手机调到振动状态。请最后面两排的人马上坐到前面来，快点，快点，开会老不爱坐前面，前面有地雷吗？"总编办主任王宝祥马上冲到后面赶人。

在王宝祥点完名之后，郑副总说："今天这个的会呢，是召开紧急会议，主要是就最近以来这个的话呢，记者在采访过程中出现的一些问题说一下。下面请莫总讲话。"

莫总干咳了几声，测试到他的嗓子正常，于是说："最近一段时间，我注意到，记者的稿件被枪毙的比较多，这个问题很严重，不但你们做无用功，也造成版面严重缺稿，影响到报纸的正常出版。就像昨天晚上，十点多了，由于周力波的一篇稿子有问题，撤下来了，搞得编辑中心一片忙乱，把二版的稿件调到一版来补缺，又把三版的稿件挪到二版来，几个版的版面都被打乱了，一直搞到凌晨一点钟，印刷厂都催了好几次。估计要被总社当作一次出报事故予以处罚，所以今天得开个会。我知道记者们都很忙，很多题材等着去采写，但是，写的问题不解决好，写得再多有什么用？都上不了版又有什么用？"

莫总停顿了一下，继续说道："声明一下，你们的稿件被毙，并不表明你们的稿子写得差，有些稿子写得还很好，很有深度，很有观察力，很有批判精神，像周力波昨天那篇稿子，真的是一篇好稿子。但是，并不是好稿子就可以登出来的。以前我就多次讲过，做记者，不能只埋头写稿，什么都可以不管的。要讲政治，讲大局，讲报社利益，写之前要掂量一下，你手头的这个题材，可不可以写，怎么去写最好。否则，闯祸了你都不知道，懂不懂？你们是报社的员工，我不希望你们出事，你们出了事，就等于报社出了事。懂不懂？"

莫总侧脸看了看左边的方副总，方副总于是说："为了使报社更好、更准时地出报，昨天，报社领导层经讨论，拟出了近期不要去写的一些题材，大家都要听好，听进耳朵里。"

方副总一共说了二十二条，我们记者把我报自己定的这二十二条规定，称为"二十二条报规"，这个名词是我们仿照海勒的小说《第二十二条军规》起的。"报规"都有哪些内容？二十二条太多了，不便一一列出，我随便举几条吧，比如：

不要去写驻地政府机关尤其是实权机关的负面新闻。"手握大权的实权机关个个都是老虎，可以在某个方面决定着我报的生死，比如税务，得罪了它，它来查你的税，总找得出你或多或少漏了税；像城建，得罪了它，它找上门来，你就是多盖了一块铁皮，它也可能罚你个半死。更不要说，你前脚刚走，他那边一个电话过来，我们也得把稿子毙掉，你等于白跑一趟。"

还在台上的官员，不要去揭他的腐败行为。因为腐败不腐败，不是我们记者能认定的，检察机关、纪委都没认定，也就是说还没抓他，你凭什么说他腐败？他还没倒，手握大权，你去捅马蜂窝，绝对没有好果子吃，弄不好惹上寻衅滋事罪、诽谤罪。虽然诽谤罪属于自诉案，但人家手握大权，想动用公权抓你容易得很。尽管微博上、网络论坛上网民反腐、揭腐风起云涌，但是实体媒体跟它们还是有很大区别的，出了麻烦，跑得了和尚跑不了庙。

不要去写征地、拆迁纠纷事件。"如果因为你这篇报道，成百上千个农民跑到市政府静坐，或者跑到报社来抗议，你就是有九条命都经不起折腾。"方副总说，"作为记者，不仅要有敏感的新闻意识，还要有大局观、维稳头脑。只顾埋头写稿，迟早会犯错误的。前一段时间，吉都晨报就因为一篇征地报道，惹来几百个村民围堵报社，搞得他们两天出不了报。"

不得写我报广告大户的负面新闻。莫总插话说："昨天，周力波就差点给我捅了大娄子。天上人间房地产公司一年在我们报投放广告八百万，等于我报全体员工的半年工资了！惹恼了他，不在我报做广告了，我看你们喝西北风去！你们要坚守各自的口岸，不要乱串岗，否则，不懂内情，莽莽撞撞，踩了地雷都不知道。懂不懂？"

除了这"二十二条"，我们还常常会遇到很多不定期的、临时性的"不能写"。有时候，记者去采访了一个负面新闻，还未回到报社，有关部门要求不要刊发的函就已放在莫总的办公桌上了。莫总对有关部门的这些函，就如特工收到密令一般，坚决执行。你说他心太软也好，胆小怕事也好，想做老好人也好，他都承认，不忌讳。他说："我这老总的官帽是人家给的，我不得不听人家的。虽然有些人不直接管着我的官帽，但人家能坐到那个位置，就说明人家有不一般的能耐，惹不起。你们会觉得我窝囊，我承认是窝囊，可是老总得有人来做吧，我不窝囊谁窝囊，是不是？"

"是。"我们众声回答，接着哄堂大笑，连莫总自己都笑了。

方副总说完"二十二条报规"后，莫总继续训话，"我知道你们身为记者，都满怀正义感，希望以笔作枪，使丑恶得以曝光，正义得以伸张，社会得以进步，我很理解，我也曾经这样想过。但千万不要真把自己当无冕之王，想写什么就写什么。千万不要有这种思想，不要学西方那一套，懂不懂？就是在西方，记者也当不了无冕之王。我记得，德国曾经有个什么电台的女记者，写了几篇说中国好话的新闻稿，结果呢，被辞退了。千万不要市民、群众朝你们喊几声无冕之王，你们就飘飘然了、热血沸腾了，明知山有虎偏向虎山行。要给自己好好定位，说白了，记者就是新闻民工，靠写新闻吃饭，维护社会公平正义不是你们的主要职责，是政府执法部门、司法机关的责任。当然，在力所能及的范围内，我们也可以做点维护正义、揭露丑恶的事，注意，是力所能及。所谓力所能及，就是不要影响到你们的饭碗，不影响到你们的人身安全，不影响到报社的生存。"

鉴于莫总的谆谆教诲，我们记者常自嘲是"戴套的无冕之王"。

接着，莫总右边的黎副总谈起严格执行报题制度的问题。他说："前段时间记者们写稿出现这么多失误，还有一个重要原因，没有很好地执行报题制度。记者有什么题材不先报题，擅自去采写；编辑也没有认真对照报题，记者来了什么稿就上什么稿。同志们哪，不管做哪一行，都得有组织有纪律，不是你想干什么就能干什么的。我们是好心为你们着想，否则怎么死的你们自己都不知道——这个死不是指你们丢掉性命，当然也不排除这种可能，外地报社就发生记者被恶势力谋害的事，国外记者被谋害的就更多了；我这里说的死，是指你们白做工，月底分数不够被炒鱿鱼，或者得罪了有关部门领导，我们不得不辞掉你们，所以，你们不要抱怨报社管得严。以后，采访中心的值班负责人每天都要把记者的每条报题列出来，交给编辑中心备案，不是报题单上的稿件，当天原则上不用；如果是突发新闻，记者写稿前也要及时汇报说明情况。"

会罢，记者们一个个蔫头蔫脑鱼贯而出。我在会上被点了两次名，一时在记者中间名声大噪，走在廊道上，兄弟姐妹们竞相扭头看我，朝我扮鬼脸，有的还朝我伸出食指。食指不是中指，我也不好对他们发火，只有把郁闷当作唾沫往肚子里咽。

06 记者"大神"

很多人不知道，还有一神记者才是最牛的，应该叫"特等记者"或"大神"，可称为"特等记者攀领导"

稿件虽然被毙，活还得继续干。出了报社大楼，我继续扫街，可今天运气实在不好，我逛得电动车都快没电了，仍一无所获。

傍晚，我灰头灰脸地回到报社（不止是一头的灰尘，还有心头也满是阴霾），等待采访中心主任罗博诗（我们称为"尿不湿"）、编辑中心主任"汪汉奸"、值班老总的轮番批斗。

等待批斗的空隙，我进入编辑中心稿库，看看我的同事冤家们都写了些什么稿。哇，有这么多记者"来搞"呀。"罗战神"有一篇，《废铁是怎么炼成角钢的》，揭露黑心商家利用废铁炼制用于建筑的角钢，题材够猛，但有被毙掉的危险。"钟抄抄"也有一篇，《本市尚未发现地沟油》，明显是看了网上热炒的北京地沟油事件而写的，这么大个城市会没有地沟油？简直是睁眼说瞎话。"摇钱树"有好大一大篇软文，《民营企业家赵长海和他的楼盘帝国》。噫，我有一篇稿在稿库里，心里顿时一喜，但一想又不对，今天我没写稿呀，谁无私奉献帮我写的？我好奇地点开标题，原来是昨天的那一篇。不知道是谁把它放到今天的稿库里来了，谁这么阴暗啊，想叫我再挨骂一次么？

我们报社，在外人看来是个文化单位，文化人扎堆，其实也是一小江湖，跟街头摩的佬一样，记者们都爱给同事起外号。不过，记者部小青年多，年轻人嘛，爱开玩笑、起外号很正常。

"罗战神"，真名叫罗占生，他长得黑头黑脑，又性格刚烈，天不怕地不怕，包括黑社会老大。他进入报社一年多来，挖了不少猛料，如揭露街头行乞诈骗团伙、碰瓷党、斧头帮、腐败局长包小三等，被我们封为"罗战神"。

"钟抄抄"，真名叫钟正操，估计他爷爷是南下老干部，崇拜吕正操将军，不顾儿子的反对，也不征求吕正操老先生的意见，给孙子起了这么个名字。"钟抄抄"写稿的最大特点就是爱写"落地新闻"。

记者们的稿件，可以分为三种。一种叫实地新闻稿，就是记者一个脚步一个印地去现场采访，一个字一个字码出来的，是"血汗稿"。

一种叫挂名新闻稿，即初稿是通讯员写出来的，记者小改一下甚至没改，挂个名字就当自己的稿了。这类稿件最多，原因是，记者去口岸采访，一般都会把该单位的宣传干事、秘书发展成通讯员，通讯员以后写了稿，直接发给口岸记者，于是记者"为我所用"。通讯员大多有宣传任务在身，写稿一般只为完成任务，他巴不得记者加上名字呢。记者加了名字，预示着稿件就能见报，如果通讯员直接把稿件发给编辑，能刊用的机会很少。

还有一种稿叫落地新闻稿。就是外地有什么热点新闻，记者在网上看到了，就这个事件依样画葫芦在本地采访一下。写这种稿也比较省事，因为文章套路可以照搬，有时甚至大部分内容包括字句都和网上的文章相似相同，只是把事例换成本地的就OK了。

"钟抄抄"的稿件大部分是后两种稿，所以落了个"钟抄抄"的称号。他无所谓，能挣工分就成，而且轻松。但有时挂名稿也会惹点小麻烦，因为有些通讯员很傲，自以为有才，看到自己的文章被记者挂了名，很不满，打电话向报社老总投诉，而且，有些通讯员为了完成单位的宣传任务，往往一稿多投。如果同城N家媒体都登了同样的新闻，文章除了标题可能不一样，记者名字不一样，内文从文字到结构都是一样的，这不用猜都知道是挂名稿。独家新闻是报纸的生命，对这种一稿N家报纸同时登的事，报社领导是很痛恨的，评报时往往要扣记者的分甚至不给分。

我周力波呢，也有一个荣誉称号，你们别以为是"波波"哦，我被封的是"周跑跑"。在我来之前，"波波"已经封出去了，给了本报一个胸部超级丰满的女记者周汝萍（估计起码戴E罩杯，还乳平？太谦虚了吧），我不论从性别、身材，还是从先到先得这个规则来说，都不够格使用这个称号啦。

我点开"摇钱树"的长篇巨作，估算她能得多少提成，这时"摇钱树"闪亮出现在门口。"摇钱树"真名叫姚清朔，一个十分靓丽的初级剩女，估计快三十岁了吧，但依然保持着一张清纯的娃娃脸，脸颊的两个酒窝又让她减去十岁，所以看上去像二十出头，甜甜的、嫩嫩的。

"美女，回来了。"百无聊赖中，我撩起眼皮跟她打招呼。

"乖。""摇钱树"从我身边飘过时，竟摸了摸我的头。上帝啊，她竟摸了我的头！"摇钱树"是我们社会新闻部的幽灵，她独来独往，不与人结伴，很少跟同事说话，更不用说摸头这类亲昵搞笑的事了。

　　我一时有些发傻，扭过头看她的背影，她的腰肢、臀部随着两腿的走动，很有韵律地扭动、起伏，很好看。"摇钱树"款款走路，是我百忙之中不忘看、百无聊赖之中一定看的一道小风景。

　　她是采访中心最能拉广告的业务员，广告中心最会写稿子的记者。

　　报社从某种程度上说，也是广告公司，要靠广告才能生存下去。我报每天四十八个版，才卖八角一份，如果光靠卖报纸谋生，每个员工、老总都得上吊去。所以，老总们极力鼓励员工去拉广告。虽然上面有规定，记者不得拉广告。但记者可以写行业新闻啊，行业新闻其实也就是软文啦。报社为此还制定了内部激励措施，员工拉来的广告可得百分之三十的提成。

　　"摇钱树"理所当然成了我们采访中心的"一等记者"。我们采访中心大部分记者的交通工具是摩托车、电动车，住的是出租房，可"摇钱树"早就有车有房了，据说房有两套、车有两部，厉害吧。

　　前些年，也不知是谁，给记者分了个三六九等，什么一等记者拉广告，二等记者收红包（写有偿新闻），三等记者会上泡（抄通稿），四等记者到处跑（自己找料），五等记者写暗访报道。估计这人是行业内部人士，否则不会这么了解行情，这不是自己恶心自己吗？

　　其实，很多人不知道，还有一种记者才是最牛的，应该叫"特等记者"或"大神"，可称为"特等记者攀领导"。记者虽是平头百姓，却是最容易跟头头脑脑们认识的。但"攀领导"这种记者潜伏得很深，很低调，轻易不显山露水。当然，对于他跟哪个领导很铁这种"小道消息"，他自己是极爱吹嘘的。但是，他通过攀领导（也有可能是诈领导）得了多少好处，就决不会透露了，打死他他也不会说。而且也不像拉广告那样，有账可以看到，知道数额；更不像收红包（指车马费，不包括封口费、拍马费），大家都知道它的"潜规则"，基本上都在千元以下，绝大部分也就二、三百。所以"大神"得到的好处是深不见底的，拉广告算什么，可能连他所得的一个零头都不到。但这种记者人数极少，一般不为人所知，所以就没人给出这个等级了。

　　本报采访中心就有这样一位"大神"，叫王志武，是跑时政的，不知他用了什么手段，跟吉都市主管建设的周副市长混熟了，成了铁哥们，之后他当起了工程"捎客"，或说周副市长的经纪人，不方便找周副市长的各路老板都来找他，将一个个想送给周副市长的"牛皮信封"交给了他（他提成多少分给周副市长，不得而知）。你想，他一年要发多少财啊。这个秘密，他说他只告诉了我一个人，因为我曾经帮过他忙。有一次他收了一个画家一万元红包，可是写出来的吹捧稿太臭，发不出来，我替他重写了，稿子登出来了，他把我当成了好兄弟，所以愿意给我透露点自己的秘密，并叮嘱我，"千万不要告诉别人哦"。

　　"大神"、"一等记者"不是谁都能当的。你想，领导是那么好靠近的么？大老板是那么好巴结的么？人家凭什么让你给他当捎客？让你帮他发广告？能当"大神"、"一等记者"的，基本上都是在媒体干了多年，而且讨领导、老板喜欢的功夫了得，懂得抓住机会，才做出来这等成就。我等小记者，生瓜蛋子，过十年再做这种梦吧。眼下，只有老老实实当四等、五等记者，到处去跑。

　　一直等到天黑，都不见有哪一级领导喊我去听训诫，是不是他们已打算开掉我，所以懒得理我了？这么想着，我心里感到很不安。我觉得不能这样被动下去，要主动向领导承认错误，表示以后一定努力努力再努力。

　　我先找到采访中心主任"尿不湿"，说："罗主任，我今天没写稿，我愿接受批评，明天我一定写三篇。"

　　"谁要批评你了？""尿不湿"一脸奇怪。

　　"报社千万不要开掉我，我超热爱记者这份工作。"

　　"没人说要开掉你，别胡思乱想。昨天的事已经过去了，今天没写稿也不算什么，哪个记者能做到天天有稿子呢。""尿不湿"猜出我思想负担重，好言好语给我解压。

　　"那太好了。"我顿时喜笑颜开，但又觉得过于喜形于色，像幸灾乐祸似的，忙收住了笑，握住"尿不湿"的手连声感谢。

07　"陈鲁豫"

我向她吹嘘了一番，夸自个儿写稿好生厉害，能把消息写得像散文，把通讯写得像小说，稿件百分之九十九都能见报

"跑跑，这条线索你去跑一下。"

部主任"得花柳"拿着热线记录本给我。我一看，是市民打来的报料，说吉都大学一个女教授退休后，不知为什么，痴迷上了捡垃圾，只捡不卖，十年如一日，垃圾堆满了一屋子，臭气四散，左邻右舍都烦死了，劝她把垃圾处理掉，她却只当耳边风。

我抄下女教授的地址和报料人电话后，骑上电动车飞驰而去。

女教授并不住在学校，而是住在桂花路一条小巷子里。这里是旧城区，街道破烂不堪，房屋低矮破旧，按理说老教授在学校应该分了房的，估计这里是她的祖屋，退休后搬到这里住了，或者因捡垃圾被学校劝到这里来住了。

与报料人会合后，报料人把我领到女教授房屋附近，指了指，就慌慌张张闪人了。我估计他是邻居，怕给女教授看到他领了记者来，可以理解。一靠近女教授的房屋，我就闻到了一股怪味，路过垃圾场会闻到的那种味，令人直犯恶心。

我在门口站住了，正要敲门，身后传来一声："请问你是尹教授的儿子吗？"

回头一看，是一个漂亮的女孩子。

是的，很漂亮。她身材不高，模样娇小；圆圆的头，圆圆的脸，拉得直直的头发三七分，垂直而下抱着半截脖子，额前的发丝遮住了她的一只眼睛，让她显出一丝神秘感。另一只眼睛很大、很清澈。时值初冬，她穿的却是裙装（冬裙），上身外衣则是一件羊毛衫，这身打扮看上去挺洋气。初看的一瞬间，她有点像年轻时候的陈鲁豫呢，不过没有陈鲁豫那么瘦，嘴巴也没陈鲁豫的大。

"我是吉都都市报的记者。"我答。

"啊！"女孩短促地惊讶一声。我很不解她为什么要惊讶，从未见过记者吗？如今记者满大街都是，想不见到都难，不比大明星陈冠希，普通人只能在网络视频里看到。

"你是这里的住户？"我反问她，打算先采访一下她。

"不是，"她有些扭捏，"我是吉都晨报的记者。"

这回也轮到我"啊"了，因为撞车了。做新闻讲究的是独家，最忌一个题材大家都来扎堆。我扭头搜索报料人早已消失的身影，我想我刚才误解他了，他哪是什么女教授的邻居，分明是想贪几个报料奖金，一料多报，刚才逃走只不过是怕穿帮招骂。

我顿时明白她为何打扮得貌似陈鲁豫了。可是当个女记者，需要把自己打扮得像陈鲁豫吗？就是打扮成陈鲁豫的样子又如何？

"幸会！"我向"冤家"伸出手，她有些不情愿地把小手伸过来，让我捏了捏，软软的，像没有骨头。

"请问芳名？"

"我叫葛YOU YOU。"

葛优——优？

可能看到我一脸好奇，她又说："不是优秀的优，是悠悠岁月的悠。"

她不解释还好，一听她解释，我差点笑出声来。不管是哪个YOU，跟葛配在一块儿味道就不一样了。我估计她生下来的时候，葛优还没出名，或她父母还不知葛优大名，否则，把她的父母打死，他们也不会给宝贝女儿起这么个名字。

葛悠悠发觉了我的细微表情，有点不高兴了，"你是不是觉得我的名字很搞笑？"

我忙把表情调成严肃状，"没有啊，我觉得你的名字很好听，正儿八经的女孩名字。"

可越说我越觉得好笑，最终控制不住自己，笑声如一股气喷涌而出。笑劲儿过后，我连声向葛悠悠道歉，"我这个人，笑点太低，常遭人误解，有一次还被人打了。"

"那我也要打你一下。"葛悠悠嘟起嘴，举起小拳，表情似生气，又似撒娇。

我想我真是犯贱讨打，只好说："要能解气，你就打吧，只能打背哦。"

"哼！"葛悠悠毫不客气地在我背部擂了一拳，不痛不痒。一个娇小的女孩子，力气能大到哪里去。

"那你叫什么名字？"葛悠悠问。

"我叫周力波。"

"不会吧。"葛悠悠那只本就不小的眼睛放大了一圈。

"真的。"我从包里掏出一张名片给她。看着我的名片，她"呵呵呵"笑起来，声音脆脆的，"还笑人家名字呢，你名字也好搞笑。"

"名字是父母起的，好笑不好笑怪不了我。"我又问，"悠悠，老太太在家吗？"

"我刚才敲门了，没人应。"

正好，我可以跟葛悠悠聊聊天。说实话，我一下就对这个女孩子心生好感了。她是我心仪的那种女孩子，斯文、娇柔、秀气、纯真，让男人一看就想呵护她、宠爱她。

聊天中，我知道，她是七月份才从外省一所二本大学毕业，学英语专业的（又一个新闻界的非专业人士，唉，就业不容易啊），九月份进的吉都晨报，现在还是见习期呢。她写稿老是想不出所要表达意思的词，只好用英语代替，所以她的新闻稿中总是夹杂了很多英语单词，可是新闻版的编辑们英语水平都不高，对她的稿子很头疼，不得不买回一本英汉词典，一边看稿一边翻词典，一边编稿一边骂娘。我很奇怪，晨报的老总为什么能容忍她，是不是看她漂亮，想发展她做二奶、三奶？

自然，我向她吹嘘了一番，夸自个儿写稿好生厉害，能把消息写得像散文，把通讯写得像小说，稿件百分之九十九都能见报。

"那你是一代名记（妓）哦。"她呵呵笑说，"名记"两字咬得很重。

"你才入这行，也跟着瞎起哄，把名记叫作名妓。"我白了她一眼。

"切，是你耳朵没听清。"

我们等得腿都酸了，仍不见老教授出现，估计是捡垃圾去了。我想放弃这个题材，一来题材不大，写出来也就得一、二分，二来跟一个小姑娘撞车没意思，还是发扬风格吧。

葛悠悠见我要走，也跟着走，她说她也不想采访了，气味太难闻了，如果进屋，非熏倒不可，为了这么点工分，不值。

她是乘地铁来的，我说："要不要我带你去地铁站？"

"好哦。"她给了我一个甜美的微笑，不客气地跳上了车后架。

我带着她朝附近的地铁站奔去。人骑车行走的时候，只要不是强顺风，风总是从前面刮向后面的，可是这会儿一股来自她身上的清香直飘进我鼻子里，奇怪。我有些心旌荡漾了，骑过了站也不觉，害得她小手直拍我的背部，说："到啦，到啦。"

这天晚上，我梦遗了。

估计是葛悠悠的小手拍我的背部惹得祸，让我沉睡已久的某根神经末梢产生了反应。我想，是不是该谈一场恋爱了，我需要有个人给我温暖，给我慰藉，让我消除职场挣扎的烦恼。

这个可爱的女孩在哪里呢？会是葛悠悠吗？

我的"空窗"期已有两年了。还是在大三下学期，与本学院统计学专业的一名女生谈上了恋爱，从大四开始，我们间或到学校附近的小旅馆开一次房，毕业后，我们各奔东西了。参加工作以来，我频频跳槽，有时连本单位的女同事都还没认全，就走人了，哪来得及谈恋爱。进吉都都市报虽有半年了，情况也差不多，记者们都是单打独斗，早出晚归，除了开会，很少碰面，大半年了，我还没跟哪个女记者总共说上十句话呢。唉！

08 寻找雷恩

我意识到我犯了采访中一个最低级的错误。对一个陌生人，一个做看不大体面的事情的人，不可以这么直截了当发问的

以上说了那么多事，该回到说雷恩这件事上来了，要不你们都要把雷恩给忘了。

哦，雷恩就是上次问我要空瓶子的那个帅哥，那时我自然还不知道他叫雷恩。

上次大稿被毙后，我一度心灰意冷，心想，也向"钟抄抄"学习，搞点落地新闻算了。虽然少了点原创的兴奋感，但起码安全、保险，不用担心被毙，因为外地都已报道了的题材，本地有关部门一般不会不给做，甚至还欢迎你来做。比如外地曝出了校车翻车事件，本地神秘的有关部门肯定会立即采取行动预防，你去了解这事的时候，说不定他们正采取预防行动呢，巴不得你来写他们如何未雨绸缪。

我去网吧上网找线索，新浪网、搜狐网、网易网、新华网，一家家溜达。虽然网上新闻海量，可是，一来要找到自己感兴趣的，二来不要跟"钟抄抄"等人撞车，还真不容易。我得一边看新闻，一边揣摩，这一条"钟抄抄"会不会也做，要不明天报题的时候，二三个人、甚至五六个人，报的都是同一题材（这样的事偶有发生），莫总又得拍桌子了。

我不停地翻网页，一直翻到半夜，扫视了无数条新闻，都没找到适合落地的。这活儿看来也不是轻松活儿，我不由对"钟抄抄"多了几分理解。当晚上大家都在寻欢作乐的时候，兴许"钟抄抄"正趴在网上挖题材呢。我失望地打了一个哈欠，准备收摊回家。晃动鼠标关网页时，一个链接不知怎么被我点开了，我扫了一眼。这是一篇新闻，讲的是一个研究生毕业后找不到工作（其实应该说是找不到与他身份、专业相符的工作），在街头拾破烂的事，我心里嘀咕一声"白痴"，便将网页关掉了。

走到半路，我脑子里突然闪出雷恩，觉得他与刚才的文章里讲的那个研究生有点像，这家伙跑到吉都来了？想想又不对，他都捡破烂了，还来得了吉都？来吉都干嘛，继续捡破烂？在哪捡破烂不一样，有必要大老远跑来吉都捡破烂吗？

应该是吉都也出现了一个类似的人物！

你看他一表斯文、彬彬有礼的样子，绝对文凭不低，说不定不止读过硕士，还读过博士呢。博士捡垃圾？

这么一想，我兴奋起来，觉得这是一条可以做的新闻。如果他真是个博士，一定比网上这位仁兄更轰动。

我立即掉头，跑回网吧，找出这条新闻，从头到尾详细阅读，参考作者是如何写这条新闻的，心里打出了一个大概的腹稿。

第二天早上一起床，我立即报题给了"得花柳"。为了确保报题通过，我不管三七二十一，先给雷恩封了个硕士。

一个小时后，"尿不湿"回电话了，说我的报题通过了。"本来汪主任不同意做的，说这是拾人牙慧，没有新意，也没有多大社会意义，我据理力争，认为如果只是外地那一个硕士捡垃圾，大家会觉得是个案，意义不大，如果我们再报道本地这个硕士，两个硕士加在一起，就可能成为一种现象了，会引起更强烈的社会反响，像前段时间那个北大生卖猪肉的新闻就很轰动。这样，莫总才同意了做。""尿不湿"像邀功似的说了一大通。

我感动得热泪盈眶，"主任，如果稿子能见报，我请你喝酒！"

我兴冲冲地背起采访包就往外冲，才冲到楼下，又觉得不对劲了。因为我压根儿不知道这个本土"垃圾硕士"叫什么名字，住哪儿，联系方式，我怎么找到他采访他？吉都市八百万人口，近两千平方公里的区域，数千条街道，要找一个人简直如大海捞针。

我吓出了一身冷汗。想这牛皮吹大了，要是做不出来，估计得老老实实俯卧在地板上，闭上眼睛，不得偷看，先被"尿不湿"踩上几脚，接着"汪汉奸"、方副总、黎副总、郑副总、莫总也踩我一脚以上，可能总编室的、专刊部的、广告部的、副刊部的、发行部的主任们也趁乱来一脚。

唯有赶鸭子上架。

我骑上电动车上了街。天公不作美，竟飘起毛毛雨来，增加了我走街串巷的人力成本不说，这人也更难找了。你想，这垃圾又不是金子，值得冒雨出来捡嘛。

我先去了上次遇见雷恩的地方，我站在那株香樟树下，四下眺望，来来往往的行人很多，但没一个是雷恩。我的做法显然是"刻舟求剑"和"守株待兔"的翻版，雷恩百分之百不会还停留在这里，可是我能有什么办法呢？

我想了想，决定以这株香樟树为圆心，一层层往外拓展寻找。我想雷恩应该就生活在这一带，他不可能从别的地方乘地铁专门跑到这里来捡垃圾，这样就太怪异了，地铁来回车票起码八块钱以上，废塑料瓶才卖两毛钱一个，他得捡四十个以上才不"亏"。

我沿着半径二百米范围的街道逛了一圈，没有发现；继续沿着半径五百米范围的街道逛了一圈，还是一无所获；再沿着半径一公里范围的街道逛了一圈，仍是大失所望。我想完了，这个题材要交白卷了。

我情不自禁摸摸屁股，今天多穿了一件保暖内衣，应该能抵得住那些尖头皮鞋的踹击吧。这些有可能踢我的人当中，有几个还是女人，她们会踢我的可能性不大。会踢我的人里，可能气急败坏的"尿不湿"和把我当忽悠的"汪汉奸"踢得最重，其他人应该只是象征性的踢踢而已。

咳，怎么尽想这些晦气的事，太打击自己了。

我在路边一小商店买了一瓶娃哈哈，一张嘴喝进去一大口，想给自己振作一下。天寒地冻的，冷水灌得我肠子都表示抗议了，我打了一个哆嗦，顿时神清气爽。

收拾了剩余的力气，准备再度出发时，我想出了一个主意，之后骑上电动车，一边骑一边高举着空瓶子晃悠，做出欲扔还休的姿势。

一个骑辆破自行车、车头挂只编织筐的男人经过我身旁，扭头望我，问我是要丢瓶子吗？我见不是雷恩，便说不丢。

过了一会儿，又有一个人朝我喊一声，"师傅，丢瓶子吗？给我吧。"我一看这人，也不是雷恩，便说："我晃着玩的。"

我脑子里生出一个想法，为什么有这么多人收集废塑料瓶？塑料压根不值钱，同是塑料做的袋子，就没有人去捡，是不是因为很多产品特别是饮料，是用塑料瓶装的，这些废瓶子能用来生产假冒伪劣产品而有了回收价值？这是个好题材，以后有空可以追踪一下。

我继续晃晃悠悠地游走，不知走了多久，我突然感觉身后有些不对劲，像有个人跟在我后面直喘粗气。我回头一看，雷恩！神秘的雷恩神秘地出现了！

雷恩跟在我身后，一路小跑。我一按刹车板，电动车戛然停下，雷恩大概没料到我会突然停车，差点撞在我车上了。

"对不起，"他抢先说道。

"没事。"我下了车，把车立好，问他，"你是想要这个瓶子吗？想要你就喊一声嘛，这样不声不响地跟着跑多累啊不是，你喊一声我一定会停下来给你的。给，别不好意思，拿着。"

雷恩接过了瓶子，说了一声谢谢。我问他："怎么称呼？"

"我叫雷恩。"

从此我知道了他叫雷恩。我问他："你跟在我后面多久了？"

雷恩仍在喘粗气，他不好意思地笑笑，"就一会儿。我以为你要扔呢，谁知你老不扔。"

"抱歉，让你为一个瓶子费这么大劲。"我说，脑子里急速思考如何采访他。我问："你为什么捡垃圾？"

"没事，我捡着玩的。"

我意识到我犯了采访中一个最低级的错误。对一个陌生人，一个做着不大体面的事情的人，不可以这么直截了当问的。为什么一开始不把如何采访想好，做好预案呢？还是太嫩啊。

事情有可能搞砸，我快速搜索圆场的办法。我说："我们见过面，你还记得吗？"

雷恩愣了一下，像在回忆，"我们见过？"

"就是前几天，我也给过你一个瓶子。"

"哦，"雷恩语气淡然，"不记得了。"他摇摇我给的空瓶子，"谢谢了。"扭头要走。我急忙拉住他，"我请你吃饭怎么样？"

"不客气，我还没饿。"

雷恩走了。采访还没开始就结束了，好不容易把他钓了出来，却轻易就让他走了，我心里有说不出的懊悔，说不出的失望，说不出的不甘。

09. 跟踪

记者同志，你要为雷恩呼吁一下，让他得到社会的关爱，唉，他这个人太可怜了。

我就像和恋人分别似的，傻傻地站着，一直看着雷恩渐行渐远。被一干主任、老总踢屁股的想象场面又浮现在我脑际。如果说实在找不到雷恩而挨踢屁股，那是没办法的事，如今找到了人，你还采访不得，被踢屁股就是活该了。

不行！我一定要写出这篇稿子。明的采访不了，我来暗的。我先弄清你住什么地方，今天采访不了你，我可以明天、后天再采访。

我把电动车锁在一根电杆下，悄悄跟了上去。

白天跟踪一个人，可不是件容易的事，隔着几百米远都有可能被发现。没有黑暗作掩护，得时时找一个拐角、一棵树、一丛灌木备用。我先趴在一株树干有二十多公分的香樟树后，露出半只眼睛窥视，看到雷恩并不回头看，只顾向前走，于是飞快地跑到前方一根电杆后，又以迅雷不及掩耳之势，冲到一个墙角掩蔽。

我太专注于寻找掩蔽的地方了，左一钻、右一闪，再一跑，噫，前方的雷恩怎么不见了？可别把人跟丢了，我心一急，正要暴露自己冲进人海中找人，一侧身，却看到了雷恩。

原来他没我走得快，落在了我后面。他毕竟一边走一边还要留意路边的垃圾箱里有没有空瓶子，自然没我走得快了。我看见他时，他就在离我二、三米远的地方，正翻完一个垃圾箱，直起身来。我慌忙蹲下去，脸朝墙面、头埋在两腿间，还用双手盖住头，如同被警察堵在房里的嫖客，无颜面对记者的镜头。雷恩大概不会想到这个人是我，他从我身边走过去的时候，并没有跟我打声招呼或热情地拍拍我肩膀。

过了约三十秒，我猜想雷恩应该走出二、三十米了吧，才把头微微抬起来，只露出眼睛，朝前瞅，果然看见雷恩已走远了，我忙站起来，三步并作两步，冲到前面一株树后，继续盯梢。

此时已下午五点半，我急忙打电话给"汪汉奸"，告诉他，采访"垃圾硕士"还没结束，今天写不了稿了，争取明天交。"汪汉奸"嗯哼一声，不置可否。我就继续跟踪吧。

我一直跟到夜幕降临，也不知跟了多远的路，看着雷恩手里的空瓶子从一只到两只，从三只到四只，直到满满一捧搂在胸前。雷恩估计自己再也腾不出手来捡了，他心满意足地咧咧嘴，大步行走。

我估计他这是要回家，也跟得紧了。好在这时天全黑，不用鬼鬼祟祟行动了，虽然有路灯和车辆夜视灯映照，但只要小心地站在黑影里，还是不易被发现的。我一直和他保持着五、六米的距离。

不知走了多久，雷恩拐进了一个小区。小区不大，有些破败，从格局上看，估计这里原来是一个国营小厂或公司的地盘，随着国企改制，它破落了，小区也跟着没了生气。小区入口有一片空地，我不能跟得太紧，暂且在大门口停步。雷恩走着走着，拐进了一条小巷子，我急忙追过去，但小巷子里已没了他的身影。

这条小巷子里全是住宅楼，我估计雷恩应该是回到家了，一直悬着的心放了下来。只要知道了他的家，以后采访就好办。

我往回走，可心里总觉得不踏实。你凭什么说这里是他的家？他走进了一片住宅区就是回家了？可能这里有个废品收购站，他来这里只是卖掉手里的空瓶子呢？

我得核实一下。于是我返回去，站在黑影里仰头朝住宅楼上东瞅西望，没有看到雷恩，又换一块没有亮光的地方再仰望。

"请问你找谁？"

一个中年男人从楼梯走下来，问我。我说："大哥，想问一下，雷恩是住这里吗？"

"是的。"中年男人回答，"你找他？"

"哦。"

"你是他朋友吗？我怎么没见过你。"中年男子热情地走向我，但我觉得他有些热情过度，让人紧张。"我也算不上他朋友，只是觉得他这个人有点……特别。"我说。

"你是记者吧。"

我吓了一跳，他怎么知道我是记者？我生出小偷偷东西被人发现时的那种惊慌。我不知道此时该不该暴露身份。中年男子不等我回答，又说："记者同志，你要为雷恩呼吁一下，让他得到社会的关爱，唉，他这个人太可怜了。"

从他的话里，我意识到雷恩应该很有故事写，这个人也应该跟雷恩很熟，我问："你跟雷恩很熟吗？"

"何止很熟，我是看着他长大的。"

我心里生出一个主意，觉得从眼前这个人入手，一步步接触雷恩，应该是最有效的办法。于是我承认是吉都都市报的记者，想了解雷恩的情况。"大哥，怎么称呼您？"

"我叫冯晓钢。跟那个大导演同音不同字。"

又遇到一个跟名人同音的人，我真想问问他，有没有经常遭人围观的困扰。我问："冯大哥，雷恩是不是硕士？"

"当然是。华大研究生毕业呢，而且本科读的是京大。"

天哪！我惊得目瞪口呆，这条料之猛远超过我的预想。要知道，京大和华大在全国的大学里排名前三位哪，是多少中学生梦寐以求而去不了的大学。上中学时我们那一届高考前几名都是报读了京大和华大。我在高中时代也做过进华大最有名的数学系的梦，不过只做了一个晚上，因为我知道我进不了，做也白做。

"我带你上去找雷恩。"冯哥说。

我正要跟着上楼，突然想到我的电动车还扔在街头呢，不由吓出了一身冷汗。这么晚了，把一辆电动车扔在街头，无异于把一个大姑娘扔在荒野，要多危险有多危险。我的电动车可是花了两千多块钱买的，对于我来说，是很值钱的东西，虽然上了锁，还跟一根电线杆锁在一起，但锁这东西，是只防君子防不了真正的小偷的。

我无心采访了，忙说："冯大哥，我有点事得先走了。这样吧，你能不能留个电话给我，我明天一定来找你。"

冯哥爽快地把他的手机号留给了我。

我焦急地往回赶，又是打的，又是乘地铁，又是坐公交车，花了近一个小时才赶到我放电动车的地方。远远地看到电动车还在，我松了一口气，觉得自己紧张过度了，太平盛世哪来那么多小偷？虽说太平盛世兴收藏，一辆电动车恐怕也没什么收藏价值。

开锁的时候，我才发现电动车的电池不见了。唉，电动车就这点不好，锁得住轮子锁不住电池，而电动车的构件中，就数电池最值钱。本来想攒点钱买个笔记本，这下又得拖几个月了。

10 代笔挨批

采访中心就像一个集市，今天来一个，明天走一个，有几个喜欢当记者的？大多是来混饭吃、找发财的机会

骑着没了电池的电动车，一边走一边找，费了好大的劲，才找到有卖电池的店，装上电池，骑回到家，已超过晚上十点了，我浑身像散了架。

躺在床上，却又精神兴奋，没有睡意，想做点什么事。在一间十平方米的出租屋，能做什么事呢？屋里除了一张床，一张桌子，一张椅子，一个活动衣柜，什么也没有。除了写稿，什么事也做不了，偏偏又无稿可写。

我想到了葛悠悠，两天没她的音讯了，不知她后来去写了那个捡垃圾的老教授没有？对，打个电话问她看看。

那天，在送她去地铁站的路上，我套到了她的手机号码。我说，以后我有什么好的题材，就约她一起去采访。"好啊，好啊，你一定要打电话给我。"她高兴不已，一点也不设防。我说，你得把电话告诉我呀，于是她把号码打到了我手机上。

"喂……，"手机里传来一个有点嗲味的声音。

"悠悠小姐，你好，睡了吗？"

"你是谁呀？"

晕倒，才两天就把我忘了。我说："我是尹教授的儿子。"

"嗯？你怎么知道我的电话？我没采访到你妈妈呀。"

我呵呵呵笑起来，她总算听出是我了，骂："好讨厌，你。"

"两天了，那个老太婆的稿子写了吗？"

"还没写，"她叹口气，"又想去又不想去。"

"到时不够分又要哭鼻子了。"

"干不下了就走人呗。"

我有些不安，仿佛她就要离开晨报了似的。她真要离开了晨报，以后我可能没机会继续接触她了。我说："做记者还是不错的，工作机动，活动自由，干多干少由你。"

"是啊，我也觉得，可是我又找不到什么料写。噫，你不是说有好料就告诉我么？怎么不见你打电话给我。"

我想到了雷恩，但这事八字还没一撇，也不好跟她说，我只得承认，这两天也没写稿，正闲得慌呢。

"要不……你帮我写那个老太婆怎么样？"

我又骂自己犯贱，干嘛要说自己闲呢。悠悠感觉出我有些迟疑，又说："我真的受不了老太婆屋里的气味，如果进了她屋，我估计要吐三天。"

我最终答应了。我想，要博得一个姑娘的好感，首先得替她做点事嘛，要不，平白无故的，人家凭什么对你有好印象？你又不是大帅哥，也不是小富二代，现在人家主动给你机会，你还不领情，那就是活该找不到女朋友了。

第二天一大早，我直奔老太太家，这回老太太家房门没锁，只掩着，我敲门，没人应，我轻轻推开门，走进去，如进了岩洞一般。屋里没开灯，连窗户都是关着的，还拉上了窗帘，还好，能透进微弱的光线，老太太借着微弱的光，正忙着收拾垃圾，看也不看我一眼。屋里的气味让人如置身于垃圾场，具体我就不描述了。眼睛适应过来后，我被所看到的镇住了，只见二十来平米的前厅堆满垃圾，最高处已顶到天花板了。什么垃圾都有，拖鞋、旧衣、扫把、铁条、塑料袋、烂椅子、破锅……

我不由联想到雷恩，怎么有文化的人都爱捡垃圾呀，这里面是不是有不为人知的奥秘或规律？

我强忍着异味，和老太太东拉西扯聊了半个小时，最后实在忍不住了，跑了出去。站在空地，我深吸几口空气。我想，要是葛悠悠真来采访，估计待不到三分钟就会晕倒。

接着，我又去市社科院采访了一个心理学专家，他认为，老太太是因为孤独而患上了恋物癖，也叫囤积强迫症。由于老太太既丧夫又无儿无女，他建议吉都大学和民政部门应该把老太太送进养老院。

采访完后，我不敢回办公室写，跑到一个网吧，把稿子写了出来，通过QQ发给悠悠。

次日早上，我还没起床，葛悠悠就打电话过来了，告诉我文章发出来了，听她的高兴劲儿，我能想像得出电话那头她眉飞色舞的模样，"谢谢你哦，力波哥哥，我们编辑中心主任还表扬我了呢，说我的稿件有了很大进步，不但写得生动，还没了英语单词，亲自给我打了七分，相当于一篇通讯呢。"

我也感到高兴，觉得离牵她的手又近了一步。

出门采访时，我特地去报刊亭买了一份晨报，把我写的那篇文章再看了一遍，几乎没有改动。我心生一种成就感，心想我的语文潜质这么好，当初怎么不报中文系呢。不过报了中文系，现在也可能还是做记者，也就不多想了。

我今天没有什么重大线索可采写，便去我联系的口岸——12315热线跑了一趟。这里是不会有什么重大题材和热点新闻的，多是些买买卖卖的琐事纠纷，但每天多少有东西可写。来这里找料写，纯粹是为了凑点分数。

傍晚，我正在办公室写稿，接到了"汪汉奸"的电话，"到我这里来一趟。"

会有什么事？我都还没交稿呢。这个"汪汉奸"，常常越过我们部主任和采访中心主任，直接找记者训话，很让人烦的。我很不情愿地去了"汪汉奸"办公室。

"汪汉奸"指着吉都晨报一篇稿问我："这个捡垃圾老太婆的稿子，你怎么没去写？"

这个"汪汉奸"，看别人的报纸也看得那么仔细。我说："我去找了，没找着人。"

"那人家报纸的记者怎么找着了？"

"她撞狗屎运了吧。"

"你就这样当记者的？这几天你上哪去了，一篇稿都没交上来。我告诉你，你没写这篇稿子，不仅仅是你少了几分工分，我报也会少了一个报料人。估计人家给我们报了料，没稿子出来，就把料报给晨报了！以后人家肯定也不会给我们报料了！"

我真想说，拉倒吧，才不是你想象的那样呢，这是个两头通吃的家伙，绝对不会抛弃我报。我说："那我跟他沟通一下吧，跟他道个歉，希望他继续给我们报料。"

"汪汉奸"低头继续看文章，嘴里吧叽了一声，"不对，这篇文章好像是你写的。"

我吓了一跳，腿都软了，"怎么可能是我写的？我写的稿应该是在吉都都市报登出来嘛，怎么会跑到晨报上去。"

"你稿件的风格我还是看得出来的。"

我不光腿软了，连腰都软了，我说："新闻稿还有风格？"

"汪汉奸"一目十行地把文章看完了，他满脸狐疑地看着我，"就是你写的，对不对？"

我继续嘴硬，"不是。"

"汪汉奸"又低头看了一眼文章，"葛悠悠？应该是个女记者吧。你小了，是不是想勾引人家的女记者？本报这么多女记者，你为什么不去勾，偏要去勾引人家的女记者？"

我说："本报女记者看不上我呀。"

"哈哈，不打自招了！"

我意识到掉进了"汪汉奸"的陷阱，额头冒出了冷汗。我一个毛头小子，跟一个四十多岁的老男人斗智，哪是对手。"汪汉奸"把脸放严肃了，"周力波，你这是吃里扒外的行为！性质很严重！我得把这事报告莫总。"

这个"汪汉奸"，最爱向莫总告我们记者的状了，想不叫他汉奸都不行。我低声向"汪汉奸"告饶，"汪汪汪……主任，我知道错了，你饶了我吧。我两年没谈恋爱了，现在遇到一个喜欢的女孩，很想把她勾到手，为了讨好她，才出此下策，请汪主任理解、谅解、体谅。"

"想泡妞就可以出卖报社利益？太没有职业道德了！这跟汉奸有什么区别？像你这样的人多几个，报社就得关门了。""汪汉奸"义正辞严地说，竟把我称作汉奸。

"汪主任，你原谅我吧，我一定下不为例。"

"算了吧，美色当前，绝对会一犯再犯，古往今来多少英雄好汉倒在了石榴裙下。"

"如果主任不相信我，那我不追她了，行了吧。"

"汪汉奸"似乎被我的话触动了，冷峻的脸色略有缓和。他审视我，"当记者对你这么重要？"

"绝对重要，我喜欢当记者。"

"切，少来，我是今天才当主任的？采访中心就像个集市，今天来一个，明天走一个，有几个喜欢当记者的？大多是来混饭吃、找发财机会。你凭什么对记者情有独钟？"

我顿时义薄云天，"别人是怎么想我不知道，但我知道自己是怎么想的，我就是喜欢当记者。记者是人民的喉舌，记者是良知的化身，记者是……"

"好啦好啦，不要背教科书了。""汪汉奸"挥挥手，把他一脸的乌云挥掉了，他拍拍我肩膀，"这次我就不追究你了，记住，以后帮那个葛悠（我忙插嘴说是葛悠悠）写稿，不要写我们报题会上提过的题材，否则，下次被别人举报了，我就是想保你也保不了了。追到了葛悠悠要请我喝酒哈。"

我连声道谢，退出了汪主任办公室。

这次谈话，让我对"汪汉奸"的印象大为改观，以前，我总觉得他对记者太苛刻，不把记者当人看，只当畜牲使。现在我发觉，他还是有通情达理之处的，如我对记者这个行业表示忠心耿耿，他就变得令人意想不到地好说话了。

老汪也是记者出身，懂得做记者不易。男记者找女朋友、老婆难啊。最近就有人对十大行业从业人员婚恋情况做了个调查，记者这一行也在其中，但是很不幸的是，记者是排在最后三位。你想想，记者收入不稳定（按工分计酬）并且普遍偏低、每天东奔西走（采访），还危险（易遭报复），谁愿意嫁给记者。不过，这也是对于作为大多数的四等、五等记者而言，那些吃香喝辣的特等、一等记者，不仅讨得到如花似玉的老婆，有的还有小三呢。

♥ 11 初步接触雷恩

我注意到沙发边的小矮桌上，有一本砖头一般厚的英文版《大英百科全书》翻开了摊着，估计刚才雷恩正在看它

早上起来，正考虑去找冯晓钢，就接到了他的电话，"周记者，好几天了，怎么都不见你过来？"我忙答马上过去。

看来他比我还着急呐。

我怕电动车再出什么意外，干脆不骑车了，坐地铁去。我估计今天一天都是跟冯晓钢、雷恩聊天，不用东奔西跑。

天气难得的晴朗，太阳把吉都的冬天照得像春天一样，是否暗示着找今天的采访会一帆风顺？

我刚到矿业公司门口（上次从冯晓钢口中已得知，这里是吉都市长湖区矿业公司），又接到了冯哥的电话，问我什么时候到，我说已到门口了。刚放下电话，就见冯晓钢一路小跑着出来接我，让我受宠若惊。

"雷恩还在家里，正好见见他。"冯说。

我跟着冯晓钢进了一栋住宅楼（就是上次遇见他的那栋楼），直上五楼。

一边走，冯晓钢一边交待，"你别跟他说你是记者。"我问以什么身份跟他打交道，冯晓钢说，这个由我来介绍吧。

"其实我们此前在街头碰到过两次，他会不会对我有排斥情绪？"

"没事，只要我在，他不会对你怎样。"

冯晓钢敲门，并喊："雷恩，起床了没有？"

很快，门打开了，雷恩出现在我面前，他看到我，显然有些吃惊，又看了看冯晓钢，似乎想问："这人是谁？你怎么认得他？"

冯晓钢拍拍我肩膀，对雷恩说："我朋友，周力波，我们也是前几天才认得的，今天约他过来玩。"又煞有介事地向我介绍雷恩，"雷恩，京大、华大毕业的高材生。"

进客厅坐下。这是一套二室一厅，室内装饰及屋里的设施都极为陈旧、简单，估计房屋是上世纪八十年代初建的，屋里的家具也是那个时候添置的。家具也就是几张木质硬沙发、矮桌、矮柜、椅子，一台21寸电视机。天花板吊下来一根电线，只有灯头，没有灯泡。矮桌上排满了蜡烛，都烧得差不多没了。这帅哥居然连电也不用？

我注意到沙发边的小矮桌上，有一本砖头一般厚的英文版《大英百科全书》翻开了摊着，估计刚才雷恩正在看它。我知道这是一本名著，钱钟书早年孜孜不倦地通读过它，前不久某著名艺人酒驾入监后也以读它消磨狱中时光。我在沙发上坐下，顺手拿起书翻了翻。我的英文很烂，一行有一大半单词不认得。

雷恩在我对面的椅子上坐下。他脸色有点发青，显出一种营养不良的状况，神色萎靡。时下已是冬季，但他穿的衣服很单薄，脚上竟然是一双塑料拖鞋，还没穿袜子。

"你是哪个大学毕业的？"他见我翻看他的书，便问。

我说是吉大，雷恩眨了眨眼，说吉大不错，全国大学排名第十名左右。我忙说不是那个吉大，是吉都大学。雷恩脸上马上现出一种不屑的表情，"吉都大学，垃圾大学。在全国大学里，三百名都排不上。"

我并不感到气短，本来就是所垃圾大学嘛。我放下书，说："冯哥说你是京大本科毕业，又读了华大研究生，算得上是奇才了。"

"不算什么。"雷恩面无表情。

"你现在还看书呀。"我摸摸书。书很老旧了，封面破损，内页纸张发黄，估计是他上大学、读研的时候买的。

"看着玩的。"

冯晓钢跑进一间卧室翻箱倒柜，拿出了两本证书，我一看，是雷恩的京大本科、华大硕士毕业证书，毕业证书上的雷恩，可以说是英俊帅气，一副青年才俊形象，不过眼睛里带着一丝忧郁。

雷恩瞪了冯晓钢一眼，"你这个人怎么乱翻人家的东西。"

冯晓钢对雷恩的不满并不以为意，继续向我夸雷恩，"他一天起码要看四小时的书，专业书、英语书，还看《资本论》呢。"

我注意到雷恩在京大、华大学的专业都和计算机编程有关，这可不是一般专业啊。我这基础数学专业，与计算机专业也算邻居，于是我便和他交谈起计算机方面的话题来。雷恩对我略懂计算机编程，有些意想不到，很乐意跟我交流。

冯晓钢没事做，便满屋子转，东瞅西望，仿佛这里是他的家。不一会儿，他又从卧室里淘出了一条牛仔裤，拎住裤腰两边，展示给我看，"你看，屁股上烂了一个好大的洞，雷恩穿过的。"

"你这个人，叫你不要乱翻，怎么什么都拿出来给人家看。"雷恩对冯晓钢很不满，但又无可奈何。

这样一条又脏又烂的裤子穿在身上，走到街上，真要给人当成大伙了。雷恩的真相似乎比我预想的还要惨。我说："雷恩，冯哥说，你的经历很特别，能不能说说你的故事？"

雷恩却把脸转向冯晓钢，"你这个人，又在人家面前乱说我了，太婆婆妈妈。"

冯晓钢对雷恩的不礼貌仍一点不在意，嘻嘻地笑，"没跟几个人说过，我是对想帮你的人，才说一些。"

我注意到，雷恩跟冯晓钢说话时，很少带称呼，总是脸朝他，以"你这个人"代替，而冯晓钢看上去也比雷恩大十多岁，他怎么能这样轻慢一个关心他的邻家大哥？我对他产生了一种不太好的印象。

我感觉，这个冯晓钢与雷恩有着不一般的关系。冯晓钢把雷恩当成自己的弟弟、甚至孩子一般，可雷恩却对冯晓钢不敬、不领情，甚至蔑视他。这实在是一种矛盾的关系。

"雷恩，说说你在北京求学的故事吧。"我说。

"你在什么单位工作？"雷恩却问我。

我看了一眼冯晓钢，他不作声，我只好老实说："我在吉都都市报当记者。"

雷恩哦了一声，表情平静，没有出现我担心的惊慌、排斥的情绪，他又问："你怎么不继续搞数学了？现在搞这一行的人越来越少了，你不应该丢掉它。"

"我也想搞啊，可是这一行没有单位要我。"我叹一口气。

"搞数学要求是很高的，你才读了本科，人家当然不会要你，你应该继续读硕、读博。"

我发现话题不知不觉被雷恩转移了，同时感觉出他并不想谈论自己，而且他跟你谈话时，总把自己摆在高高在上的位置，有点装B。我不知道该如何打开突破口。

"雷恩，是不是面条已经煮完了？你怎么不跟我说一声，今天早上吃东西了没有？"厨房里传来冯晓钢的声音。

我于是跑进厨房里看个究竟，只见盥洗池里扔着两只用过的碗，案板上撂着一筒纸，那种土作坊生产、用来包面条的黄色纸。厨房里什么吃的也没有，哪怕半颗米也看不到，使得池子里的那两只碗像传说中的碗，看着不像是用来吃饭的。这家伙难道不食人间烟火？

雷恩跟着走进了厨房，朝冯晓钢说："你这个人，一次次跟你说，不要乱翻我的东西，还是要翻。"

冯晓钢像是没有听到雷恩的斥责，相反，他像一个母亲对待孩子那样，伸出手认真地摸摸雷恩的腹部，说："肯定没吃早餐，估计昨天晚上都没吃饭。"

这一幕让我瞠目结舌，结合刚才的所见所闻，我简直怀疑这个京大本科毕业、华大硕士毕业的雷恩是个弱智。冯晓钢对我说："周记者，快中午了，请我和雷恩吃午饭怎么样？"

我说："行啊，你说，想吃什么？"

"出门不远，风景路上有一家东北饺子店，雷恩最爱吃了，我们去那里吃吧。"

雷恩说："你这个人，人家周记者是客人，怎么能叫周记者请客，太不懂道理了。"

冯晓钢朝我扮鬼脸，说："那就我请好了。"

雷恩对冯晓钢开口闭口"你这个人"，我听着都觉得过分了，你骂冯晓钢不懂道理，你自己更不懂道理呐，你还是京大本科毕业、华大硕士毕业的高材生，冯晓钢还大你十来岁，你就不能叫一声晓钢哥？如果不是为了挣点工分，我真不想理他了。我听说过一句话，"可怜之人，必有其可恨之处"，用这句话套雷恩，应该一点不会错。

冯晓钢敦促雷恩把拖鞋换成一双皮鞋——这双皮鞋也是旧得不成样，许多地方都脱皮了，于是三人下了楼。

路上，我一直设法套雷恩说他自己的事，可是你跟他提大学，他跟你讲美国；你跟他聊女孩子，他跟你谈太空科技；你跟他聊北京，他跟你说环保。步行二十多分钟，到了东北饺子店。才十一点钟，店里人不是很多，我们找位置一坐下，服务员就拿着菜单过来了。冯晓钢问要我几两，我还不饿，便说来二两得了，冯晓钢对服务员说："两份二两的，一份四两的。"雷恩不作声，从餐纸盒里抽出一把纸巾，使劲擦跟前的桌面。其实店里的卫生条件还算过得去，没什么显脏的地方。

等饭的间隙，我继续琢磨如何引雷恩谈他自己的故事，我问："雷恩，冯哥说你在北京交的女朋友很漂亮，是不是？"

"你去过北京没有？"他问我。

"没有，我连本省都没出过。"

"你应该去北京看看。不到北京，不知道中国文化的博大精深，光是故宫，就够你逛一辈子。"

我不能再让他岔开话题了，我说："雷恩，你跟你女朋友是怎么认识的？"

"不提过去的事了，说点高兴的吧。你知道上海有个周立波吗？你怎么叫了他的名字。"雷恩不上我的当，依旧按照他的思路跟我聊天，主宰着我们的聊天内容。

我有些恼火，恨不得扑上去，扼住他的喉咙，威逼他，"你说不说？你不说我掐死你！"

冯晓钢说："雷恩的爱情故事好浪漫的，就跟电影里演的一样。"

雷恩又瞪他了，"你这个人，知道什么叫浪漫？"

这时候，饺子端上来了。东北人就是实在，饺子包得好大一只，一只饺子得分两口才吃得完。但我发现，雷恩几乎是一口就吞下去一只。估计如冯哥说的，他昨晚和今早都没吃过东西。

我和冯晓钢的二两还没有吃完，雷恩盘子里的四两饺子已被他一扫而光了。他很优雅地用餐巾纸擦擦嘴，说："这家店的饺子很好吃，我经常来吃都吃不腻。"我想，你一个饿了两顿的人，有什么资格谈腻不腻的问题呀，吃四两肥肉你都不会腻。

回去的路上，我把冯晓钢拉到一边嘀咕，"冯哥，雷恩不愿说自己的事，恐怕我写不了这篇稿了。"

"他不愿说，等一下我告诉你。他的事我知道得一清二楚。"

"你把他的事情告诉了我，登到报纸上，他会不会生你的气？"我担心地问。

"生气就生气呗，他还能拿我怎么样。"

"他好像对你不太尊重呢。"我说起今天的感受。

"就当他是病人，他说什么也就不必计较了。"

"你觉得他有病吗？什么病？"

"我也不知道是什么病，反正觉得他有病。正常的人没有谁是像他这样的吧。"

确实也是。我说："看来雷恩的经历蛮复杂。"

"等一下我说给你听就知道了。"

于是冯晓钢叫雷恩先回去，拉着我去一个街边花园的休闲椅上坐下来，开始聊雷恩的事，足足聊了一个中午，够我花几天时间去写的。

12 "钟抄抄"被人黏上了

那些大贪官昧了那么多黑钱，怎么不见你去你写？那些大老板坑蒙拐骗，怎么不见你去写？那些大企业生产有毒食品，怎么不见你去写？就知道曝我们这些穷苦百姓的光，你算什么本事？

采访完冯晓钢，回到报社，上楼，一走出三楼电梯，就看到走廊里"钟抄抄"和一个男子争吵。这个男子四十来岁年纪，胡子拉碴的，衣着也不整齐，一看就知是进城谋生的庄稼汉。

"钟抄抄"说："是工商没收了你的东西，你找我要干什么，你应该找工商要去。"

男子说："不是你写那篇文章出来，工商会去查我的店吗？冤有头债有主，我不找你我找谁？"

"钟抄抄"说："要说冤有头债有主，也是你自己，是你自己做了非法的勾当，才导致这样的结果。人家那些正当经营户不是干得好好的吗，工商保护他们还来不及呢。"

男子说："我怎么干了非法的勾当？我那些豆腐都是经过油炸了的，炒菜的时候还要过火，产自厕所边怎么就不能吃了？有人买我的油豆腐吃死了吗？"

"你怎么不说你那些油是什么油？"

"反正不是汽油。"

我听了一会儿，总算听出了事情大概。

上周，"钟抄抄"发了那篇《本市尚未发现地沟油》的新闻后，有一个读者打电话给他，指责他做记者怎么能睁眼说瞎话，说本市绝对有人在炼地沟油，你敢去写吗？"钟抄抄"说，我才写了没地沟油，又写一篇有地沟油的稿子，这不是自己打自己嘴巴吗？

读者说："其实那人不光炼地沟油，还用地沟油炸豆腐卖，如果你不愿写地沟油，还可以写他在厕所边炸油豆腐的事。"

"钟抄抄"觉得从这个角度写可行，于是跟着报料人去暗访，写了一篇《油豆腐产自厕所边》的稿子，也不长，就六百来字。

稿子见报后，辖区工商所立即进行了查处，收缴了这个人的全部设备，于是这人便到报社找"钟抄抄"索赔来了。

"钟抄抄"说："在厕所边炸豆腐，完全不合卫生条件，你还没领工商执照，也没领卫生许可证，怎么不是非法勾当？你做了非法的事，还不允许记者写？"

"就算我做了非法的事，做非法事的人多了，你又去写了多少？那些大贪官昧了那么多黑钱，怎么不见你去你写？那些大老板坑蒙拐骗，怎么不见你去写？那些大企业生产有毒食品，怎么不见你去写？这些有权有势的人你不敢去写，就知道曝我们这些穷苦百姓的光，你算什么木事！你算什么鸟记者！"

"天下的事我写得完嘛。""钟抄抄"发现跟他讲不到一块去，不想理他，要走，但男子拖住他，"你不能走，你得赔我三万块。"

"岂有此理！""钟抄抄"使劲挣扎。

"我现在没活路了，你就得负责。"男子紧紧攥住他的手。

我上前劝架，对男子说："做什么事都得讲道理嘛，工商查了你的豆腐坊你找工商去呀，揪住钟记者算什么？就算钟记者今天不曝你的光，工商迟早也会找上门。"

男子推了我一把，"没你的事，我又不是要你赔。"

我见事情收不了场，于是下电梯，把门口的保安叫了上来。两名保安一人搂住他一条胳膊，把他架下楼。男子被架走过程中，还不停地回头朝"钟抄抄"叫喊，"赔钱！你不赔我钱，我跟你没完，明天我还来！我要天天来跟着你！做鬼也要跟着你——你——你——"

我拍拍"钟抄抄"的肩膀，说："没事，小市民一个，掀不起什么大浪，不用管他。"

"钟抄抄"又是叹气，又是摇头，"唉，我天天想着《黄飞鸿》里那个师兄的话，安全第一，不想还是惹上了麻烦。"

"不用这么紧张，你不见外省有些记者，还有被人砍伤的、被警方跨省的、被拘禁的，你这种情况是小儿科。"

"再小也是麻烦。"

我心情也跟着郁闷，这件事让我又进一步意识到，记者这碗饭不好吃，简直如履薄冰。难怪记者的门槛越来越低，记者算是最容易惹麻烦上身的一个职业了，不论大事小事，只要你写了见了报，你心里总会感到不踏实，不由自主地担心会不会出问题、惹麻烦，何况出不出问题、惹不惹麻烦，由不得你说了算。有时候，就因为一个字，或你确实用得不准确，或当事人认为你用得不准确，就会被人纠缠。更不用说那些暗处埋伏、你自己都意识不到的地雷了，有的是你无意中得罪了被报道的人、踩了人家的尾巴，有的是你闯了上面的禁区、红线。

人们称记者是无冕之王，这从何说起？"冕"是没有的，"王"之权威更不知从何而来。谁会怕记者？贪官不会怕，他当着大官，有权有势，也许他直接拿不了你，但可以拿你的老总下酒，你的总编会怕他，你揭露他们的文章也就常常见不了报；有关部门会怕你吗？它就是乱收费、乱执法，它就是不作为，怎么着？他只怕上级领导和纪委，只要上级领导、纪委不去查处，它只当你在放屁；大老板会怕你？他甩个几万块钱出来，黑社会和亡命之徒会前仆后继地来灭你；普通百姓会怕你？他没什么可以失去的，有怕你的必要吗？何况，打苍蝇对于记者来说，没有一点成就感。

这位"钟抄抄"仁兄，比我早进报社半年。他毕业于一所职业技术学院企业管理专业，你说他出来能做什么？大企业根本看不上他，小企业？小企业都是家庭作坊，自己家里几个人还安排不来呢，更加对你没兴趣，所以他也跟我差不多，什么活都干过，最后混进了报社。

他当记者纯粹是为了混饭吃，半点当"名记"的雄心也没有，他很少去做什么暗访，从不写有可能惹祸上身的报道，混得倒也还滋润。他这次曝这个进城庄稼汉的光，在他的潜意识里，不会惹什么麻烦，一个进城庄稼汉，能掀多大风浪呢。没想到还是被庄稼汉找上门来了。

其实，像这类被当事人找上门来吵架的事，记者们遇到的太多了，几乎每个记者都遇到过。这个进城庄稼汉只不过是跟他扯了扯衣角，根本算不上什么事，但"钟抄抄"还是心戚戚焉，也未免胆子太小了。

"大象还斗不过蚊子呢。他虽然不能拿我怎么着，但要是他天天跟着我、纠缠我，如影随形，也是相当恐怖的。"

我劝说："没事的。你叫保安看着点，不给他上楼来，他就纠缠不着你了。日子一久，也就过去了。"

"钟抄抄"说："但愿如此吧。"

13 "有记者跳楼了"

梁衡同志说过："记者笔下有人命关天，记者笔下有事业兴衰，记者笔下有荣辱毁誉，记者笔下有财产万千。"

编前会刚结束，只听"得花柳"站在办公室门口喊："马上去多功能会议室开会！"又开会呀，难怪今天报社这么热闹呢，各个部都是罕见的人挤人。

我下午三点钟就回到了报社，可能"得花柳"见我在报社，又一直在埋头写稿，就没提前通知我了。

一阵桌椅挪动的乒乓声过后，会议室座无虚席。郑副总对着话筒"喂、喂"几声后，说："今天开这个会，报社领导层也是酝酿了好一段时间，认为有些问题，到了不得不说的时候了。下面请莫总讲话。"

坐在主席台正中的莫总扫视了一圈台下，脸色严峻，说："开会了！今天召集大家开会，是想和同志们通一声气，报社领导层决定，制定一部新的采编处罚条例。"莫总的开场白如敲惊堂木一般，震得会议室顿时安静下来。莫总接着说——

近段时间来，我们报纸差错不断，险情不断，简直到了惨不忍睹、忍无可忍的地步。这半年里，因为文字差错，我这个老总就被上面叫去训了三次话；也是因为文字差错，这半年里我报就被起诉了二次！还都输了，情何以堪？

如果是内容上、主题上的差错，这不是我认定得了的范围，我倒认栽，让人哭笑不得的是，这些差错都是可以避免的文字上的差错，如"涛"成了"铸"字，"近"字成了"进"字，错得太无厘头了！在新闻行业，文字差错，是最低级的错误，也许有人说，报纸只有一个晚上的时间编校，时间仓促，差错难免，这不是理由！

我认为文字差错多的根本原因，一是"马大哈"记者越来越多，"地雷"埋得多且深，令编辑挖不胜挖，防不胜防；令我这个总编有"庆父不死，鲁难未已"之感。二是编辑水平、责任心存在问题。按理说，编辑的水平要高过记者，但蜀中无大将，廖化作先锋，奈何？"马记"碰上"马编"，一旦"地雷"挖不干净，就要出事故。

不要小看文字差错，小差错常常会酿成大错，一些字词用错在敏感部位，文字错误就会变成政治错误，变成侵权行为。我相信记者、编辑绝对是无意的，但白纸黑字，跳进黄河也洗不清。

作为总编，报纸出现诸多差错和事故，我深感惭愧，也愿负最大的责任，在此向大家表示歉意。但个人的荣辱毁誉事小，如果涉及到报社的前途命运，则事体大矣，每个人都不可掉以轻心。

出现"马大哈"记者、编辑，究其原因，我想，一是我报为招揽人才，实行宽进宽出原则，招聘时不是很讲究专业和学历，导致人员素质参差不齐，且人员流动性大，新进来的人来不及培训就上岗了。二是工分制的缺陷。工分制是报社普遍实行的制度，它极大地激励了员工的积极性，但说实话，工分制也存在很大弊端。君不见：为了多挣工分，有的记者采访浅尝辄止，下笔匆匆，行文草率，只求一天多写几篇，写完稿后连回头看一遍都不愿意，管他有没有"地雷"，认为反正有编辑把关；为了多挣工分，同事间相互抢料，反目成仇；为了多挣工分，不惜弄虚作假，不实地采访，借稿挂名；为了工分，对纠错者恨不得"拔刀相见"，为报社利益着想的人反被当成小人；为了工分，对打分锱铢必较，为多一分少一分吵上半天，搞得部门之间不和。当然，这些只是极少部分人的行为，但也造成了不良的影响。三是虽有处罚条例，但执行起来心慈手软，起不到惩戒效果，一些混日子的人仍旧一天天混下去。

还有一种"马大哈"，是功底问题。我们一些记者，有"铁肩担道义"的抱负，却缺乏"妙手著文章"的本事，胆勇有余，见识不足，激情有余，理性不足，往往"路见不平"，不辨青红皂白便拔刀相助，这是"血勇"之人，不惹下官司才怪。还有一类记者，或是涉世不深，或阅历尚浅，往往先入为主，偏听偏信，甚至道听途说，造成报道失实。最近网络有一个热词，叫作"你以为你以为的就是你以为的吗？"一些功底不足的记者、编辑常常犯这样的错误，这种错误就不只是文字差错了，留待以后再说。

希望有"马性"的同志，为了自己的进步，为了吉都报的形象，多清夜自问，更要扬鞭奋蹄。如果有人仅仅是为了混碗饭吃，仅仅是满足于找一个职业，不说也罢。如果想在吉都报当一个有作为的记者，以"马大哈"的作风是混不出来的。当然，光要求大家自省是远远不够的，还要有制度。这次定出的新处罚条例，加重了对记者、编辑出现差错的处罚，其意无非是"以霹雳手段，显菩萨心肠"。处罚毕竟是手段的一种，更重要的是促使"马记"、"马编"以及全体同志，思想上高度重视起来，切切实实加强政治和业务学习，不断增强自己的政治责任感和时代使命感，不断提高写作水平和文字水平，不辜负社委的期望，不辜负五十万订户的厚爱。

同志们，新闻界前辈范长江说过："只有健全高尚的人格，才可以配做新闻记者""新闻记者应当是社会所敬重的人物。"梁衡同志说过："记者笔下有人命关天，记者笔下有事业兴衰，记者笔下有荣辱毁誉，记者笔下有财产万千。"我想加上一句：记者笔下有自己的饭碗。谁砸吉都报的牌子，就等于砸自己的饭碗！我希望同志们，在写罢或编罢稿以后，能否做一次深呼吸，气沉丹田，把所写或编的稿件仔细读一遍，觉得没有纰漏，才传出去。办法虽土，但我相信最有成效……

莫总一口气说了近一个小时，看来他实在是憋不住了，不吐不快。听者也是听得一个个呆头呆脑，对老总的话一时消化不了。接着，方副总和黎副总又做了一些补充和强调。

总编室主任王宝祥和几个文员各捧着一摞材料（估计就是新条例）走进会议室，在每一排放下一沓，"击鼓传花"式发到每个记者、编辑手中，很快倒吸冷气声四起。

我一看新条例，也是倒吸冷气。因为条例的处罚太重了，比如大标题错一字，相关责任人各扣二百元；小标题错一字，相关责任人各扣一百元；内文错一字，相关责任人扣五十元；因为内容差错、文字差错导致报社被起诉、被训话，相关责任人扣当月基本工资……

最后，莫总说："大家看后有什么意见，可以提出来，对报社其他工作还有什么想法，也可以提，发在报社采编论坛上，让人家讨论。"

会议结束了，记者、编辑们一个个默默地走出会议室，那气氛，就像开完追悼会，走出殡仪馆一般。我心里感到惭愧，因为我的稿子错别字也很多，为此连校对都骂过我，还好，我的文章没惹官司。

我知道那两起官司，一起是政法部的仁兄"邹大炮"写的一篇反腐稿子，一个小贪官贪污公款被判刑，"邹大炮"写稿时，自作主张地给他多加了一个"受贿罪"，这个贪官在牢里就把我报给告了，这事我们自嘲为"打死老虎还被咬了一口"。还有一起是我部记者"林聪明"写的曝光新闻，曝光某乡镇医院乱收费，在引用医院一位副院长的话时，记者写错了名字，本应是王副院长说的话，可能该记者的语言系统里"王"、"黄"不分，写成了黄副院长，不想该医院还真有个黄副院长，结果被黄副院长告了。

第二天，报社的论坛上出现了一篇语气强硬的帖子，光题目就很"标题党"：吉都报有记者跳楼了！帖子说：报社在管理上存在着太多的不公正、不公平、不平等——

第一，分配不均，打击记者士气。

在几个业务部门中，采访中心的记者付出的工作成本最高（交通费、通讯费、公关请人吃饭等），工作时间最长，没有休息日，没有节假日，天天月月拼命写稿，每天什么时候写完稿什么时候才是下班时间，可多数记者的收入还是比不上其他部门的人，每月的分数榜就是最好的证明（前三名都不是采访中心记者）。年终奖即便给记者们上浮10%，跟其他部门的人相比还是有差距，文字记者中最高分者，收入竟然跟一个普通美编差不多。

第二，压力不均，记者不堪重负。

记者是风头浪尖上的岗位，如今记者的工作大环境越来越差，在外采访过程中遭受白眼冷遇是家常便饭，甚至被拒绝采访、被驱赶、被殴打，在内也压力重重，承受领导、编辑层层要求，稿子时不时被毙掉，压力重重，久而久之，大多数记者都感到身心疲惫。

本人参加过多次大型活动报道，相比其他媒体，我们的记者是最辛苦的，别人的背后有主任、老总在出谋划策，我们的记者却常常是孤军作战，做好了是应该的，做不好就被指责不如别的媒体。一条新闻做得不好，不应该只是记者一个人的事，采访中心领导、编辑中心领导乃至报社领导都有责任，但这些领导的责任从未有人追究过，当领导真是太舒服了。

第三，打分不公，执行偏差过大。

首先，打分制度执行上随意性大，见到哪个记者上月分数高，下月就压分；上次打分低了，记者意见大，下次打分就宽松点，请问标准在哪里？有的记者为了能多打分，对有关人员施以小恩小惠，请吃请喝，有没有人管？其次，工作量化不明确。虽然各部门任务基数同是70分，但是各部门打分却随自己，导致一些部门员工的分数畸高。记者累死累活，一个月写七八十篇稿件最多也就200分左右，仅拿到5000块工分钱。相比之下，一些版面的编辑和出版组员工的工作量不见得有多大，按部就班地工作，却月月拿到高分，基本上都能达到200分，甚至更高。

第四，编辑与记者不平等。

采编采编，记者和编辑本身就是同一个战壕的战友，但在吉都报，事实上并不平等，使得采编人员之间的矛盾不断。许多我们推崇的外报的编辑都是专职的，而我报一些人觉得做记者太难，甚至完不成任务，便改去做编辑，因为当编辑有固定的版面，旱涝保收，而记者有时候采访了写不了或写了发不了，就成了白忙活。做记者都做不好，怎么能去做编辑？这不是养懒人吗？

同样的制图做表工作，记者做了是应该的，美编做了就可以加分。如何把版面做得好看本身就是美编的工作，而且他们的版面也是记分的，怎能设计了一个栏头或制作了图表就加分呢？

由于不合理的制度和运行机制打压了记者的积极性，导致一些记者疲于挣工分，每天采写四五篇垃圾稿，大部分都是些家长里短的琐事，更谈不上字斟句酌，精益求精，差错多就成了难免的事。对一份都市报纸而言，鸡零狗碎的新闻能否撑得起版面？都写些鸡零狗碎的新闻，又如何做得出独家的视角？

在报社的工作链中，记者处于最前端，报纸出现错误，总少不了记者的份。本来记者们就受到严重不公正的对待，收入偏低，如今又出台更严厉的处罚条例，打击面更大的还是记者，让不让记者活了？……

看得出这位仁兄也是憋了很久的气了，不吐不快。帖子没有署名，注册名叫"新闻A梦"，不知道是谁。是不是外来黑客？应该不是，要不这黑客也太无聊了，而且外来黑客怎么知道我报这么多的内幕？

很快有人跟帖了，一个接一个，搭起的"楼梯"高耸云端。帖子有喝彩的、有发牢骚的、有漫骂的（骂记者、骂编辑、骂校对、骂清洁工、骂对面街的送水工、骂楼下快餐店），有发黄段子的，甚至有向某个漂亮女员工求爱的……当然这些帖子没有一个署真名，注册名都是新的。

看着这一条条用词新颖、生动活泼、古灵精怪的帖子，我乐不可支，谁说我们记者文字水平低？只要不是写新闻，什么好句子都想得出。

突然一股酸楚涌上心头，激荡出几滴眼泪，冲向我的眼眶，伴随着我的笑声迸了出来。唉，你说当个记者容易么？工分压着你，"二十二条"无形中罩住你，大人物通过老总阻拦你，小百姓无所畏惧缠着你。你越挣扎，就越下沉，就像掉进泥淖里……

14 丑人与好人

我们曝"吉都神葡"的光，是为了什么，为了正义？为了诚信？为了消费者？这些都对，但可不可以同时也为报社创收呢？

第二天下午，我继续伏案写雷恩的故事，突然，办公室有人争吵起来。我扭头一看，吵架的人是"罗战神"和"摇钱树"。我顿时明白为什么了。

一个星期前，"罗战神"曝了一家企业的光。这家名叫"吉都神葡"的葡萄酒厂，经质监局抽查，生产的"神葡"多项指标不合格。然而今天，我报却刊登了"摇钱树"写的一篇稿，大夸"吉都神葡"如何如何好，如何深得吉都市民喜爱。同一个报道对象，同一家报纸，二篇文章的内容和观点一正一负，这不是自己跟自己打架么？情何以堪？

我们社会部的记者们看了报纸，一个个都不吭声，脸上露出诡异的笑意，或者默默地摇头。不用猜，"摇钱树"的文章能出笼，不是"摇钱树"去揽了广告，就是报社受到了压力。显然，前者的可能性较大。一家民企，能对报社构成多大的压力呢？

可是，总不能前头批评了人家，后头又收人家的钱再歌颂人家吧，还有没有立场了？还有没有自己的尊严了？

显然，"罗战神"把账算在了"摇钱树"头上，他一看到"摇钱树"进办公室来，就火冒三丈，冲到她办公桌前，指着她骂："'摇钱树'，你他妈的捞钱也捞得太不要脸了！"

"你说什么呀，没头没尾的。""摇钱树"皱起眉头。

"别跟我装蒜！""罗战神"把两份报纸拍到她桌面上。

"你凭什么说我，你又不是我老板，我写什么稿还要请示你吗？还要经过你同意吗？关你什么事！""摇钱树"一脸凛然。

"怎么不关我事，我没去曝它的光之前，也不见你夸它。我在前头做了丑人，你在后头做好人，我得骂名，你得美名，还得捞钱。有你这么写稿的吗？"

唉，现实就是这么残酷啦。我听着心里不由叹气。记者之间互相踩，在我报已是家常便饭。争抢新闻、封锁线索、藏通讯员……连莫总那天在会上都忍不住对这些事大发牢骚。可是，这也不能完全怪我们记者不是？比如说，这次"摇钱树"的行为，记者打记者同事的耳光，也太恶劣了，如果你莫总不同意写、不同意发，"摇钱树"会去写吗？就是去写了，文章能见得了报吗？我承认可以为报社多弄点收入，是为大家好，可实际上不一定是为大家好，有些无形的伤害和损失是钱财弥补不了的。

"……我爱怎么写就怎么写，用不着你指点。""摇钱树"不看"罗战神"，边翻抽屉边说。

"你以为你很了不起？你那些烂稿，也只有吉都报才登。"

"你厉害，还待在吉都报干嘛，到人民日报去呀。"

两人越吵话越难听，有人受不了了，或者不知道要扮演什么角色，索性走了出去。我也被吵得思路大乱，我想，若没人去劝架，"罗战神"就难下台阶了。因为"摇钱树"对他明显是不屑的态度，使他看上去有点自讨没趣，我于是走上前去，好声相劝："老罗，消消气……"

"我告诉你，你做得初一，我也做得十五；明天你夸谁，后天我就去损谁！""罗战神"被我劝退了几步，但嘴里仍在骂。我听得直摇头，报社是你开的吗？你想损谁得先过莫总这一关。

"你爱损谁损谁去，不关我事。""摇钱树"摸出一只小圆镜，照自己漂亮的脸蛋。

争吵声引来了采访中心主任"尿不湿"，他站在门口喊，"'罗战神'，莫总叫你去他办公室一趟。"

"罗战神"走了，办公室又恢复了安静，只剩下单调的敲打键盘的声音。不知道莫总会跟他说些什么，会不会辞掉他？这是我最担心的。在我报，开掉一个人是时有发生的事，尤其是记者。突然之间，你会发现，有个记者不见了，报纸上也没有他的文章了。一问，才知被辞退了或辞职了。我进来这大半年，已经有十个记者走了。有的是涉嫌敲诈、诈骗当事人被辞的，有的是写文章惹了麻烦或犯了严重错误被辞的，有的是连续三个月完不成任务自己走的，也有另谋高就自动辞职的。"罗战神"和我关系还不错，没稿子写的时候经常在一块聊天、喝酒，真不希望他走人。

傍晚时分，我接到了"罗战神"的电话："阿跑，在干嘛？"我说在写稿，"罗战神"便说："累死累活写稿干卵，出来喝酒。"

雷恩的稿件正写在兴头上，我有点不大想去，可想到下午的事，觉得不去会让"罗战神"脸上挂不住，甚至误解我，便答应了，而且我也想了解莫总跟他说了些什么。

吃饭的地点在报社附近五一路一个极普通的大排档。平常我们喝酒也多是来这条街。已经到了三个人，除了"罗战神"，还有"钟抄抄"、"王大神"——就是那个收红包后分红给周副市长的。

"没事吧。"坐下后，我拍拍"罗战神"的肩膀。

"有个鸟事。""罗战神"用鼻孔说。

话说"罗战神"去了莫总办公室后，莫总对他倒还和气，亲自搬了张椅子，让他坐在自己身边，还亲自给他倒了一杯水，之后拍拍他的大腿，说："小罗，我理解你的心情，你有什么想法，可以找我说嘛。在办公室跟一个女同事吵架，多不好。你是男人，怎么可以跟一个女人吵架呢？让人家笑话的。你想吵架，跟我吵嘛。"

"罗战神"当然不能跟老总吵架，他闷声闷气地说："我就是想不通，她怎么可以这样做。"

莫总说："你也别怨她，这是报社领导层的决定。你要学会辩证地看问题。我们曝'吉都神葡'的光，是为了什么，为了正义？为了诚信？为了消费者？这些都对，但可不可以同时也为报社创收呢？以前我们广告部的人也去找过这个企业，但是他们老总就是不鸟我们，现在你这一弄，他们急了，愿意在我们报纸上做广告，这是好事嘛。"

"我们才批评过人家，现在又夸人家，读者会怎么看？"

"这很正常呀，任何一个事物都有优点有缺点，前几天我们说了它的缺点，今天我们说它的优点，不矛盾嘛，而且优点缺点都说了，这就全面了。读者说不得我们嘛，对不对？"

"罗战神"不得不承认莫总说的很有道理，可总觉得有什么地方不对劲。如果你对一个人，今天很刻薄地骂他，明天你又很肉麻地夸人家，别人是不是觉得你很变态？特别是同一件事，昨天你当缺点写，今天又当成优点夸，摆迷魂阵吗？

莫总说："你放心，读报纸的人只有一天的记性，他们早忘记你的文章了。要记住什么，也不会记住你罗占生的名字，而是记住我报的名字，要丢丑也是丢我报的丑，你犯不着生气。"

莫总对"罗战神"侃侃而谈了一个下午，侃得"罗战神"心里虽有气，却哑口无言，只有郁闷。

"罗兄，犯不着动肝火。""王大神"劝"罗战神"，"报社是你的家吗？不是，你只是报社一个随时会被开掉的聘用人员，一个没有入编制的外来人员。你在报社干得了一辈子吗？干不了，你迟早会走人或被走人。报社是你家开的吗？也不是，是公家的，没你家的股份，你也就是个领工资的打工仔，你较什么劲？当记者是你的终生事业吗？鉴于前面两条，当记者成不了你的事业。所以，你那么在乎干嘛？人家爱干什么就干什么好了。"

"照你这么说，这记者有个鸟干头。"

"罗战神"的话让大家都有些尴尬，这时，厨房师傅端着重庆麻辣火锅上来了，我们撂下刚才的话题，纷纷端起啤酒杯，"来，万事顺意，开心就好。"

一杯酒下肚，"王大神"说："告诉哥几个一个消息，我辞职了。"

我们三个都很吃惊，因为此前一点传闻都没有。我说："老大，干得好好的，干嘛辞职啊。"

"王大神"说："我在吉都报都干了十年了，太长了。"

我说："越老越值钱嘛，经验丰富，文笔老道。我们见莫总天天夸你呢。"

"少来，""王大神"说，"骂我的时候你们怎没看到。"

"真的，老大，你走了太可惜了，我们都没了榜样。"

"兄弟，记者这一行，不可不干，不可干久。在我国，记者是吃青春饭的，我三十多岁了，该退役了。再不退，佝偻着腰跟在一堆小屁孩后面抢新闻，老脸往哪搁。"

从电视上看到，在欧美国家，大胡子记者多的是，可我们这儿的报社，记者大都是些二十出头的小青年，中年记者也就三、两个。难道我们这儿的记者真的是青春行业？"王大神"不愧为人神，看问题深邃。

"钟抄抄"问："老大，准备去哪儿高就？"

"王大神"说："不给人家打工了，自己做老板。我打算去省城办一家文化传播公司，拍广告、拍电视剧。"

"还是老大有能耐。"

"能耐谈不上，只不过是激流勇退。现在媒体是这样的环境，各位如果有还不算差的门路，也赶紧洗脚上田吧。"

我突然想起，"王大神"当经纪人的那个周副市长，上个月调去省文化厅当厅长了。这里面太有玄机了，能人就是能人哪。

　　"钟抄抄"不明就里，说："老大，现在搞文化产业风险太大了。听说目前国内有六千多集电视剧锁在库房里播不出来呢，一集就算投资六十万元，也积压了三百多个亿，多少文化公司老总要跳楼。"

　　"王大神"轻松一笑，说："做什么生意都一样，看个人，哪一行都有做得风生水起的，有做得血本无归的。不也有那么多电视剧播出来了嘛，我相信自己能成功。我的事希望大家不要声张哦，我就告诉了哥几个。低调，低调。以后哥几个想去我那里发展，绝对欢迎！"

　　我们举杯预祝"王大神"的生意"通三江、达四海"。

15 雷恩的故事——求学

　　谁说"80后"生活在蜜罐里？那场没有发生在他们身上的"文革"，像一个在空中飘游的幽灵，依然间接影响着他们中的许多人

　　经过三天的埋头写作，一篇长达7000多字的通讯《"双料才子"拾荒度日》出稿了。这是我当记者半年来写得最长的一篇稿，也是我最满意的一篇稿，我想，稿子内容奇特可读，既有社会意义，又没有"敏感词"，应该能通过吧。

　　果然，稿子在编前会上赢得了大家的一致赞赏。莫总决定分六次连载，而且放在头版倒头条。

　　我发在报纸上的雷恩的故事，是新闻通讯体，为了更生动地展现雷恩的曲折人生，在这里，我就用小说体复述给大家吧。

　　雷恩，1980年3月出生。按照上一辈人的说法，他属于"80后"。上辈人对"80后"似乎有一种成见，说这"一代"人是在蜜罐里长大的，不成熟，不

懂事，太自我。其实，在我这个"85后"看来，雷恩差不多是上一代人了。

雷恩虽说是"80后"，但他的人生轨迹与许多同龄人似乎不一样，因为他有一个不一样的母亲。

雷恩的母亲是北京人。

她既是北京人，为何来到了南方的吉都？说来就话长了。

雷恩的母亲周女士曾是个"北京小姐"——她父亲早年是个不大不小的民族资本家，她的童年在优渥的生活中度过，然而好景不长，她父亲的企业交公了，接着她家的大房子也充公了，又过了几年，她父亲被批斗了。但家境的变化带给她的冲击，远比不上她对自身身份的抗拒所带来的痛苦，在工人阶级当红的年代，她痛恨自己的小姐身份，她渴望得到主流意识的认可和接纳。

高中毕业那年，她曾报名去内蒙古下乡插队，但因成分不好，没被批准。两年后的一天，她从《人民日报》上看到了一篇文章，对吉都一名模范青年矿工雷建生先进事迹的报道，她对雷建生顿生爱慕之心，主动写信给他。这一年底，周女士怀着激动的心情随着一火车的北京人，浩浩荡荡地离开了北京，来到了吉都，不过她不是上山下乡，而是嫁人——通过嫁人，她终于走进了工人阶级队伍。

七年过去了，四面八方的北京人又浩浩荡荡返回北京，但这次周女士只有看热闹的份儿了，她心里五味杂陈，感觉自己像做了一场梦，一场自以为美妙实则坠入深渊的梦。

重回北京，成了雷恩母亲的另一个梦。可是怎么回去？不要吉都的工作了，直接就回北京？不要忘了，那年代，户口就像一条绳索，紧紧地拴住了一个人的双脚，没有户口，你不但在北京找不到工作，还会随时被关押、遣送。调去北京？这在理论上有可能，就算她能把自己调回北京，可丈夫、孩子呢？他们是百分之百在北京落不了户的。与丈夫离婚，不要这个家了？她狠不下这个心。实际上，她也没这么大能耐把自己调进北京。

雷恩的母亲在百般纠结中度过了一年又一年，小雷恩出生了，小雷恩渐渐长大了。她把回京的希望寄托在了雷恩身上。因为雷恩从小既听话又聪明，学习成绩在班上总是第一、二名。而哥哥雷德，则是个调皮的孩子，逃学是他最爱干的事。

"雷恩，你知道北京吗？"一天，她问小儿子。

"当然知道啦，是我们国家的首都。"雷恩说。此时的雷恩已上小学二年级，他不仅从课本上学过关于北京的课文，也从电视上看到过北京，但也仅此而已，北京在他脑海中还没有形成一个清晰的具体的概念。

母亲开始每天都给雷恩讲北京的故事，讲故宫、长城、北海、香山的迷人，讲外公、外婆（都已去世）、舅舅的故事，还有她自己小时候的故事，又问他："雷恩，北京好不好？"

"好！"雷恩答。他这样回答，更多的是顺从母亲，北京在他眼里依然遥远而陌生。

此前，雷恩的母亲从未带丈夫、儿子回过娘家（其实是回哥哥家），她觉得，以她现在的状况出现在家人、亲戚、朋友、同学面前，是件丢脸的事。这年冬天，她想，无论如何也要带雷恩回一趟北京了，她要让儿子真真切切喜欢上北京。

那年月的火车还很慢，雷恩在火车上睡过去又醒过来，醒过来又睡过去，北京迟迟未到。快到北京的时候，母亲摇醒了他，"雷恩，快看，北京！"

雷恩睁大眼睛看窗外，虽然是晴天，窗外却是灰蒙蒙的，平坦的原野上，是成片成片的厂房和低矮的房屋。他看不出北京有什么奇妙的地方。当然，这是郊外。进了城区，一栋紧挨着一栋的高楼更把视线都挡住了，除了高楼大厦什么也看不到。

一出火车站，人山人海的景象让他头晕，他分不清东南西北，任由母亲拉着他东奔西走，换乘一趟又一趟公交车。也不知转了多久，母亲领着他走进了一家四合院，高声喊："哥，嫂，我回来了！"

一群人不知从什么地方冲了出来，转眼间就围住了母亲和他，母亲激动地哭了，朝每个人都喊了一声称呼，又向他介绍每一个人，"这是舅舅，这是舅娘，这是表姐……"

亲人相聚，嘘唏不已。雷恩有些发呆，不知道自己该怎么做，没有人理他，他默默地跟在一群人身后，向屋里走去。舅舅的家很窄小，只有两间平房，晚上母亲和舅娘、表姐合睡一张床，他则和舅舅合睡另一张床。

雷恩和母亲在北京逗留了七天，母亲带着他去看了好多地方，他依然感受不到北京有多么令人向往。舅舅家一带尽是低矮的四合院、狭窄的小巷，一点不像城市，而像他爸爸老家的村庄；北京的冬天又冷又燥，害得他流了几次鼻血；北京好玩的地方虽多，但都太远，来回一趟要花一天……让他感受强烈的是，舅舅一家对他和母亲不是很热情，表姐对他爱理不理的。住在舅舅家，他不开心，他像一个外人。

回吉都的路上，母亲对他说："雷恩，你要好好读书，长大了考上北京的大学，留在北京工作，以后妈妈退休就可以跟着你回北京了。"

"嗯！"小雷恩听话地点点头，虽然他不明白，母亲为什么一定要回北京。其实他还不懂得，做一个北京人多么有优越感，母亲虽然离开了北京，但这种优越感深入骨髓，何况，当年那么多离开北京的人都回了北京，唯独她回不去，她是多么不甘心。在北京，看到母亲在舅舅、舅妈面前一把鼻涕一把眼泪的样子，他很伤感，觉得应该为妈妈做点什么，让妈妈开心起来。出于这种心理，他答应了妈妈的要求。

"好孩子！"母亲搂着他热泪盈眶。

谁说"80后"生活在蜜罐里？那场没有发生在他们身上的"文革"，像一个在空中飘游的幽灵，依然间接影响着他们中的许多人，使他们的性格、生活轨迹发生改变，雷恩就是其中之一。

小雷恩承载着母亲的梦想，读书更加刻苦了。只是他没有想到，与母亲有了这个约定，他与快乐的童年就告别了。在学校里，他认真听课，努力做作业，即使课间休息的十分钟里，他也抽出五分钟做作业。然而，回到家里，他仍无法离开课本、作业本。母亲下班回来，只要看到他与院子里的同伴们玩，就沉下脸一顿训斥："雷恩，又在外面瞎玩了，做完作业了没有？作业做完了就没事了？以前的功课要不要复习？回家！""雷恩，现在不努力学习，以后怎么去北京上大学？""雷恩，说你多少次了，还是这么贪玩，太让我失望了！我算是白疼你了！"

渐渐地，小雷恩远离了同伴们，放学一回到家，就从书包里拿出课本、作业本继续学习，可是窗外不时传来同伴们快乐的嬉笑声，总是让他分神。一次，他情不自禁地趴在窗户后遥望院子里的同伴玩耍，这时候母亲下班回家了，悄无声响地走过去，狠狠地掴了他一个耳光，雷恩一点没防备，这一耳光掴得他耳鸣了一个晚上。

还有一次是期末考试，雷恩总成绩从班上第一名跌到了第二名，其实与第一名相比，也只差二分，然而母亲一看成绩单，竟大发雷霆，拿起塑料晾衣杆对雷恩劈头盖脸地打，父亲在一旁说了一句"第二名也很不错啦"，也挨了母亲一棍。晚上，雷恩被饿了一顿饭。

母亲的训斥和耳光，成了雷恩童年时代最刻骨铭心的记忆。他变得越来越内向，越来越沉默寡言。不过，学习成绩一直保持在全班一、二名。

雷恩的苦闷引起了一个人的注意，他就是住在四楼的冯晓钢。他们的父亲是同事，所以两家不但住同一栋楼，也经常来往。冯晓钢比雷恩大十二岁，已经工作了，在一家工厂上班。他不上班的时候，总是趁雷恩的母亲还没下班回家，带着雷恩到楼顶上面玩半个钟头，或放风筝，或打陀螺，或下跳棋。跟晓钢哥哥在一起，雷恩玩得很快乐。

初中毕业，雷恩考上了市里的重点高中吉都第一中学，于是搬到学校去住了。高中三年，雷恩几乎一个月才回一次家，尽管从学校到家里花的时间不超过一个小时，回到家，问母亲拿了生活费，吃了一顿晚饭，又连夜赶回学校了。雷恩刚上高中时，母亲对他不放心，隔些日子总要跑去学校打听儿子的情况，老师告诉她，雷恩读书很用功，学习成绩在班里一直排前五名，这让她感到欣慰，觉得儿子懂事了，不需要严格管教了。

三年后，雷恩实现了母亲的夙愿，考上了北京的大学，而且是京大，全国排名数一数二的名牌大学。拿到录取通知书的那一刻，母亲百感交集，抱着雷恩痛哭。

雷恩的父亲多年前受过工伤，身体一直不是很好，最终在这一年冬，患肾衰竭去世了，雷恩的母亲对吉都彻底没了留恋，回京的愿望也就更加强烈。雷恩虽然考上了京大，按照分配政策，他毕业后有可能还是被分回吉都来，于是她继续对儿子提要求，"雷恩，你一定要考上北京的研究生，有了研究生文凭，你才能留在北京。"

雷恩心里叹了一口气，但没有违逆母亲的要求。整个少年时代，他都活得很累很压抑，本来他以为进了大学，压在心头的重担可以卸下了，可以快乐地生活了，可是，他的任务还没有完成。

雷恩读书的拼劲在大学里继续延续。童年的一幕幕继续上演，下午没课了，他仍在教室里苦苦自习，窗外，则是同学们在足球场上大喊大叫地踢球。吃过晚饭，他形单影只、行色匆匆地走在通往教室的路上，路的两旁，是成双成对坐在树下看夕阳的情侣……

大四下学期，雷恩考上了华大电子金融专业研究生。

❤ 16 约悠悠吃晚餐

再也不跳槽了，从此我就老老实实当记者，一直当下去，当到人家不要我了，或者自己跑不动了为止

写雷恩的故事，耗去了我三天时间。也就是说，有三天没有跟葛悠悠联系了，这可不太好。感情这东西，就像打铁，得趁热。

以什么由头跟她联系呢？这得事先想好，要不打电话打通了，却不知道说什么，那多尴尬。

我抓了抓头皮，很快想出点子来了。上次帮她写的拾垃圾教授的稿子登出

来了，不正好可以叫她请客么（当然是她请客我埋单啦）。这几天写雷恩的故事，写得我头晕脑涨，正好借这个机会放松一下。

我熬到下午五点半，掏出手机拨葛悠悠的电话。铃声才响了两下就有人接了，看来葛悠悠正闲着。我说："悠悠你好，三天不见你了。"

葛悠悠说："是啊，我还以为你过河拆桥了呢。"

什么话，到底谁帮的谁呀，跟外语系学生交流真要命。我正要调侃她，悠悠马上意识到自己说错话了，"对不起，说反啦。"

"我帮你在报社树起了形象，也不请我吃饭呀。"

葛悠悠"呵呵呵"笑了几声，说："那好吧。"

悠悠这么爽快地答应，太让我高兴了。这说明，一来她对我的印象还是好的，二来她应该没有男朋友。

我们约好吃饭的地点是一家叫秋韵阁的休闲餐厅，是悠悠定的。这名字一听就很小资。地点在我报和吉都晨报的中间，其实两家报纸距离也不远，骑电动车也就半个小时，我去这家餐厅也就二十分钟。

悠悠还没到，我选了一个靠窗的位置等她。这是一个对坐的卡座，令人感到很浪漫的是，相对的两排座位竟然可以小幅度摇晃，像秋千一般。我坐上去轻轻摇了摇，一时掌握不了平衡，打了一个趔趄。

我仰头朝前方看了一眼，一些位置已有人坐了，都是成双成对的情侣。这里的环境幽雅而宁静，真是谈恋爱的好地方啊。悠悠为什么要选这样一个适宜谈恋爱的地方？是不是她有跟我谈恋爱的意愿？这么想着，我心里感到无比甜蜜。

悠悠款款走来了，依然没穿裤子，别笑！我说的是她依旧穿裙装。上身是加长的风衣，长得把裙子都遮住了。脚上穿的是深棕色高筒靴，高过了膝盖，看上去就像两只靴子直接杵进了衣服里。

看到我，悠悠未语先笑，她走到我对面坐下，我忙说："小心，椅子是摇动的。"

"知道啦，我又不是第一次来这里。"

悠悠不是第一次来这里，以前来过几次？跟谁来的？男的女的？悠悠的话让我心里泛起一丝醋意。

餐厅服务员走过来了，悠悠拿出一副做东的姿态，接过点菜本，问我："周大记者，想吃什么？"

我说："我没来过，也不知道这里什么好吃，你帮我点吧。"

葛悠悠看了一会儿菜单，"我们来两个石锅拌饭怎么样？韩国菜，很好吃的。"

"好的，"我应着说，心里却叹气，如今的小女孩啊，为什么哈韩哈得这般昏天黑地、没日没夜呢，那么一个巴掌大的地方，要物产没物产，要历史没历史（当然，他们自称有六千多年文明历史另当别论），有什么可哈的？就那几个唱歌演电影的人造美女帅哥？中国的高富帅多了去了。

"我觉得你一点也不像周立波，倒是有点像年轻时候的周星驰，你为什么要叫周力波呢？"葛悠悠一本正经地问我。

"我有什么办法，名字是我父母起的，他们事先也不征求我的意见。"我拿起不锈钢匙子照脸，看着自己有些变形的影像，心想，没哪里像周星驰啊，脸很白倒是真的，这是我引以为豪的。虽然男人不以白为美，我还是认为我脸白是件不错的事。我天天在外奔波采访，风吹日晒雨淋，可脸就是黑不了，真是奇迹啊。

"你自己可以改过来呀。以后就叫你周星驰，不对，叫周星星，好不好。"

想不到小女孩也喜欢给人起诨名。我说："免了吧，周星星这名字已经臭大街了。我在报社有另一个名字，叫'周跑跑'。"

葛悠悠乐得直笑，"怎么叫这样一个名字，跟'范跑跑'撞车了。"

我说，每当我们部主任分配任务时，那些差不多要去郊区的线索、有点苦累的线索，总是没人愿去，我毫不在意地把它们揽了过来，因为我肯跑，路途遥远、早出晚归、披星戴月在所不辞，联想到前几年的网络热词"范跑跑"，他们就给我起了这么个外号。虽同是"跑跑"，内涵却是完全相反的，在我身上，绝对是褒义词。

我问："悠悠，你们晨报记者有没有也给同事起外号的？"

"有啊，哪里都一样。"

于是我们互相交流起各自同事的外号来，一块儿乐得七仰八叉。葛悠悠也有外号，叫"葛悠（优）妹"，可以理解为"葛悠妹妹"，也可以理解为"葛优的妹妹"，名字组合方式跟一个画家的名字"廖冰兄"类似。难怪第一次认识她时，她对自己的名字那么敏感呢，原来已经有外号在先了。

在晨报，悠悠的外号算文雅的，有的人外号简直低俗，如有叫"野猫"（脸像猫）、"寡妇村"（本名叫管福春）、"110热线"（一个女记者，上胸围达110CM，应该超过了我报的"波波"）什么的。

我一边跟悠悠聊着，一边想象那个有着110CM胸围的女记者，走起路来该是多么波涛汹涌。悠悠发觉我走神了，问："你在听我说话吗？"

我忙答听着呢，又冒出一句："你们那个110热线要戴什么罩杯？"

悠悠吃惊得眼珠子都要掉出来了，"你对她感兴趣呀，哪天我帮你问问。"

我意识到潜意识给我闯祸了，忙解释："我报也有个大波妹，要戴E罩杯，所以才有点好奇。"

"戴什么罩杯是由上胸围和下胸围之差来决定的，有一次我目测了一下，人家起码要戴F罩杯，打算买一个给她？很难找哦。"

"去！我对她一点兴趣都没有，我又不认识她，就是认识也不会喜欢她。"

"才怪。你们男人是不是都喜欢大波妹？"

"反正我不喜欢。"

"为什么？"

"太招人了，没有安全感。"

悠悠爽朗地笑起来，我一身冷汗也随之回到了身体里面。

石锅拌饭上来了，石锅倒是不假，只见服务员把一碟菜倒进装饭的石锅里，拌啊拌啊，把一锅饭拌得乱七八糟，真不知说什么好。这跟吃旧饭菜有什么区别？好好的新鲜饭菜为什么要搞成旧饭旧菜的样子呢。

"味道还可以吧。"悠悠吃得津津有味。"还挺香的。"我说。可能菜本身就好吃，也可能是因为有葛悠悠陪我吃饭，吃嘛嘛香；也可能是很久没跟女孩子一块吃饭了，心里甜胃口就好。

我心里生起一丝感动，为悠悠愿和我一块吃饭而感动。大学毕业两年多来，我过的是什么日子啊。除了有三个月，备考公务员待在老家外，其他时间都是为找工作东奔西跑，有了工作也一样命苦，为送货、找订单早出晚归，孤军奋斗，孤苦伶仃，没人疼没人爱，更没有哪个姑娘陪我吃饭。不夸张地说，两年多的时间里，我吃过饭的快餐店、小吃店不下三百家，遍布全市各个角落，没有吃出乙肝来算是命大。

我太渴望安稳的生活了。也许，悠悠的出现，预示着我的安稳生活即将到来？这，全靠进了吉都报。我爱当记者，我爱吉都报。

"噫，怎么不说话了。"悠悠看我。

她不知道我正心潮澎湃，我抬起头，说："好吃得都忘记说话了。"

悠悠递一块纸巾给我，见我不解，指指自己的嘴角，我意识到我的嘴角粘了饭粒，赶忙擦拭。悠悠真是个心细、体贴人的女孩。

买单的时候，我不顾悠悠的强烈反对，硬把钱塞进了服务员的手里。之后，我们轻轻摇着秋千椅，悠闲地聊天，更多的是我说她听。我谈起毕业两年跳了二十次槽的神奇经历，差点把自己都感动了。

悠悠说："多换几份工作也不是坏事，这样才懂得自己适合做什么。"

我感叹说："再也不跳槽了，从此我就老老实实当记者，一直当下去，当到人家不要我了，或者自己跑不动了为止。"

"当记者也蛮好的，上班自由，做多做少随自己。"

"是的，比起其他工作，一个星期要上六天班，还要加六个晚上的班，当记者真是太适合自己了。"

"我也觉得蛮适合自己。"悠悠直点头。

我问："悠悠，你为什么总打扮成陈鲁豫的样子？你是不是很崇拜她？"

悠悠有些惊讶，"是吗？我怎么不觉得我像陈鲁豫？"接着又嫣然一笑（这微笑化成一道道闪电，在我心头噼啪作响），"我这副样子有没有陈鲁豫好看？"

"好看！远看像陈鲁豫，近看超过陈鲁豫。"

"吹捧也要有底线啦，我一辈子都超不了陈鲁豫。"

"你现在就超过她了，她都四十多了，你才二十多，比她青春靓丽多了。"

"这没有可比性，谁没年轻过呀。"

我又问："悠悠，你打算干记者干多久？"

"跟你一样，干到人家不要我了为止。"

"我们真是志同道合啊。"

"那我以后就叫你周同志咯。"

"只要你叫得出口，尽管叫……"

聊到晚上十点，我带上悠悠，送她回家。悠悠也是租房子住，就住报社附近。不过她是跟人合租，三个小姑娘合住一套房，两室一厅。到了楼下，我多想上去坐坐，认认她的房间，悠悠却不邀我上去。她说："今晚就不邀请你上去了，下次吧。"

她这么做，我认为是谨慎的表现，不等于不欢迎我。心急吃不了热豆腐，不勉强人家啦。回家的路上，我欢快无比，如果不是骑着电动车，而是拿把伞，我一定边走边跳起舞来，就像美国电影《雨中曲》中那个男主角一样。

17 雷恩的故事——爱情

"现在中国经济这么活跃，留学生一个个都回国了，你为什么反要移民呢？"

爱情突然降临到雷恩的身边。

那是一个阳光灿烂的早上，雷恩看到了那个让他情窦初开的女孩，我们暂且叫她小依吧。

此时的雷恩，已研究生毕业。凭着中国两所名牌大学本、硕文凭，他顺利地在北京找到了非常好的工作——北京某商业银行技术部。

这个时期，银行业开始大力推行电子商务，计算机技术了得又懂金融专业的雷恩正好可以大展拳脚。才进去几个月，雷恩就表现出非凡的才干，行领导对他赞赏有加，成立了一个技术开发组，专门由他领衔研发金融商务软件。

雷恩出类拔萃，雷恩春风得意，雷恩意气风发。

他的性格也在发生变化，他脸上的忧郁少了，他渐渐变得开朗了，他正在变成一个阳光帅气的大男孩。

"雷恩，你好，我们客服部的系统出了点故障，技术人员一直弄不好，你过来帮忙看看吧。"这一天早上，雷恩接到了一个分行技术部经理打来的电话。

雷恩风风火火地赶过去。

分行技术部人员领着他来到出故障的客服部。刚进大门，一位高挑窈窕的女孩子便迎了上来。雷恩一看到她，竟愣了一下，他也不知道为什么。女孩太美丽了，美丽得全身散发出光芒，让人眩目。你就想像电影《杜拉拉升职记》里的徐静蕾妖娆地走在办公区走廊的样子吧，当然，小依比徐静蕾更年轻更漂亮。

"雷恩，你好，我是小依，客服部经理，"小依大方地向雷恩伸出手，雷恩竟脸红了，有些胆怯，只轻轻握了握她的手指。

尽管如今是21世纪了，可26岁的雷恩，感情生活竟是空白。大学四年、研究生三年，雷恩的世界里只有书。也许，说雷恩的世界里只有母亲哀怨的面容更准确，他为了母亲刻苦读书。

进入银行后，虽然银行里姑娘很多，漂亮姑娘还不少，然而，也许雷恩内心深处的情这个东西沉睡得太久了，在银行工作一年多的时间里，它仍然没有苏醒过来。

小依的闪亮出现，就像一声惊雷，把雷恩沉睡多年的激情炸醒了。他对小依一见钟情。为什么小依的出现，就使他爱情猛然苏醒？雷恩自己也说不清，也许，这就是传说中的缘分。

雷恩在处理故障的过程中，小依只要有空，就站在他身边陪同。她身上散发出来的淡香，把雷恩搅得心慌意乱，手忙脚乱，可是他又不能、也不想叫她走开。故障迟迟处理不好，雷恩急出了一身汗。

细心的小依看到了，她回到自己的办公室，拿出纸巾，为雷恩轻轻地擦汗。这个细微的动作，把雷恩感动得眼泪都差点出来了。

经过一个上午的操作，雷恩终于把系统修复了。接着小依和技术部经理请雷恩吃饭。上午修复系统的时候，小依大部分时间是站在他身边，现在，则是与他面对面而坐了。雷恩简直不敢对视小依，他感觉她那双眼睛太锐利，太细心，估计把他的心思都看出来了。

"雷恩，谢谢你，你是我们行的技术NO．1。"小依举杯说。在小依面前，雷恩成了一个害羞的小男孩，他与小依碰了一下杯，赶紧垂下了眼帘。

雷恩不敢看小依，但又想看她，于是就特别喜欢她说话，因为她一说话，即使表示礼貌，也要做出倾听的样子，这样就可以时不时看她一眼。小依是个活跃的女孩，话还挺多，有时话还挺长一段，有几次雷恩听着她说话，看她入了迷，竟发呆了。

"我们雷组长，是京大本科、华大研究生呢，双料王。"技术部经理小王介绍说。

"是嘛！"小依说，"我这个南大研究生甘拜下风了。"

"南大也很厉害的，全国大学里排前十。"雷恩说。这个信息让他有点意外，心想这个女孩儿看似花瓶，其实不简单，他不由又看了小依一眼，却发现她朝他微笑，笑中意味深长。

"小依这么年轻就当部门经理了，你是哪一年进行里的？"

"小依才进来两年呢，厉害吧。"小王说。

"哪呀，全靠运气，刚好上一任经理离职了。"小依有些羞赧。

"客服部那么多人，为什么偏偏选你当经理？还是说明你厉害嘛。"雷恩也跟着夸她。他是真夸，觉得她确实了不起。小依看上去不会比他大，就算与他同龄，可人家比他研究生毕业早一年。

"小依读研学的是什么专业？"他满脑子理科生的好奇。

小依依旧是不好意思的表情，"我读的是心理学，进银行可谓学非所用了。"

"不，我觉得你的专业很对你的岗位，这个岗位就需要学心理学的。"

"谢谢你的夸奖。"小依给了雷恩一个灿烂的笑，还有一杯酒。

回家后，雷恩一直处于躁动不安中，他面前不断浮现小依的音容笑貌。这时，手机响了。是母亲打来的，"雷恩，妈问你一件事，有女朋友了没有？"

有人说，母子连心，此时雷恩对这句话有了切身感受，他才对一个女孩子动了心，母亲就问起这事了。

也不能怪母亲着急，哪个母亲不希望儿子尽快有女朋友呢？何况，儿子早日结婚成家，她来北京就更有意义和价值了。她在吉都过的是度日如年的日子。再过一年她就退休了，到时她无论如何也要回北京，如果那时儿子结了婚岂不是更好。

"妈，我已经是大人了，你不要老为我操心。"

"儿子，你们单位就没有合适的女孩子？银行里女孩子挺多的。"

雷恩沉默了一下，还是说出了实情，"我是喜欢上了本系统一个女孩子，不知道她是不是也喜欢我。"

母亲兴奋了，"看上了就追呀，你是男孩子，要主动。你不追她，怎么知道她是不是也喜欢你？笨。"

母亲的点拨，让雷恩鼓起了勇气。过了几天，雷恩想了一个借口，跑去小依的分行技术部，在那里磨蹭到下午下班时间，走的时候，装作无意间路过客服部，往里探了一下头，小依正好走出来，差点跟他头撞头，两人都"哎呀"叫了一声，之后哈哈直乐。

雷恩壮起胆子邀她一起吃晚饭，小依爽快地答应了。

这个晚上，两人吃得很愉快，聊得也很愉快。

道别后，回到家，雷恩打电话给小依，问她安全到家了没有，两人在电话里又聊了一通。雷恩感觉跟小依有说不完的话。

他能肯定，他确实爱上小依了。

没过几天，心急的母亲又打电话来了，问他向小依表白了没有，雷恩说还没有。"傻，喜欢上她了就跟她说啊，你不跟她说，人家还以为你只是拿她当同事对待呢。我告诉你，现在的女孩子都是没耐心的，说不定你晚说了一天，她就跟别人谈上了。"

"妈，我知道，你别老催我。"

让母亲这么一激，雷恩也有些着急，觉得是该向她表白，可一连许多天，他都纠结于如何向小依表白。当面说？他觉得没有这个勇气；发短信？太随意了；写信？很老土；打电话？电话里也不一定开得了口。

几番苦思冥想，最终还是专业知识启发了他：制作一段爱情表白视频！

一跟专业挂上钩，雷恩顿时自信心满满，并且对这件事饶有兴趣。他对着摄像机录了自己想对小依说的话，话虽然只有几分钟，但他却花了一个晚上精心制作，弄成一段十五分钟的视频，画面优美，音乐抒情，剪辑顺畅。为了不让自己内心动摇，制作一完成，他就把视频发进了小依的邮箱里。

对于雷恩的表白，小依的反应爽快多了，第二天早上，她就回复雷恩了，"亲爱的白马王子，我也爱你。"

看到小依的邮件，雷恩欣喜若狂，激动万分，他顾不得上班了，冲下办公楼，招了一辆的士，直奔小依上班的地方。他渴望马上见到小依，他要亲口对她说："小依，我爱你！"他心中没有了害怕、羞怯，取而代之的是勇气和激情。

在电梯门口，小依刚好出来了，雷恩不管人来人往，一把抓住她的手，干脆利落地说出了他要说的话，倒是小依，在众目睽睽中羞红了脸。

恋爱后，一贯文静的雷恩变得好动了，活泼了；每天下了班，就约上小依，一块吃晚饭，之后驾驶小依的帕萨特，满北京大街小巷地逛。逛累了，回到各自的宿舍，雷恩还要给小依打电话，没完没了地说话，像得了多语症。他们恋爱了，但雷恩并未要小依和他同居，他们仍住在各自的宿舍。

每到休息日，他又带上小依，去北京周边的各个风景点游逛，像一个对世

界满怀好奇心的孩童。孩童时代虽来过一次北京，逛过一些景点，可如今印象
全无。他在北京八年了，却没逛过几处名胜古迹。不是他不想逛，是必须把时
间都花在读书上。现在，他不用再刻苦读书了，现在，他有了心爱的女朋友，
他要和她共享生活的乐趣，共享北京的魅力，他开始真正感受到北京的魅力。
小依是江苏人，她是研究生毕业后才到北京来的，对北京也不是太熟，自然也
乐意去玩。与心爱的人手牵手，漫步在青山绿水间，徜徉于千年长城上，雷恩
幸福无比。

恋爱中的雷恩，感受到人生的美好，心中没有了孤独感，生活中拥有了欢
乐。这一切，都是小依给予他的，他对小依满怀感激，无限爱恋。

半年后的一天，小依告诉雷恩，"我要移民了，去加拿大。"

雷恩愣住了，"你要移民？"

"这是我父母的决定。"

"你愿走？去那样一个举目无亲的地方。"

"不只我一个人去，我妈妈、我弟弟也一块儿去。"

"我们怎么办？"

"雷恩，你也出国吧，去加拿大留学。以你的才学，你到国外一定会有更
好的发展空间。"

雷恩沉默，小依又说："只要你愿去，我向我父母公开我们的关系，他们
一定会同意我们的，一定会资助你留学。"

这个时候，雷恩才知道，小依的父亲经营着几家规模不小的公司，资产
过亿。

雷恩依旧沉默，他知道，他是出不了国的。他背负着母亲的凤愿，他不可
能出国。他也不可能离开母亲，因为母亲离不开他。

"现在中国经济这么活跃，留学生一个个都回国了，你为什么反要移
民呢？"

"你没有看到吗？中国的富人好多都移民了。"

"你们有钱人家就这么怕留在国内？"

"我们不讨论这个话题好吗？雷恩，跟我一起走吧，我爱你，我舍不得离开你。"

雷恩说："小依，我出国很难，你知道，我母亲……我希望你留下来，你在国内同样会过得幸福快乐。"

小依摇头，"雷恩，我等你一年，如果你愿留学，到加拿大找我。"

小依走的那天上午，雷恩本不想去机场送她的，可强忍到最后，他还是抑制不住了，飞奔下楼，招了一辆的士，直奔机场。

到达机场时，小依已经进候机厅了。雷恩急切地想见小依最后一面，他一把推开检票处阻拦的保安，强行冲了进去。

登机室里，人们排队一个个往登机走廊走，雷恩冲到验票口，朝队伍后头看，又喊"小依！"小依不在。看来她已登机了，他再一次冲关，冲进了登机走廊。可是在他就要抵达飞机时，机舱关门了，飞机起航了，徐徐滑向远方。

雷恩顾不得危险，飞身跳下四米多深的地面，朝着渐行渐快的飞机追赶，一边跑一边喊："小依——"

飞机不可能为他而停，一直前行，雷恩不停地追啊跑啊，可是无论他双腿怎么使劲，怎么加速，也赶不上飞机。坐在窗口的小依，蓦然回头看窗外的风景，发现了飞机身后奔跑不止的雷恩，如一头狂牛一般，越来越小，最后成了一个黑点，她泪如雨下。飞机一冲上天后，很快消失在蓝天白云间……

上面说的这些，其实是雷恩的想象，那天他并没有去送小依。他把自己关在屋里，紧闭双眼，拼命地想象自己送别小依的情景，想了一个版本又想另一个版本，想了一整天。

失去小依的雷恩，郁郁寡欢，工作提不起兴趣，研发的项目迟迟出不来，有一次与同事意见不合，竟跟人打了起来。行领导看到他受失恋的打击太大，决定让他休假调整。雷恩认为这是行里对他的放弃，心情更加糟糕，他迷上了喝酒、泡吧。每当醉醺醺地回到宿舍，就打电话向母亲哭诉，喋喋不休地说："妈妈，你为什么一定要我谈恋爱啊，我爱上了她，她却不要我了……"

从小到大，他事事听从母亲的安排，虽然为此经常感到痛苦，但人生之路走得还算顺利；可是这一次，按照母亲说的去做，他却完全失败了，让他痛苦万分，他开始对母亲产生怀疑，也对母亲心生怨尤。

母亲劝了儿子无数次，仍无法让他振作起来，只得对儿子说："儿子，你回吉都来吧，回到妈妈身边。"

在母亲办理退休的这一天，雷恩辞职回到了吉都。一进家门，见到母亲，雷恩竟扑在母亲的肩头痛哭。"孩子，没什么大不了的。"母亲轻轻拍着儿子的后背，劝道，其实她心里有说不出的失望。

18 雷恩的故事——落魄

雷恩说："就是当乞丐，也是京大、华大毕业的乞丐。"

回到吉都后，雷恩依旧沉浸在对往日恋情的回忆里，大门不出，二门不迈，几乎跟当年的同学、朋友断绝了来往，也不出去找事做。

雷恩的哥哥雷德，虽然没上过大学，可经过多年的摸爬滚打，现已是一家经营建材的合伙公司老板之一，他见弟弟整天这么闲着，没病也会闲出病来，便生拉硬拽把他带到一个朋友开的电脑公司。雷恩跟老板面谈，老板给他的岗位是电脑维修，开给他1500元的工资。当个电脑维修师傅？月工资才1500？雷恩觉得这是对他的羞辱，甩袖而去。

"要不，到我公司上班？想要多少工资随你，想做什么工作随你。"雷德说。

雷恩撩了哥哥一眼，不吭声。

对哥哥雷德，他是不大看得上眼的。在他眼里，雷德既无文化也无才能，全靠在社会上混久了，才闯出点名堂，这种人能发财，是这个社会的悲哀。他一个高材生，倒去当这种人的手下，岂不是笑话。

雷德猜得出弟弟的心思，见他不吭声，也就作罢。

母亲也劝儿子，"雷恩，一次失恋有什么大不了的，天下的姑娘一大把，小依走了还有别的女孩子嘛。你条件这么好，还怕没有女孩子看上？振作点，蔫头蔫脑的，更没姑娘喜欢你了……雷恩，雷恩，你听到没有？"

退休在家的母亲整天唠叨，让雷恩受不了。他心里对母亲的怨尤还未消解，把母亲的关心当成对他干预太多，二十多年来，她一直把他当小孩子对待！积累了二十多年的对母亲的敬畏此时"物极必反"，他变成了一个叛逆分子，如十六、七岁的叛逆少年。为表示对母亲的反抗，也为了避开母亲的唠叨，他开始走出家门，在街头漫无目的地游走。街市热闹非凡，熙熙攘攘，人来车往，但雷恩感觉这些都与他无关，他像一个局外人、一个看客；像一滴油，与这个城市的人海融不到一起；又好像与这个城市的人隔着一层玻璃，他看得到这些人，可走不到一起。

"先生，请问到吉都商厦怎么走？"一个路人问他。

"前面路口有个地铁站，坐五站就到了。"他热心地答。

吉都虽不是历史名城、风景名城，但也是一座新兴大城市，南方时尚之都，前来吉都旅游、购物的人不少，雷恩在街头散步，时常遇到向他问路的人，有些还是老外。对游人问路，雷恩总是热心地解答。对那些不懂汉语、汉字的老外，雷恩还当起了免费导游，带着他们去他们想去的任何景点。雷恩能对答如流地用英语与老外交流，流利而详细地介绍吉都的每一个景点。对雷恩的热心和热情，老外十分感激，临分手时总要塞给他小费——显然老外把他当业余导游了，但他坚决地拒绝了。做这些老外的向导，他也玩得很开心，老外们给了他开心，他怎么能收他们的钱？有时候雷恩带老外去购物，商店老板以为他是导游，要给他提成，他同样拒绝。

雷恩当向导当出了兴趣，有时还跑到离家不远的吉都最豪华的六星级酒店——秋月山庄，在大厅里守候老外，每当有老外出现，就迎上去，跟老外天南地北地侃，主动给人家当向导。读者也许会感到不解，雷恩这样一个处于失恋状态、情绪低落、不跟朋友来往的人，怎么会对陌生游客这般热心？平日里，我们在外地旅游时找人问路，谁没遭遇过冷遇呀，有时甚至受白眼，"别问我，问警察去。"对此，我也说不出个缘由。也许，他善良的本质让他难以拒绝别人的求助；也许，游客求助让他感受自身的价值；也许，陌生人不知他的底细，不会让他有精神压力。

在外玩得开心的雷恩，一回到家里，面对的又是母亲没完没了的数落，他的心情又回复到郁闷状态。"找到工作了吗？雷恩，不要这山望着那山高，先有份工作做着，慢慢再说嘛。"这样的话母亲每天都说个没完。他越来越难以和母亲相处，两人争吵成了家常便饭。

雷恩的境况，有一个人一直看在眼里，他就是邻家大哥冯晓钢。冯晓钢早年在一家国营企业上班，后来企业倒了，他失业了，自己开了一个小超市维持生活。看到雷恩整天失魂落魄，他心里也不是滋味。当初，他是多么为雷恩自豪啊，逢人便说：我有一个小弟好厉害，考上了京大；我有个小弟可了不得，京大毕业，又考上了华大研究生。可如今，雷恩成了这副落魄样，实在可惜。他一直在琢磨如何帮雷恩走出心里的阴影，走出自我封闭的状态。

一天在楼下遇到雷恩，雷恩只是拘谨地跟他点点头，仿佛两人只是一面之交，他不计较，亲热地拍拍雷恩的背，说："雷恩，有空到我店里坐坐吧，帮我看看店。"

他也知道雷恩性格清高孤傲，不一定乐意和他一块儿玩。小时候，雷恩老是屁颠屁颠地在他身后跟着，可现在，他只不过是个只有初中文化的大老粗、小市民，而雷恩，是一个顶级名牌大学毕业的高材生、社会精英，两者的层次差得太大了。事实上，自从雷恩去北京上大学后，就很少看到他了，更是再没跟他一块儿玩过。

冯晓钢对雷恩能否"大驾光临"不抱多大希望，让他惊喜的是，几天后，雷恩出现在他的店门口，"晓钢哥，忙呵。"

"雷恩，你来得太好了，快帮我搬点货。"冯晓钢也不客气，此时他正从一辆三轮车上卸货。

"诶。"雷恩一脸小时候的神情，跟在冯晓钢的后面搬货。

雷恩干得很卖力，冯晓钢走两趟，他已走了三个来回，不一会儿，他就满头是汗。"雷恩，歇歇。"冯晓钢扔给他一块毛巾，他擦了擦汗，又继续忙了。

累了半个下午，尽管出了一身汗，腰酸腿胀，但雷恩感到神清气爽。他感受到简单的体力劳动也有简单的快乐，跟复杂的脑力劳动那种快乐相比，是两种不同的快乐。

雷恩认可了这种简单的快乐，去冯晓钢店里帮忙的次数也越来越多了。在晓钢哥这里，没人笑话他，没人指责他，没人关注他，他爱干什么就干什么，爱做多少活就做多少活，他没有顾忌，他感到轻松，感到自在。晓钢哥从不跟他说大道理，只跟他说小时候的故事，很多他已不记得的童年生活片断，晓钢哥竟能详细地回忆出来，这让他心里感到温暖。

可是母亲对儿子的做法很不理解，一个京大本科生、华大硕士生，去哪家大公司、大单位都不愁没人要，偏给一家小店打工？她虽说过叫儿子先找份工作做着再说，可也不至于给一家小店打工吧。她找到冯晓钢交涉，冯说："阿姨，他爱干什么就让他去做吧，只要他心情好就成。"雷恩母亲不认同冯晓钢的说法，她总觉得儿子哪里不对劲，在逃避社会，怀疑儿子精神出什么问题了。回想儿子回吉都一年来的种种反常表现，她越发认定自己的判断。

得给儿子治治病。可是她不敢跟儿子说自己的想法，母子俩现在已到了逢说话必争吵的地步，要是说他精神出了问题，要是提出带他去精神病院看看，儿子说不定会气成什么样。

母亲决定暗里给儿子治病，她先去一家诊所，跟医生说了儿子的症状，当医生告诉她，雷恩可能是患了抑郁症后，就去药店买了治抑郁症的药，碾成粉末，偷偷放入她煮的汤里，她不喝，只让儿子喝。一天早上，雷恩一觉醒来，发现脖子歪了，牙龈也出血了，吓得惊慌失措。"妈！"他喊，屋里没人，母亲估计去公园晨练了。他想到求救的第二个人是冯晓钢。

冯晓钢还未去店里，他急忙送雷恩去医院检查，医生告知是吃药不当所致。吃药？雷恩想来想去，都想不出他吃过药，倒想起昨晚母亲煮了姜糖水，主动热心地端给他喝，难道母亲在水里偷偷放了什么药？

雷恩母亲接了冯晓钢的电话后赶过来了。在医生面前，她承认给儿子吃了药。母子俩大吵了一架，但母亲仍不愿改变自己的看法，现在既然挑明了，索性硬要儿子去精神病院检查，"你说什么我说什么都算不得数，得医生说了才算。"

为证"清白"，雷恩跟着母亲去了，门诊医生与他一番对话后，对雷恩母亲说："他比谁都正常。"

没有精神病，母亲越发不理解儿子整天无所事事、东游西荡的行为，想来想去，只有一个理由才解释得通，那就是儿子变成了一个懒汉。听了母亲的数落，雷德也同意母亲的看法，对弟弟意见更大了。一天，雷德在街上遇见了正在闲逛的弟弟，不由火冒三丈，专门停了车，下车来对他一番指责："像你这种文凭，如果求上进，早就是大公司的CEO了！"雷恩无言以对。

为了鞭策雷恩，母亲也在想办法，如做饭的时候，渐渐减少了饭菜的份量，常常是夹了几次菜就露出盘底了，似乎告诉他，由于他不工作，家里快要揭不开锅了；如拿出压在箱底多年的旧衣服，缝缝补补改改又穿在身上，暗示她连买衣服的钱也没有了。

其实雷恩何曾不想振作起来，母亲和哥哥的态度让他倍感耻辱，他也不甘于变成屠格涅夫笔下的巴扎洛夫，可是每当想做什么，总是感觉使不出劲，提不起神。2009年4月，在跟母亲大吵一架后，雷恩强打精神，向冯哥借了三千元，去了北京，希望在哪里跌倒从哪里爬起来（何况他的户口还在北京）。然而他糟糕的精神状态让他求职屡屡碰壁。每次面试，他都感觉自己才思枯竭，笨嘴拙舌，回答文不对题，让招聘方大跌眼镜，怀疑他的京大身份和华大研究生文凭。一次次失败，雷恩越发失落；更让他担忧的是口袋里的钱在一张张减少。

一天下午，一位公司老板面试后，对他很满意，打算聘用他。当时已到下班时间了，老板顺口说了一句"一起吃晚饭？"只早上吃了一碗面条的雷恩，此时肚子饿得咕咕叫，竟把老板的客气话当真了，一口答应。老板硬着头皮请他吃了晚饭后，觉得这个人在为人处世方面是个白痴，不要他了。

他在北京有个舅舅，可是舅舅是个普通工人，而且已经退休，帮不上他什么忙。更主要的是，他不想让舅舅一家看到他这副落魄样。北京还有他的同学，他的本科、研究生同学里有三十多个留在北京，但他同样不愿去找他们，他觉得向同学求助，是一件很丢脸的事。

在北京奔波了两个月后，他最终身无分文了，流落街头。最初几天，他钻进熟悉的京大校园，在小树林的一张长椅上休息，后被保安发现赶了出去，他不得不在路边墙角露宿。一天早上，城管发现他坐在花圃边，蓬头垢面，两眼无神，将他当盲流要送去收容所。他极力解释自己是北京人，还亮出身份证，才免于被押上车。

雷恩在北京走投无路了，不得不叫晓钢哥汇了一笔路费给他，仓皇逃回吉都。北京之行两个月，雷恩像去地狱走了一遭，变得人不人鬼不鬼。冯晓钢看在眼里，急在心里，他找到雷德，跟他商量怎么帮帮雷恩。为雷恩的事，他没少找雷德。可在雷德心目中，这个弟弟懒惰成性，已是无可救药，他不想多说，只跟冯晓钢说了一句："你叫他去街头擦两年皮鞋，之后我怎么帮他都行。"

回到吉都的雷恩，依旧频繁地跑到街头，免费当行人、游人的向导。只有这样做，他似乎才找到一些感觉，展现"双料才子"的风采。曾有一家大型企业老总，在街头与他"巧遇"，一番聊天后，惊叹他的学识，力邀他到公司工作，他犹豫再三，还是放弃了。他不知道自己在害怕什么。

雷恩整日无所事事，越发让母亲心灰意冷，她对儿子彻底失望了，不辞而别，销声匿迹。也许她是想以毒攻毒，使儿子置之死地而后生。靠妈妈吃饭的雷恩顿时陷入困境之中，他四处打听母亲的下落，可怎么也找不着，他去哥哥家里找过，可被哥哥轰了出来。

有一天，街坊邻居们吃惊地发现，出现在街头的雷恩蓬头垢面，衣服脏得发亮，一边走一边四处看，发现矿泉水瓶等垃圾便捡起来当宝贝似的搂着。"雷恩做乞丐了！"这个消息在街坊快速地传播。"啐！"有人朝雷恩吐唾沫。

看着周围人们的白眼，雷恩似乎更来劲了，特意把头发留得长长的，脸也不洗，澡也不冲，将裤子撕烂臀部穿上，还找来一条绳子捆在腰上，看上去与"犀利哥"无异，大摇大摆地游荡于街头巷尾捡破烂。110巡警在街上巡逻，看到浑身脏兮兮的雷恩，将他当流浪汉关起来，准备过几天和其他流浪汉一块儿送去收容所。冯晓钢几天不见雷恩，向小区附近的居民打听，才知他被关了，赶忙去城区110大队将他领了出来。冯哥不解地质问他："雷恩，你干什么呀，做什么不好偏做乞丐。"雷恩说："就是当乞丐，也是京大、华大毕业的乞丐。"冯晓钢说："跟谁过不去，也不要作践自己。"他将他拉回家，帮他换洗干净，去理发店剪了头发，又塞给他一把钱，说："不要扮乞丐了，以后没吃的，跟我说一声。"

此后冯晓钢总是五块、十块地接济雷恩。但他也只能帮一点点，因为他的小店只勉强维持生活，而且他父亲患有重病，需要花钱的地方是个无底洞。

在冯晓钢的干预下，雷恩身上收拾得干净了些，但他垃圾照捡。因为捡垃圾确实成了他的生活保障。民警了解了雷恩的情况后，出于好心，找到雷德，希望他关怀一下弟弟，雷德说："他是自找的，不用理他。"

19 社会反响

前一阵冒出个北大毕业的去卖猪肉，现在怎么又出来一个京大毕业生捡垃圾？

雷恩的故事刊载期间，"得花柳"特地安排我接热线电话，收集整理读者对雷恩的遭遇有些什么反响，与读者交流互动。

从连载一开始，热线电话就十分火爆，响个不停。有时候我还在接电话，另一部电话响了，也是说雷恩的，热线姑娘赵MM只好帮我记录下来。

读者反响五花八门，同情的，惋惜的，愤怒的，讥笑的，提建议的，发牢骚的都有。

读者1："有人总说中国出不了比尔·盖茨，出不了乔布斯，我看雷恩就是中国未来的比尔·盖茨、乔布斯，可是一场失败的恋爱就把他毁了，这是雷恩的悲哀，还是社会的悲哀？还是中国的悲哀，或说中国教育的悲哀？"

我："亲爱的读者，谢谢你对雷恩的关注，可是，你的话似乎有点夸张吧。雷恩虽然本科、硕士都毕业于中国顶尖大学的计算机技术专业，但不一定就能成比尔·盖茨、乔布斯，全球上千万人搞计算机技术，也才出了一个比尔·盖茨、一个乔布斯。雷恩只不过是一个普通人，不要把他抬得那么高嘛。"

读者2："这种人，简直就是废物一个，干脆跳河算了，省事。"

我："哥们，也不能这么说，生命是上天给的，是父母给的，怎么可以轻易去死，将心比心嘛。"

读者3："这种事你们也登，无聊不无聊？京大、华大生就了不起？就不可以捡垃圾？就该是社会精英？这个社会就这样，你没有能力就必然找不到工作，找不到工作捡垃圾活该！谁也怨不了谁。"

我："这位仁兄话不要说得那么绝对嘛，雷恩不是没有能力，只是受了挫折，一时振作不起来。一个人一辈子又能有几次辉煌和得意？谁没有落魄的时候？"

读者4："专家认为雷恩有心理疾病，我是不认同的。在大城市里，连农民工都能找到工作，不工作的，不是残疾人就是懒虫，别扯什么心理疾病。有心理疾病的人多了去了，难道他们都不工作了？"

我："专家的看法不一定对，不过除此以外也没什么理由可以合理地解释了。他捡破烂卖钱，而不是讨饭，也不算懒吧。"

读者5："我怀疑雷恩是传说中的那个情圣下凡了，否则不会对一个女孩那么痴情。如今是什么世道呀，劈腿时代！他对一个女孩子还这么痴情，太难得了。记者同志，哪天你带我去见见他。"

我："这位姐姐，不知你结婚了没有？结了？那我希望你不要去骚扰他了，要是他移情别恋，迷上你了，那就麻烦了。"

读者6："我觉得雷恩的问题其实是一种社会病，如果只是单纯的失恋，雷恩不会变成这个样子，失恋的人多了去了，有几个成了雷恩这个样子？"

我："你这个想法不错，很独到，有机会我们可以继续探讨。"

读者7："我也是京大毕业的，但我现在工作、生活都非常好。我想说的是：1、如果想工作，就一定能找得到；2、如果他不想工作，什么大学毕业的也帮不了他。"

我："兄弟，祝贺你！"

读者8："前一阵冒出个北大毕业的去卖猪肉，现在怎么又出来一个京大毕业生捡垃圾，我怀疑这些名牌大学的课堂教育与学生社会生存能力严重脱节，这样的大学称什么一流大学。"

我："林子大了什么鸟都有，跟他就读的大学没有什么直接关系吧，不管是哪所大学培养出来的学生，都有成功者、失败者嘛。"

读者9："我是顶呱呱外语学校董事长秘书吴小姐。我们董事长看到了雷恩的故事，很为他感到惋惜。我们董事长说，顶呱呱外语学校欢迎他！雷恩不是能说一口流利的英语吗？我们学校正缺英语口语教师，希望他这几天就来面试。"

我："是吗，太好了！谢谢你秘书小姐！要是成了，我请你看意大利歌剧。不是去歌剧院看，是在网上看哈。"

读者10："我是广州好木头家具有限责任公司总经理，我姓朱，朱元璋的朱。我手里正拿着一份本地报纸，转载了你们报道的雷恩的故事，雷恩真是太怀才不遇了，让人叹息！我没什么文化，以前就是个种田汉，现在做家具生意搞得很大，产品远销东南亚、澳大利亚，还有加拿大，很希望有个人才帮衬我，雷恩硕士毕业，还会说英语，太合我要求了。你替我转告他，我请他来当总经理助理。"

我："朱老板，我想雷恩一定非常感激你的知遇之恩。我会尽快促成此事的。"

雷恩的故事连载的五天里，热线接到了上百个评论雷恩的读者电话，我记了满满一个本子，同时还接到了十几个单位、企业打来的电话，想聘请雷恩。我想，有这么多热心人伸出援手，雷恩应该能走出困境了吧。十几个单位，还挑不出一个合意的？

20 为悠悠炮制假新闻

地球人都知道，虚构是新闻的大忌。作为业内人士，我也知道，新闻这个行业从来不缺少假新闻

"喂——是我，呵呵。"

我接到了葛悠悠的电话，这是她第一次主动打电话给我。

"悠悠，你好，我正想打电话给你呢。"

"哼，骗人。"

"要是骗人，你罚我请客。"

"好，我就罚你请我吃晚饭。"

请还是不请？这是个问题。如果请她吃饭，就说明我刚才确是骗她，可如果不请她吃饭，就失去了一次和她共处的机会。而且，她主动打电话给我，一定有事。我想了想，说："刚才的话绝对不是骗你的，但请你吃饭我也很愿意。"

我们约定还是"秋韵阁"。这次悠悠来得竟比我早，我进去时，她已坐在秋千椅上很小资地轻轻摇晃着，我心生受宠若惊之感。不是我不想早来，刚才

正要走，又接到了一个热线，关于雷恩的。这家伙偏又说话啰里啰嗦，一句话他要重复三次才说下一句，他要是在我跟前，我一定会狠狠踩脚，踩他的脚。

悠悠订的还是韩国石锅拌饭，看来不到吃腻吃反胃，她是不会放弃这味套餐的。我也只有硬着头皮跟啦。

"我看到你写的雷恩的故事了，写得太好了。"

"谢谢夸奖。"

我突然感到有些不好意思，为这么好的新闻故事不送给葛悠悠，留着自己用了。悠悠不会话里有话吧？我偷偷瞥了一眼，她低着头吃得正香，看不清脸上的表情。

"这饭真好吃。"她说。

"是很好吃，以后我们多来吃。"我言不由衷。

"跑跑哥，"悠悠抬起头来，直视我，她的目光亮亮的，如闪电。我觉得自己似乎打了一个颤，"你电到我了。"我喃喃自语。

"什么？"

"没。"我意识到自己失态了，赶紧抹了一把脸掩饰，"悠悠，有什么吩咐，请讲。"

"跑跑哥，这个月还有三天就过了，可我离完成任务还差十分呢，怎么办哪。"忧郁悄悄爬上了悠悠的脸庞，使她的脸看上去有些幽暗，像屋里的灯光电力不足。

我懂她的意思，"要不我帮你写几篇？"

"好哇。"这两个字从她嘴里出来之快，压根儿没经过她的大脑，看来她此前蓄谋已久，起码也有半天，所以这两个字早就等候在嘴边了。

我一想，又觉这事棘手，因为不赶巧，这几天我被安排在办公室守热线，出不去，怎么写？

可是话已说出去，不好收回来了。虽然值班是个客观理由，尽可理直气壮说出来，可我不想给悠悠不好的印象，更不愿她为某件事焦急。惹她不开心了，怎么追她呀。

　　唉，到了社会上，追一个女孩子真是麻烦，得为她做一些复杂棘手的事。在大学里，哪有这么多难事啊，最多也就帮她做做作业，打打饭，陪她去湖边看看落日或圆月，再简单容易不过了。

　　吃罢饭，从送悠悠回去一直到回到自己的出租屋，我一直在想手上还有什么没写的题材，可想了一路也想不出。我又拿出笔记本，从头翻到尾，也没发现采访了还没写的素材。老天爷啊，写一篇都够呛，还得写几篇！

　　看来只有明天早上向她坦白从宽了。

　　正这样想着，眼前浮现出悠悠那布满忧郁的脸，顿时心生不忍。一个汉语没学好、英语也没学好的女孩，找一份工作多不容易，做一份不符合专业、也不是自己擅长的工作更不容易，还是尽量多给她些温暖吧。自己苦点就苦点好咯，只要她高兴了，苦也会变成甜。

　　我安慰着自己，让自己心态平和一些。

　　心态一平和，我就想出办法了。什么办法？虚构！

　　地球人都知道，虚构是新闻的大忌。作为业内人士，我也知道，新闻这个行业从来不缺少假新闻。有家新闻研究机构，好像每年都评选"十大假新闻"呢。不过，假新闻和假事件是两回事，假事件是新闻当事人说谎造成的，假新闻纯属记者胡编，这就如同报案人谎报假案，不同于警察制造假案。

　　我报前段时间就有两个记者，因为虚构新闻惹出麻烦而被辞退。其中一个叫"胡大炮"的记者，那可真是炮啊，竟然炮制一条本市惊现地下印钞厂的新闻，市公安局看了后坐不住了，局领导亲自找到"胡大炮"，要他提供线索以尽快破案，在警察逼问之下，他不得不承认是虚构的。还有一个叫"方大侠"的记者，虚构在郊区葫芦河畔发现几十万只青蛙聚集，结果引发全市大恐慌，以为要闹地震或海啸了。

　　我往日是不愿炮制假新闻的，也从未写过假新闻，咱的外号就叫"周跑跑"，能跑、愿跑、敢于跑、不怕跑，还需要冒风险闭门造车吗？可现在要泡妞了，有什么办法。

　　我懂得造假决不能虚构那些可能会引起轰动的新闻，要是登出来，惊动有关部门了，去查处，去核实，或引来其他报社记者跟进，那就是自寻死路了。

我想，可以虚构的应该是那些无关痛痒的、只登在报屁股的花边新闻，这种新闻不会有人去关注的。反正悠悠也只图完成任务，不想做"名记"。

我仰卧在床上，瞪了一会儿天花板，便想出了一个题材。

说的是：家住本市金辉路的王先生向记者反映，他住房对面的一户人家，住着一个女孩子，这姑娘有一个特殊嗜好，一回到家就全身脱得光光的。在自家屋里全裸也没啥，可是她老爱出现在阳台上，不是挂、取衣服，就是做操，害得他不想看也得看，为此夫妻俩多次吵架。他希望记者去劝劝这个女孩，没穿衣服的时候不要跑到阳台上去。之后，记者采访了这个女孩，又采访了社区主任，还采访了社会学专家对此事的看法。

金辉路有五公里长，谁知道王先生是谁呀。而且文章里的人全都是用化名或只是一个姓，谁想去探究也无从下手。文章写了有七百字，第二天上午，我把稿件发给了悠悠。

很快，悠悠打电话过来了，说稿件写得很吸引人，应该可以采用，之后她问我："你去采访她，她是不是没穿衣服就开门呀？"

我决不能实话实说新闻是瞎编的，我告诉她，人家姑娘没这么八婆，她不但衣服穿得严严实实的，还不让我进屋哩。

第二天，这篇"新闻"在晨报第十版社会新闻下半版登出来了，一点也不引人关注。我再接再厉，晚上又虚构了两篇社会新闻。一篇说的是本市朱女士，离婚后对中国男人失望，想嫁个老外，在婚恋网上认识了美籍华人约翰陈，相谈甚欢，后来约翰陈从美国来中国看她，两人同居了半个月，约翰陈回国了。某天，朱女士路过五一路，猛然发现约翰陈跟一帮老头蹲在街头下棋哩。另一篇写的是，本市一个中年男子赵某，迷上了网聊，之后勾搭上了一个女孩子，相约去宾馆开房，等女孩来了一看，竟是他的不住在一起的儿媳妇，目瞪口呆之时，他的儿子也跟踪来了，三个打作一团。

不料有一篇差点惹出麻烦来。悠悠打电话给我，说编辑认为勾引儿媳妇那篇虚得太厉害了，天下之大，这么巧合的事不太可能发生。我说，真有其事，那个儿子就是我的一个朋友，悠悠照我话的意思跟编辑解释，编辑半信半疑，提出要这儿子的电话核实一下。我自然给不了，结果编辑把这篇稿枪毙了。

"虽然有一篇没登出来，但那两篇得了八分，加上我自己的一篇小稿二分，正好够任务。跑跑哥，谢谢你。改天我请你吃饭。"悠悠的声音脆脆的，很动听。

涉险过关，我拍着胸口舒了一口气。

21 "钟抄抄"的尾巴

"钟记者，这不是你的性格嘛。你揭露违法行为，反过来又帮违法分子说话，你的原则在哪里？"

"钟抄抄"一出办公楼，就看到了站在大门外的郭付成——就是那个被工商查处的进城庄稼汉，他心里不由感到惊慌，仿佛做了错事的学生碰到老师。

郭付成上次与"钟抄抄"争吵时，说了一句"我要天天跟着你"，他说到做到，第二天就开始实施了。"钟抄抄"向保安交待过，拦住他不要让他到办公室来，郭付成上不了楼，就在大门外等，大门外是公共场所，保安也奈他不何，而报社大楼又只有这一道门，"钟抄抄"想不和他碰面都不行。

"钟抄抄"装作没看见他，闷头往外走。郭付成自然看到他了，立马拉住他电动车后架，"钟记者，赔我三万块。"

"我都跟你说了，找工商赔去。"

"我就要你赔。"

"你讲不讲道理呀！"

"我现在就是跟你讲道理。"

"钟抄抄"突然加大电力，挣脱了郭付成的手，飞快地跑，郭付成忙骑上他的电动车直追。

"钟抄抄"要去市物价局采访。进物价局大门时，他对保安说："这个人是闲杂人员，你们不要让他进去。"保安原以为郭付成也是记者，没打算验证，听"钟抄抄"一说，赶紧将他拦住，郭付成也不闹，本本分分地站在大门口。

采访结束后，"钟抄抄"绕着院子找了一圈，也未找到第二个门，只得原路出来，郭付成仍在门口守着呢。"钟抄抄"看着他直摇头。

路过一家快餐店，"钟抄抄"进去吃饭，郭付成一样跟着，也打了一份饭，就坐在他对面吃。"钟抄抄"打的是十五块的，他打的是五块的。

"我说兄弟，你觉得这样有意思吗？""钟抄抄"冷眼看他。

"你不赔我钱，就有意思。"郭付成说，一边大口大口扒饭，胡茬子上沾了好几颗饭粒，"钟抄抄"看得反胃。

吃罢，"钟抄抄"想，得想法子甩掉他，否则他会一直跟到我租住屋，更没完没了了。

路过一个十字路口时，红灯亮了，两人一前一后停了下来。就在另一条街道的车流开始涌动时，"钟抄抄"突然加速，冲了出去。绿灯车道的第一辆小轿车刚好行驶到他跟前，"喀——"一道刺耳的声音惊得所有人都朝路中心看。这是小轿车紧急刹车，如果小轿车不刹车，"钟抄抄"必撞在车头上无疑。站在安全岛上的交警见状，一边吹着哨，一边冲过来要抓他，"钟抄抄"没有停下，紧贴着小轿车车头、在司机的怒骂声中飞驰而过。交警没有抓到他，抓住了紧跟在他身后的郭付成。

一连三天，"钟抄抄"去报社时，都没有看到郭付成，他心里没有松口气，倒隐约生出不安，他不知道郭付成那天是不是也跟着他闯红灯了，是不是撞车了。当时过了红灯后，他仍担心交警在追他，不敢停下，一口气冲了几百米，回头看不见交警也不见郭付成追上来，才放慢了速度。

但他的不安是多余的，第四天下午，郭付成又出现在报社大楼门口，还嘲笑他："小子，跑得了和尚，跑得了庙吗？""钟抄抄"很为他的多余担心懊悔，心里骂：怎么没把你撞死！

郭付成没有骑车来，因为他的车那天被交警扣了。"钟抄抄"冷笑，心里说：没了车，我看你怎么跟，跟在我电动车后头跑吗？跑不死你！

可是，等他开完会下楼，到停车棚取车时，却发现他的车后轮被人用一把硕大的铁锁锁住了！他顿时火冒三丈，冲到站在大门口的郭付成面前大喝一声："你过来！"

郭付成面无表情地走过来。

"你锁我车干嘛？！"

"谁锁你的车，我没锁。"

"不是你是谁，把钥匙给我！"

"不是我锁的。"

"你他妈的太过分了！"

两人的争吵引来了保安，保安搜郭付成的身，但一无所获。"钟抄抄"意识到郭付成存心要跟他作对了，可是他有什么办法？他隐不了形，也遁不了迹。他朝保安撒气，"不是叫你们看住他的嘛，怎么让他进来了！"

他去街上找来锁匠开锁，锁匠看了看锁孔，说："没办法开，锁孔被一截铁丝堵死了。"

"钟抄抄"心一横，返回了办公室。这一夜，他是在办公室的沙发上度过的。整栋大楼虽然有暖空调设备，可晚上是不开的。此时是十二月，半夜气温在零度左右，缺衣少被的"钟抄抄"感冒了。

当他病恹恹地下楼，准备去医院时，他又看到了郭付成。郭付成也是眼睛泛红，鼻头通红，两个鼻孔挂着清鼻涕。难道他也没回去，在大门口站了一夜？

"老哥，你又何苦呢？你这样没日没夜地跟着我，幸福吗？快乐吗？有成就感吗？"

"不跟着你,我也是喝西北风。"

"你以为跟着我,我就会屈服吗?"

"我不知道,除了跟着你,我也没别的法子了。"

"你再跟着我,我就跟你不客气了。"

"你想打我?行,我给你打。只要你打不死我,我还跟着你。"

"钟抄抄"感到无可奈何了:"你要有这神气,你就跟吧,我又不是什么大人物,没有什么见不得人的事,怕你跟?"

"钟抄抄"坐公交车去医院看病,郭付成也跟着上了车。下一站,郭付成身边的一个乘客下车了,空出了座位,郭付成没坐,招呼"钟抄抄","钟记者,你不舒服,你坐。""钟抄抄"不跟他讲客气,坐了。

到了市第一人民医院,"钟抄抄"排队挂号,郭付成也排在他身后,但"钟抄抄"挂了号后,他却没挂。"钟抄抄"好奇地问:"你不是也感冒了吗,怎么不看病?"

"没钱。"

"放心,我不会趁你看病的时候跑,这不公平嘛。"

"真没钱。"

"看个感冒能花多少钱呀。别舍不得,小病拖成大病,更花钱。"

"没事,咱庄稼人命贱,自己能好。"

在候诊大厅等候叫号时,"钟抄抄"和郭付成聊起他的家里情况,郭付成说,他老家在郊区,原来有三亩水田,可是市里办工业园,征了村里一大片地,其中包括他家的三亩,虽然给了补偿金,可是补偿给村里的钱是全村人分的,他也就得了两万元。村里说会调田给他,可一直没调,他没活路了,就拿出所有积蓄,带着老婆孩子,来到吉都市,想做点小生意,才做了两个月,就被钟记者写上报纸了,设备全被没收,一家人不知道往后怎么生活呢。

"不一定非得做生意,打工也成啊。现在农民工工资也挺高的,四五千块钱一个月的都有。"

"我又没技术,能做什么?干力气活挣不了钱,还经常被拖欠,我们村就有好几个，做了半年都得不到一分钱。我一家老小六口人，半年不得工资，还不饿死。"

"你家怎么会有那么多人？"

"我，老婆，四个小孩。还不算我父母，他们在村子里没出来呢。"

"四个小孩？你超生得太过分了吧。"

"不就想要个男孩嘛。"

"村里的计生干部也不管你？"

"管啊，他不开准生证，孩子就上不了户口。不给上户口就不上户口，有什么大不了的。"

"那他们怎么上学呢？"

"弄个假户口本不就得了，反正学校也看不出真假。"

"钟抄抄"看到郭付成的鼻孔，两条清鼻涕像两只惊恐的小白鼠，刚冒出个头又缩回去了，反反复复，于是说："老郭，我看你感冒不轻，还是看看吧，都到医院来了。我替你付药费好了。"

"没事，过两天它就自己好了。"

"病也能自己好？"

"病这东西，你适应了它，它也会适应你。"

"没听过还有这种说法。"

"钟记者，你要不愿赔我钱也行，你帮我去工商所求求情，叫他们把我的设备退还给我。"

"钟抄抄"苦笑着，叹了一口气，说："那好吧，我去帮你求求情。但行不行我也无法保证。如果得了，你要保证，以后不要再跟着我了。"

郭付成被逗笑了，"你又不是我老婆，整天跟着你干啥？"

看完病，"钟抄抄"直奔工商所，找到吴所长，一提这事，吴所长不高兴了，说："钟记者，这不是你的性格嘛。你揭露违法行为，反过来又帮违法分子说话，你的原则在哪里？如果把设备退给了他，他到别的地方再炼地沟油，炸油豆腐，不是继续害人么。"

"唉，他现在一天到晚跟着我，成了我的影子一样。"

"跟着你你就怕了？你打110报警嘛。"

"他又不威胁我，也不妨碍我，警察来也没有用。"

说了半天，工商所都不肯答应还设备，"钟抄抄"颇感无奈。他回到报社，郭付成仍等候在大门口，他据实说了，郭付成面无表情，"那你就赔我钱。"

"钟抄抄"咆哮了，"你他妈的，不要逼人太甚！"

22 扶不上墙的雷恩

虽有新闻应当干预社会之说，但新闻干预社会与记者介入当事人事件是两码事，我是不是把二者混淆了？

接热线那几天，每接到一个愿意聘用雷恩的单位的电话，我就立即打电话告诉冯晓钢，叫他马上跟对方联系，进一步详谈。

可是十天过去了，一直没接到冯哥的反馈，到底有没有结果啊？如果雷恩有工作了，我也好写一篇皆大欢喜的报道，自吹自擂一下，彰显我报新闻干预社会的巨大作用。

我打电话给冯哥，电话里，冯哥叹了一口气，说："周记者，我都不好意思跟你说了，枉费了你一番好意。"

"怎么了？那些单位都翻脸了？"

"不是，是雷恩不肯去。"

这我就想不通了。以前找工作屡屡碰壁，现在工作找上门来了，还不愿去，摆什么谱啊。

我赶去冯哥的小超市。

　　冯哥的小超市也就三十来平米，坐落在一个居民小区里。如果小区就他一个超市，还是有生意做的，毕竟这个小区不算小，应该有七八百户人家，可小区里大大小小有五个超市或百货零售店，结果大家都是惨淡经营。冯哥只请了一个女营业员，就这一个，此时也正百无聊赖地玩自个儿的手指头呢。冯哥正在整理货架，无非就是把一些放得不够端正的货再摆得正些，可做可不做。

　　一坐下，冯哥便打开了话匣子。

　　说实话，接到我告知有单位愿要雷恩的第一个电话，冯哥就兴奋不已，觉得雷恩这块蒙灰的金子终于有闪光的机会了，觉得雷恩从此可以摆脱困境、昂首挺胸做人了。

　　"雷恩，有单位来要你了！"

　　冯哥一敲开雷恩的家门，就把刊登我文章的报纸给雷恩看。其实写这篇报道的时候，我心里一直忐忑不安，因为我并没有直接采访过雷恩，也没有征求过他的意见，更没有给他看过稿子，我担心他看后会对我不满，甚至告我侵犯他的隐私，是冯哥一句话"一切有我担当"，我才下笔的。还好，雷恩看了报纸后很平静，只是对冯哥说："你跟人家说我的事干什么，还上报纸，无聊不无聊。"

　　"雷恩，市里有家外国语学校，打电话给周记者，说想请你去做英语老师，你去不去？"

　　"是吗？"雷恩一脸平静。

　　"当然是真的，人家周记者会骗你嘛。"

　　雷恩不作声了，表情有些发呆，冯晓钢以为雷恩同意了，马上赶去顶呱呱外语学校联系，那位女秘书告诉他，校董事会已达成初步意向，同意聘请雷恩，月工资四千元，这么高的工资只有拥有高级教师职称的老师才拿得到的。雷恩可以晚上备备课，学校明天安排一堂课给他试讲，如果效果不错，马上就签合同，一签三年。女秘书拿了一本教材给冯哥。

　　冯哥兴高采烈地往回赶，半路上，细心的冯哥想到雷恩没有一套好衣服，还花了一千多元给他买了一套西装和衬衣、皮鞋、袜子。

"雷恩，已经谈好了，学校叫你明天就去报到。"

雷恩脸上是明显的犹豫的神情，"我没当过老师，怎么上课？"

"没当过老师有什么关系，谁生来当过老师，那么多老师不照样当得好好的。"

"不太合适吧，上不好课会误人子弟的。"

"你一个华大硕士生还教不了一帮高中生？放心吧。"

"我又不是英语专业的。"

"你比英语专业的还牛。"

第二天，冯哥早早地过来，却发现雷恩还在睡觉，"快起来，今天是你新人生的第一天，振作点。"

雷恩翻了一个身，仍赖在被窝里，"我还是不去了。"

"昨天不是说好了的嘛。"冯哥愣住了。

"昨天我也没说一定去。"

"起来！"冯哥生气地掀了雷恩的被子，雷恩哆嗦着坐起来，抓了件外衣披着，就一动不动了。冯哥拉他，他如屁股被床板粘住了一般，怎么拉也拉不动。

冯哥想，雷恩从未当过老师，叫他去上课，也许真有些为难他；当然，如果搁在他未失恋的时候，这肯定不是问题，现在他精神状态不好，上不好课是有可能的。这么想着，他不责怪雷恩了。

接着联系广州好木头家具公司，那位总经理告诉他，雷恩当这个助理也不需要多大技术含量，英语好就行，工作嘛，平常在办公室接接电话，搞搞接待，出国谈生意的时候帮忙翻译翻译，就这些，月工资五千。

冯哥想，这活儿对雷恩来说，应该是小意思吧，平常他就老爱去秋月山庄跟老外聊天，现在聊天变成工作，有工资领，不是更爽？

说给雷恩听，雷恩仍是犹犹豫豫，"朝九晚五的生活，我已经不大习惯了。"

"这有什么，倒几个月，自然就倒过来了。"

冯哥决定这回不能由着他了，硬要他收拾东西马上出发。其实雷恩也没什么要收拾的，衣服没一件好的，鞋子没一双新的。冯哥把他的两本文凭，还有一本牛津英语词典往包里一塞，拉着他就走。

到了吉都长途汽车站，冯哥买了二张去广州的车票——他要押雷恩去。候车时，雷恩说去一趟卫生间，冯哥也没多想，让他一个人去了，可是快到上车时间了，雷恩也没回来。冯哥赶去卫生间找，所有蹲间的门都推开了，也没见着人。他又满车站转，直到大巴开走了，还是见不到雷恩，他意识到雷恩逃跑了。

冯哥垂头丧气地回到雷恩的屋里，雷恩正在厨房下面条呢，冯哥恨不能抽他两耳光。"雷恩，你太让我失望了。"冯哥说。

"你饿了没有，我再多下点面条。"雷恩热情地问，仿佛不知道冯哥为何而来。

"你就吃一辈子面条吧。"冯哥扭头而去。

接下来几天，冯哥又联系了两家公司，一家本市的，一家本省的，可雷恩依然不肯去，说："晓钢哥，我跟着你做事就蛮好，你不要勉强我了。"冯哥意识到雷恩是不愿再去上班了，剩下的单位他也懒得联系了。

"他怎么就不愿工作呢？这样能过一辈子吗？"冯哥一脸小学生向老师提问的表情。

我感觉这事的棘手程度，远没有我想象的那样简单，可是问题出在哪儿？雷恩当真不愿意工作吗？他为什么不愿意工作？他凭什么不愿意工作？他并不是不清楚自己的处境，只有工作才能让他摆脱困境，按理说，现在有工作找上门，他应该抢着去做才是啊。

其实，如果雷恩真想找工作做，回到吉都这几年，不会找不到，吉都好歹也是一座八百万人口的大城市，虽比不上北京市恢宏、繁华，但适合一个计算机技术、电子金融毕业生的岗位应该有吧，即使不是金领的位置，一般职位还是很多的，吉都市每年那么多计算机技术专业、电子金融本科生、硕士生毕业，也没见几个失业啊。就算不做专业对口的工作，也还有数不清的别的专业岗位，比如我，没有找到数学专业的工作，不也找到了做记者的工作嘛。工资再低，也比捡破烂卖挣得多，也体面得多。雷恩宁愿捡破烂，也不愿找工作，一定有深层的原因。

我们去了雷恩的家里。

雷恩跷着二郎腿坐在木沙发上，正看一份英文版的《中国日报》，估计是从秋月山庄大厅偷的或者捡回来的。

"雷恩，冯哥是在帮你，我也想帮你，我们都是真心想帮你。"我严肃地说，"你为什么要拒绝帮助呢？说说看，为什么？"

雷恩不作声，依旧看他的报纸。我继续说："你认为你不需要帮助？你觉得你对现在的生活很满意？是还是不是，你发自内心地说一声。你如果说是，我从此再不提这事。"

我本以为用激将法，能将雷恩沉底的勇气和自尊激发出来，可雷恩依然无动于衷，好像看报纸上那些国际时事比回答我的问题更重要。我耐心地等着他把报纸四个版面的文章一篇篇看完，之后他说："我累了，想睡一下，你们走吧。"

嗬，懒人居然也有喊累的时候！我恨不能扑上去，掐住他脖子，狂骂：你这个窝囊废，干脆去死了算了！

看着雷恩拖着"疲惫"的身躯走向卧室，我感到无语。我想我是不是多管闲事了。我作为一名记者，只管写报道就是了，管当事人的事干嘛？不是有种理论说，记者应该是一个他者的角色，不能介入新闻事件当中，而要做一个旁观者、观察者。虽有新闻应当干预社会之说，但新闻干预社会与记者介入当事人事件是两码事，我是不是把二者混淆了？

关于记者做"他者"的说法，在网络上也引发争论，一些记者（特别是摄影记者）常被网友骂冷血，为了拍出好照片，置当事人的生死于不顾。比如有一组新闻照片，内容是：暴雨中的街市，发生严重内涝，一名骑自行车的行人栽倒在一个水坑里。有网民看了，就骂拍这组照片的记者太无德，你明明知道这里有个坑，为什么不告知经过这里的人绕道走，为拍新闻照片，就眼睁睁看行人栽进坑里？还有一组照片，讲述的是一名消防员在清理海上油污时，沉入海底而死的过程，摄影者也招来网友痛骂，尽管摄影者解释说，他拍照片时完全没想到消防员会溺水，瞬间就淹死了，但网友还是不依不饶。获1994年美国普利策奖的新闻照片《饥饿的小女孩》作者凯文·卡特，因为无法承受民众责问"为什么不帮助那个小女孩"而自杀。

俗话说，人都是人他妈生的，都是吃五谷杂粮长大的，很难在看到别人陷入困境的时候无动于衷，不愿伸出援手。我此时就是这种心态，何况冯哥还向我求助，我当得了他者吗？

刚开始的时候，冯晓钢说雷恩有病，我以为更多的是身体上的不适，现在看来，更多的应该是心理上的病。对心理学，我不懂，无法确认雷恩是什么心理问题。

我决定找个权威的心理学专家咨询一下。跟同事打听，得知市五医院（精神病院）有个医生、教授叫张铁霖，同时还是市心理卫生学会副会长，对心理问题颇有研究，为人也和气，平常很乐意接受记者采访咨询。

找到张教授，说了雷恩的种种表现后，张教授说："雷恩患上了严重的社会适应障碍。"

张教授进一步解释说，一个人的能力包括智商和情商两个方面，情商是指对社会的适应、人际关系的协调，情绪的控制、表达、宣泄、发挥、交流等。雷恩明显属于智商高的人，但智商高，不等于情商也高。智商有天生的因素，情商却需要培养才能形成。从雷恩的家庭环境和教育历程来看，他的情商显然没有得到良好的系统的培养，成了所谓的书呆了。智商高，情商低，往往容易受到打击、承受不了打击，造成事业挫折、感情挫折，并且难以自拔、自我封闭，最终变成社会适应障碍。

"现在有单位接收他去上班，这是融入社会的最好机会，雷恩为什么不愿去上班呢？"

"他心理上已产生了严重的挫败感，也就是说，做一件事之前，他首先想到的不是如何去成功，而是担心会失败，所以他什么事也不敢去做了。"

张教授的看法让我很受启发，我说："哪天我带雷恩来，让您给他治治。"

张教授摇摇头，"他已经治不好了。"

我大吃一惊，不会吧，雷恩吃得睡得走得，怎么就治不好了？他这辈子就这样废了不成？张教授看出我的疑惑，说："也许帮他找一份没有压力的工作，比如上班自由，做多做少自由，工作强度不大，没有硬性任务，他会接受。这样一步一步来，他的病情也许会有所缓解。"

我靠，这样的工作谁不愿做呀，打工皇帝唐骏都找不到这样的工作。

我把张教授的观点跟冯哥一说（治不好的那句没说），冯哥表示认同，"我跟他哥、他妈妈都说过，雷恩有病，不要把他当正常人看，可是他们不相信。唉。"

那么，如何帮雷恩找一份张教授说的那种"当皇帝"般的工作？国家机关、企业、事业单位肯定是去不了的，这可以排除。私立学校？已经试过了，不可行。把女人当男人使、把男人当畜牲使的私营公司？他更加适应不了。

一天，我在本报上看到一则翻译公司招兼职文字翻译的广告，不禁豁然开朗，这不就是传说中的"上班自由，做多做少自由，工作强度不大，没有硬性任务"的工作么？

马上去找冯哥，冯哥也觉得这份工作最适合雷恩了，于是隆重向雷恩推荐。张教授不愧为教授，分析问题一针见血，雷恩果然如他说的那样，一开始就担心失败。他说："我好多年没正儿八经接触英语了，翻译无小事，要是翻译出了错，没有准确地译出原文的意思，会坏人家事的，搞不好还会惹来官司。"

得，继续帮他找吧。

过了几天，我又想出了一个点子，找几个学生来让他辅导英语。这应该也算比较自由的工作，还是自己当老板，自己说什么就是什么，不存在弄错的问题，而且初中、高中的英语能深到哪儿去，他教这帮小屁孩绰绰有余。

谁知雷恩听了，还是直摆手，"要是他们升不了学，上不了好学校，把责任怪到我头上，我可承担不起。"

也许，真如张教授所说的，雷恩已无可救药了？只能在冯哥的小超市打一辈子小工了？

23 向悠悠求爱

跟你一个穷小子来往，用得着摆出一副拜金的神态么？想跟你谈钱，也谈不到一块，不如跟你谈精神得了。

我跟悠悠的来往越来越密切，快变成她的男闺蜜了，我开始考虑，要不要向悠悠求爱，如何向她表白。

认识悠悠至今，有两个月了，我已爱上了悠悠。可以说，我对她是一见钟情——当然，说第一眼就爱上了她，这不真实，但第一眼就对她很有好感，是确定无疑的。

两个月来，我和她有过十多次的接触，除了为她写过稿，还和她一起看过电影，逛过街，泡过酒吧；她写稿时想不出恰当的汉字词语打过我N次电话求助；我们还在QQ里N次打情骂俏，就连"秋韵阁"的石锅拌饭，我都吃得有点反胃了。正面的收获是，我认定她是一个好女孩。她单纯、善良，她乐观、活泼，她漂亮、可爱。对了这样一个好女孩，不赶紧抓到手里怎么行？如今这个世界，空气里都弥漫着情欲，一个讨人喜欢的女孩，一不留神，往往就会稍纵即逝啊。

可是，悠悠会不会接受我呢？

我无钱无房无车，是个穷小子，而且没有经济头脑，绝不是只潜力股。我有什么值得她爱的呢？人虽不丑，也还善良、勤劳，可在这物质社会，这些都不是优点啊。

我看得出，她不像是个物质女、拜金女。可是，这说不定只是她的表面呢？跟你一个穷小子来往，用得着摆出一副拜金的神态么？想跟你谈钱，也谈不到一块，不如跟你谈精神得了。结果你还以为她不拜金哪。而结婚就是另一回事了，因为结婚，可以使用另一个人的财富啊，比如可以住老公的大房子，可以拿老公的大金卡刷卡，可以开老公的大奔驰出去拉风，嫁个穷小子，有时还要倒贴自己的，岂不是傻傻的。

真让人烦恼。

一月的第一个星期天，出现了难得一见的阳光明媚的天气，让我写稿的心情饱受打击。本来，今天我打算写三篇稿的，把前几天采访了、还没来得及动笔的题材完成。唉，记者就是这样，没完没了地采访，没完没了地写稿，根本没有固定的休息日。没安排采访，你才有休息天。可是，报社会让你没有采访的时候吗？

我坐在桌前，看着窗外晃眼的阳光，情不自禁地想着悠悠，一点写稿的心情都没有。发了近一个小时的呆，我决定不写了，改为约悠悠出来玩。稿子大人，今天见你的鬼去吧，我要恋爱！

我要趁着今天大好的天气，向悠悠表白！

"悠悠，在干嘛？"我打通了她的电话。

"在写稿呢，今天下午得交，真是讨厌。"悠悠声音嗡嗡的。

同是天涯沦落人哪。我说："悠悠，难得这么好的天气，我们出去玩怎么样？"

"那我的稿子怎么办？"悠悠停顿了一下，"如果你帮我写，我就去。"

"行。"我豁出去了。

"真的？"悠悠的高兴劲儿，像有两只虚拟的手在使劲鼓掌，"去哪里玩？"

这倒一时把我难住了，去哪里玩比较好呢？去郊区公园？不合适，时间来不及，下午还得帮她写稿呢。去逛街？大街上熙熙攘攘的，不方便聊天谈心情。我翻了翻白眼，想到一个好地方，去"乐满园"！

"乐满园"是本市最大的游乐场，美国"迪斯尼"乐园的山寨版。在这里，既有好玩刺激的各种游乐点，又有安静暖昧的小花园，游玩、谈心两不误。如果悠悠玩得快乐，我向她表白就容易让她接受了。

悠悠同意了我的提议。

我们很快在"乐满园"的门口会合了。游园里人真多呵，仿佛全市的人都涌到这里来了。成双成对的恋人也很多，他们攀肩搂背、亲密无间的场面真让人羡慕。我和悠悠什么时候也能这样呢？

一双柔软的手悄然挽住了我的右胳膊，不用看，不用猜，我知道是悠悠的手。想不到她这么大方，是不是她也受到了乐园里的气氛感染？我想今天来这里真是来对了。也许从今天开始，我们将进入了一个新阶段。

"悠悠，想玩什么？"我问。

"先散散步吧。"悠悠说，仿佛一旦去玩什么，她就不得不放开我的胳膊了，她舍不得呢。

今天的太阳真艳，虽然是隆冬，仍把我照得心里暖洋洋的。我说的太阳，不是天上的太阳，是身边挽着我手臂的这个美丽女孩。天上的太阳也很温暖，但不一定能使人心里温暖，比如对于失恋的人来说，太阳再大，他的心也会是冷的，对不对？

我们走得很慢，走着走着，悠悠的身体渐渐往我身上倾，到后来几乎贴着我了。两人都穿着厚厚的冬衣，我仍能感受到她的体温，甚至她手臂的肉感。我有些陶醉了。

"悠悠……"

"嗯。"

"我……你……这个……"

正当我斟酌词句，要向她表白时，悠悠却离开了我身体，头侧向一边，我朝她看的方向望，只见前方一座屋，门口写着两个大字："鬼屋"。

"好想体验一回鬼屋里有多恐怖，以前都是和女孩子来玩，谁也不敢进去。"悠悠说。

"今天我陪你进去探险怎么样？"

"好喔。"悠悠顿时兴奋起来，一改刚才的温婉。

我们买了票，在门口，验票员发给我们两只电筒，放行。

屋子里黑漆漆的，什么也看不见，如进入了无边的宇宙，悠悠显然害怕了，将我的手拽得紧紧的。我说："打开电筒啊。"

电筒光里，是高高低低、弯弯曲曲的山路，路两旁树木阴森，不时有奇形怪状的飞鸟一掠而过，发出怪叫声。悠悠有些惊慌，问："我们到哪儿了？"

"我们穿越到原始社会的丛林里了。"

"啊！"

我见吓着她了，忙说："没事，我们还在吉都市的'乐满园'，你看到的只是模拟画面，就跟电影一样。"尽管脚下的地很平坦，我们仍像在山路上行走一般，猫着腰，高一脚低一脚。突然，一个骷髅毫无征兆地从树上掉到我们跟前，晃荡，"啊！——"悠悠惊叫着，紧紧搂住了我。

"没事，有我在，怪兽敢扑上来，我打爆它的头。"我摸摸她的头。我们继续向前走，但悠悠不敢放开我了，几乎是被我拖着走的。

"啊——"悠悠又大声叫唤起来，脚步趔趄。前方没出现什么东西呀，她怎么又惊叫？"怎么啦？"我问。"有只手抓我的脚。我好怕。"悠悠的声音带着颤抖。

我们走进了一个岩洞，洞里深幽幽的，电筒光照不到尽头；岩壁"嘀嘀嗒嗒"滴着水，滴水声使岩洞越发深幽。脚下没有路，都是乱石，我抬脚欲踏到石头上，不料踩空，打了个趔趄，差点摔倒。突然，前方成千上万条蛇朝我们游来，悠悠又是一声惊叫，这回她吓得不轻，丢下我就跑。我忙叫她："没事，只是投影。"接着又听到她一声惊叫，又怎么啦？

我追回去，原来我们身后的路已变成了一堵墙，她撞在墙上了（墙是软体，她没受伤）。悠悠钻进我的怀里，哭了，"我好怕。"

"你要真觉得怕，你就闭上眼睛，我牵着你出去。"

悠悠真的闭上了眼，我牵着她的手往前走，一路上妖魔鬼怪层出不穷，发出阵阵恐怖的吼叫，但再没听到她的惊叫。

我们从另一个门出来了。重见阳光，悠悠仿佛重生一般，直喘气，"吓死我了，还是生活在太阳底下好。"

刚才在鬼屋，我们几次搂抱在一起（虽然悠悠是被动的），给我的感觉很美妙。感谢你，鬼屋。"对不起，刚才把你扔在一边，只顾自己跑了，太不仗义。"悠悠脸带愧色。

"没事，在鬼屋你给了我几次拥抱，我知足了。"我说。

悠悠脸上现出了红晕，她嘟起小嘴，"哼，你不要胡思乱想哦。"

"悠悠，希望你天天都能给我一个拥抱。"我说。天哪，装在肚子里好些天的话，此时就这么顺口自然地说出来了，太神奇了。鬼屋，你给了我智慧和勇气！

"你的表情好奇怪哦。"悠悠像是没听懂我的话，又像是听懂了我的话，却装没听懂，用眼角看我。

"悠悠，做我女朋友好不好。"我索性把话说白。

"这个嘛，"悠悠斜望天空，"我现在还不能答复你。"

"为什么？"

"还有半个月就是春节了，等春节放假，我回家过年的时候，征求我爸妈的意见，回来再告诉你好不好？"

晕，谈恋爱还要征求父母的意见？真是爸爸妈妈的乖乖女。

"跟谁结婚要征求父母的意见，这我听说过；谈恋爱也要征求爸妈的意见，头一回听到。"我嘀咕道。

"谈恋爱不是结婚的前奏吗？慎重一点有什么不好？"悠悠惊奇地看我，"难道你只想跟我谈恋爱，不愿跟我结婚吗？不以结婚为目的的恋爱就是要流氓哦。"

"不，我不是这个意思，"我额头上急出汗来了，尽管大冷的天，"你要是愿意跟我结婚，我巴不得我们现在就去领结婚证。"

"那也不至于。"

悠悠脸上的惊讶神态淡下来了，我心里也松了一口气，说："谈恋爱，结婚，总要一步步来嘛。"

"我觉得一开始就跟父母说一声比较好。"

唉，事情又绕回来了，我简直怀疑她长这么大，谈过恋爱没有。"悠悠，冒昧地问一下，你以前谈没谈过恋爱？"

悠悠扭捏，"人家的隐私怎么可以问嘛。"

我估计她真没谈过恋爱，这年头，真是难得啊。

"悠悠，能不能先透露一下你个人的意见？"

悠悠继续扭捏，"不要急于让人家表态嘛。"

我心里生出失落感，"唉，看来是没有希望了。"

"跑跑哥，不要伤心好不好，我现在虽然没答应你，可也没有拒绝你啊，是不是？

悠悠靠近我，重新挽起了我的手臂，我说："我们去坐摩天轮吧。""好高啊。"悠悠望着前方高高的摩天轮说。"高才刺激呀，而且没有黑暗，不会害怕。""好！"我们朝着摩天轮奔跑。我想，虽然摩天轮没有黑暗，但这回你要是不吓得躺我怀里，我的名字倒着写。

24 "罗战神"的猛料

"好久没写出轰动新闻了，心有不甘啊。为了记者的荣耀，我要搏一搏，哪怕受处分，被辞退，我也认了！"

"罗战神"采访归来，还未上楼，便接到了一个电话，不是手机里存的号码，"请问是罗记者吗？"

"是的，请问你是谁？"

"我们是大湾市的出租车司机，想跟你报点料，你看行吗？"

有人报料，对记者肯定是好事，"罗战神"几乎没考虑就答应了，"行，你说。"

"电话里一时半会儿说不清，我们已经在吉都市了，在光明路的大明茶府红茶包厢，你能过来一下吗？"

"罗战神"立马赶去大明茶府。

红茶包厢坐着二男一女，都是三十多岁的青年。看见一个青年男子推门进来，女的先站起来了，问："是罗记者吧。"

"是的。"

二男一女忙邀"罗战神"坐下，又是倒茶，又是递烟，仿佛他是个大佬，这让"罗战神"感到有些不好意思，毕竟他们三个都比他大。

"你们是怎么知道我的手机号码的？"

"是一个朋友告诉我的，他说你以前采访过他，说你是一个很有正义感的记者，所以我们就找你来了。"

记者的手机号都是不保密的，采访过的当事人都会有，当事人把他的手机号码传来传去，是正常的事；有人向别人推荐他，说明他有口碑，更是件荣耀的事。"罗战神"微笑一下。

"罗记者，我们有件事，不知你敢不敢写。"女的说。

"说吧。"

女的于是从包里拿出一沓材料，递到"罗战神"手上。"罗战神"看材料过程中，脸色渐渐变得凝重。材料是一对叫麻天玉、丁春香的夫妇写的。"我就是丁春香。"女的说。"我是麻天玉。"一个皮肤黝黑而壮实的男子说。

材料内容说的是：

麻天玉夫妇原居住在大湾市郊区，由于市里搞港口开发区，征去了村里大部分土地，他们没地可耕了，于是用领到的征地补偿买了辆夏利，到市里跑出租（那时候大湾市还允许司机带车加入出租车公司）。两人一个开白班一个开夜班，没日没夜地跑。

2008年8月，他们的出租车快到报废期了，夫妇俩决定买辆捷达，继续干出租营生。一天，麻天玉接到了一个电话，"麻师傅你好，我是黎长富，还记得我吧。"麻天玉想了好一会儿才想起这个人来，因为他跟黎长富只有一面之交，黎长富是个"代办"，就是司机驾驶违章了，被罚款、被扣证，他有办法帮拿证回来或减少罚金，麻天玉有一次违章驾驶被扣了证，就是找他帮忙拿回来的。

"麻师傅，听说你想买辆捷达？真是太巧了，我有个朋友有辆捷达想卖，只开了个把月，还没入户呢，相当于新的，只卖7万。你们想不想要？"

这款捷达新的将近10万，7万元应该划算。夫妇俩商量了一阵，决定看看车，合适的话就买下来。

第二天，双方相约见面了。黎长富这一边还有一个人，黎介绍说，他叫方伟全，捷达的车主。麻天玉夫妇仔细察看了车，车还真不错，几乎是崭新的，没看出什么不对劲的地方。

"车的来路没问题吧？"麻天玉问。

方伟全说："我是市体委的，这是我们单位的车，单位买车用得着买野路子的车吗？直接到专卖店买。现在车管所的电脑都联网了的，如果车有问题，上网一查就查出来了。是不是？"

麻天玉点点头，又问："买了多久了？"

方伟全说："不到两个月，你看表，跑了还不到六千公里。"

麻天玉再问："怎么又不跑了呢？"

"原来的头儿调走了，新来的领导，嫌捷达档次不高，而且现在跑出租的车好多捷达，做单位用车名声不好听，要换。现在的领导，都是这德性。"

麻天玉若有所思，似乎还想找些问题，"二手车过户挺麻烦的。"

方伟全说："我这车还没入户呢，好办。我可以包办好全部手续入户，你尽可以放心。"

双方很快达成了协议，麻天玉交了2万元定金。由于这天是星期六，双方约定下星期一就去大湾市车管所入户。

星期一，是黎长富一个人开车来的，三人一起去车管所。

到了车管所里，刚停下车，就有一个男子走过来了，黎长富介绍说，"我朋友，叫赵晨辉，在市公安局上班，我叫他过来帮忙，有他帮忙，半个小时就能办好入户。"

"太好了。"麻天玉说。

接着黎长富问麻天玉要了身份证，由赵晨辉带着进了车管所办证大厅。麻天玉本想跟着去，但黎长富阻止他，"人多了不好，你就在车里等着好了。"他透过车窗，看到在大厅门口，一个穿交警服的男子走出来，迎接两人，三人一块儿上了二楼。

过了半个小时，黎长富出来了，"手续办完了，你们去摇号。"麻天玉夫妇很高兴，几乎是一路小跑进了大厅，直奔摇号机，真是幸运，摇到了尾号带两个"8"的号码。

之后是一手交钱，一手交货，麻天玉付给黎长富余下的5万元，黎长富把车子的车牌、行驶证、购置证给了他。

2010年7月15日，麻天玉接到了大湾市公安局刑侦支队的电话，问他在哪里，"你们马上把车停在原地等着，我们有事找你们。"麻天玉心里忐忑不安，在他的意识里，有警察找一般都不是好事。

警察来后，一个警察钻进了他车里，叫他开车去刑侦支队。到了刑侦支队办公室，警察问他："知道自己做了什么违法事吗？"麻天玉一头雾水，说没有啊，一次红灯都没有闯过，更没撞过人。"你开的车是被盗赃车！"警察厉声说。"不可能，我的车是经过车管所入户的，你们可以查！"麻天玉吓得非同小可，忙申辩说。警察盯着他看了几秒钟，才放松了语气，说："我们在车管所查过档案了，车子的发票是假的，如果不是车管所给你们上了牌，我们就把你抓起来了。"

"这是怎么回事？"麻天玉壮着胆子问。

警察告诉他，2010年5月，邻省警方破获了一起特大盗车案，共抓获43名盗车、销赃及转移赃物犯罪嫌疑人，这个团伙从2008年至2010年5月作案100多起，共盗窃小轿车91辆，案值1600余万元。盗车团伙中有一个叫方伟全的人，负责把车卖给黎长富。警方根据这条线索，抓获了黎长富。黎长富供出，他在大湾市总共销了20多辆赃车，其中包括麻天玉这辆捷达。邻省警方这几天正在大湾市收缴赃车呢。

这件事在大湾市传开了，开出租车的司机们一交流，才知道，大湾市竟有20人向黎长富买了赃车跑出租，而且都在车管所入了户。另外那几辆则是大湾市机关单位买下。

有合法手续的车竟是被盗车！麻天玉夫妇心里有说不出的委屈。"我们田没了，地没了，就靠这辆车养家活口，现在旧车报废了，新车被缴了，叫我们怎么生活啊？"丁春香说着哭了。

"我比他们两个还委屈呢。"另一个男子说。

他叫张少祥，也是被征地后跑进城来谋生的，他是在2010年3月才向黎长富买的车，他买的是二手车，买时车已有车管所发的牌照、行驶证、购置证，他到车管所过了户。才开了一个多月，公安就把他的车缴走了。

车被缴走了怎么办？他们找了律师咨询，律师说，每辆车都有发动机号和车架号，这些凿在铁上面的号码都是无法更改的，也应该都登记联网的，车管所竟然发现不了，显然有过错。

于是跑出租的这20名车主一块儿去找车管所，要求给予赔偿。赃车事件发生后不久，车管所原来的所长便调走了，新所长对车主说："我不了解情况，你们找原来的所长问吧。"

"原所长调哪儿了？"

"这我就不清楚了。"

"你怎么会不清楚呢？"

"我为什么一定要清楚？"

司机们改去交警支队讨说法，但支队领导总不在家，有一次他们终于逮住了支队教导员，教导员叫他们先去督察室反映情况。督察室一位值班人员看了他们的材料后，说："从材料上看，邻省那边只是扣了你们的车，但车是否给你们呢？还不得而知。要是他们退还你们车，我们又赔偿，不是重了？所以你们还要去邻省警方问问。"

笑话，警方收缴了赃车，还会有退的？尽管不抱一点希望，司机们还是派代表去了邻省。一了解，被追缴的车都已找到了失主。在司机们的央求下，邻省警方给大湾市这20个跑出租的司机买主分别开具了"该车已退还原车主"的证明。

司机们将证明交给督察室那位值班人员，他叫司机们等候消息。然而，此后车管所迟迟不予答复。每一次去问，都说领导正在研究。

司机们也考虑过打官司，可是民告官能告赢么？他们谁也没有把握。老百姓都知道，民告官，十有九输。现在找罗记者，希望罗记者能把这事曝出来，车管所捂不住了，不想赔钱也得赔。

"罗战神"看材料看得热血偾张。不用想都知道，这绝对是一条猛料。"罗战神"之所以被称作战神，就是对猛料有着超乎一般记者的热爱。他进入报社，若说他需要这份工作，不如说猛料需要他来挖掘呈现在世人面前。

当然，他也清楚，这条猛料也有发不出来的风险。只要有点"铁肩担道义"新闻理想的记者，哪个不被枪毙过稿子？进报社这一年多，"罗战神"被毙的稿件比我多得多。他自己都能估量得出，哪篇稿件可能发得出，哪个题材可能发不出。

"罗战神"找到我，征求我的意见。

找说："前段时间全国各地发生好几起警方跨省抓捕记者事件，虽然这些公安都只是受当地主要领导的派遣，他们不想得罪领导而不得不这样做。但你想，不涉及到他们自己的事，他们都能出警，现在你要捅他的马蜂窝，他还不跳起来。所以，我觉得，还是小心为好。"

"你不要抱偏见，绝大多数公安机关还是公正的，不乱抓人。""罗战神"这样说，不像是听取我的意见，倒像是为自己应该去采访找借口。

"战神，别天真了。一般有冤的人，找记者都是最后的、最无奈的一招。

我相信麻天玉他们在找你之前，肯定也向大湾市公安局反映过，可能还向纪检、市委、市政府、检察院、人大、政协、消协、驾协反映过。这事一直没人过问，就说明了一切。"

"可是，这个车管所也太黑了……"

"兄弟，不是我说你，有时候不要太一根筋了。报社是你开的吗？就算你写了，也不一定登得出来，你白费劲干什么？"

"本报发不出来，我可以给外报发。"

"你这样做更惨，即使警方不追究你，报社也要把你开了。"

"可是作为记者……"

"唉呀，没那么多可是。"

考虑再三，"罗战神"最终还是没有听从我的建议，决定调查这件事。他就是一个这么贱的人，看到猛料就会手痒，就会失去自控力。他对我说："好久没写出轰动新闻了，心有不甘啊。为了记者的荣耀，我要搏一搏，哪怕受处分，被辞退，我也认了。"

25 "摇钱树"是"妓者"？

女记者有文化、气质不凡，能说会道善写懂策划，职业也响亮，包个女记者能给自己长脸，提升品味，促进生意，比包打工妹、酒吧妹强多了

她像一个仙女，她像一个传说。

她有着令人发指的美丽容貌，是我报第一美女，是吉都市报界一朵奇葩。我无法描述她的美丽，我只能提供一些她的基本情况，让你尽情地去想象，你

想象她有多美，她就有多美。

她身高大概在一米七左右，体重大概在五十公斤至五十五公斤之间，身材超好，胸部丰满；她的脸型像李冰冰，她的眼睛像范冰冰；她有着乌黑的长发，如瀑布般从头顶一泄而下，走路的时候，不管有没有风，总会有一绺刘海飘起来，透出一种凄美。夏天，她喜欢穿连衣裙；冬天，她喜欢穿长风衣，不管是连衣裙还是风衣，都有一条束腰带。在她走路的时候，不管有没有风，束腰带的两头总会飘动起来，透出一种仙味。

她有着冰冻三尺的冷艳，不苟言笑。她几乎不与我们社会部的男记者说话，而女记者们，大多数或慑于、或嫉妒她的艳丽，不爱搭理她，她独来独往。她像一个幽灵，游荡在我们社会部办公室，游荡在我们记者中间，游荡在我们报社。她更像流传于男人们中间的情色传说，艳丽、性感、神秘、飘忽，男人们尽可以添油加醋地描绘她，但她永远也不是一个实体。

她还很有钱。报社记者中间传说着她很有钱，老总都没有她钱多。有记者看到她开过宝马，也有记者看到她驾驶过保时捷（她平常开到报社的车是别克）；有记者看到她从全市最豪华的小区傍山花园出来，也有记者看到她去过全市最高档的秋月山庄酒店。有人听说她有四套房子，也有人见过她包里装满了银行卡。她穿的衣服款式总是与众不同，而且一眼看上去就知是超级高档的那种。

她就是"摇钱树"，不，是姚清朔。

说实话，我是她的超级粉丝。我从未见过这么漂亮的女孩，来报社上班，第一眼看到她，我就为之惊艳。但我清楚，她不是我这种屌丝的菜，所以我只是仰慕她。

我的座位在写字间第一排，谁进出写字间我都能看到，"摇钱树"自然也不例外。往往她还未进入我的眼帘，一阵微风刮过来，我就知道是她。因为她带来的风给我的感觉不一样，是一种什么样的感觉，我说不出，但我就是能辨出来是她带来的风。

每当她走进或走出写字间的时候，我不论是在埋头写稿，或是聚精会神地思考，都会不由自主地抬起头来，看她走过。我看不到自己的神态，但我想一定是小孩看到仙女下凡的那种神态。

闲极无聊的时候，我偶尔也会对神秘的"摇钱树"作胡乱猜测，如她从哪儿来？她为什么会愿到报社来上班？相比于她的艳丽，她的文笔实在很一般，也就高中一年级水平吧。当记者是门累活儿，并不适合美女干。像她这样的尤物，上哪里求职不受老总欢迎啊。

她显然是个聪明的女孩，知道自己的长处和短处，并懂得如何扬长避短。她很少写正儿八经的新闻稿，写的多是有收入的软文（这种文章没有人计较文笔好与差），同时拉广告。她去拉广告，应该比广告部所有人都更受客户欢迎。事实也是如此，刚刚过去的胜利的一年，听说她为报社拉来了上千万元的广告，按照报社百分之三十的提成，她一年可以赚三百万哪。

她有充足的理由在报社傲视一切，看不起所有人，不愿跟所有人来往。

可是有一天，这个如仙女一般的女孩，却被人狠狠地甩了一巴掌。

是谁，这么不怜爱美女？是谁，对女人这么狠？

除了女人，还会有谁对女人这么狠。有句广告语说，"女人要对自己狠一点"，女人对自己都狠，对别的女人还会不狠？只有更狠。

这天下午，社会部门口悄然出现了一个陌生女人，她大约四十来岁，身材壮硕，或说发福更柔和点。她衣着华丽，浓妆艳抹，看上去很高贵，但脸色暗淡，目光冷峻，而且透出一股市侩味。

她站在门口，微倾身，悄声问我："小兄弟，请问姚清朔在吗？"

我扭头看了一下，"摇钱树"正在埋头写稿，于是便朝她喊了一声："'摇钱树'，有人找。"

"摇钱树"抬起头来望门口，中年女人也注意到她了，快步直奔过去。接着"啪"一声巨响传出，在安静的写字间格外刺耳，像是谁踩爆了一个硕大的气球，所有人都抬起头四看，寻找声源。

"你干嘛打我？"是"摇钱树"带着哭腔的声音。

"不要脸，骚货，鸡！"中年女人指着"摇钱树"的鼻子骂。

中年女人的话简短、干脆，一个字一个字地往外落，但不是大珠小珠落玉盘般美妙动听，每一个字落下来都像地雷爆炸，把写字间的记者们炸得人仰马翻。

"你血口喷人！"

吵架的时候，是不宜使用主谓宾定状补俱全的书面语言的，所以一贯斯文的"摇钱树"也用上了短句。

"还骂错你了？你看看，这是谁？"

中年女人掏出了一部大屏幕手机，三点两点，便出现了一个画面。这个画面我没有看到，但坐在"摇钱树"身后的记者看到了，据说是"摇钱树"和一个肥头大耳的男人在一起的照片。照片上两人半躺在床上，只照到肩膀处（显然是用手机自拍的），但两人的肩膀光溜溜的，可断定都没穿衣服，头靠头，笑容灿烂。

"摇钱树"一看，顿时气急败坏，要去夺手机，中年女人以为"摇钱树"要打人，奋起反击，又甩了她一巴掌。两人推搡成一团。

女记者们这时才反应过来，忙冲上去，把中年女人拉开。中年女人一边被推着往外走，一边骂骂咧咧个不停。

"摇钱树"伏在桌子上哭泣。记者们一时也没有谁去劝她——也没有哪一个记者跟她熟到敢去劝她的地步，毕竟这种事很敏感，轻易介入会自讨没趣。哭着哭着，"摇钱树"猛地站起来，提着包风风火火地向外走去。

第二天，一个平常和她略为要好的女记者把她办公桌里的私人物品清理一空。从此，报社再也没看到她的身影。

后来关于这件事，流传一个版本。说的是，照片里的那个男人，是本市一家大型房地产公司的老总。近年来，这家公司搞房地产开发十分劲猛，接连开发了几个楼盘。房地产如今是报纸的广告大户，自然，各地报社拉广告的蜂拥而来。公司呢，也有意在媒体投个千把万的广告，投给谁，给谁投多少？这就看对方如何公关了。

"摇钱树"在这场大战中成了最大赢家。她使出的办法是，让老总睡她半年，老总在本报投五百万的广告。如果纯从生意角度说，这是很划算的。

五百万广告可提成一百五十万，哪个女孩子给别人包半年，能得一百五十万？而对于房地产老总来说，广告给谁登都是登，何况吉都报本身发行量在全市居前三，即使"摇钱树"不让睡，他也要在吉都报投三百万以上，多投二百万，除了广告效应更大，还可多得个绝世美女睡，何乐而不为？

坊间还流传，"摇钱树"其实是一个大众情人，不，大贾情人，睡过她的老板多了去了，所以她才拉得来这么多广告。有些老板，为了巴结大财团的老板或掌握批地权的大官，还拿她去当钓饵呢。

又是一个滥俗的故事。

作为记者，我听到过太多的这类故事。女保险员为拉保单，与客户单位老总上床；售楼小姐为售房，与买房人上床；女业务员为订单，与客户经理上床；甚至连国营商业银行的女职员，为揽储都跟一些大公司老板来一腿。现在，本报又出了同样的故事，没什么可奇怪的。在这个欲望社会，女人把性变成了工具，变成了阶梯；男人呢，把性变成了权力，变成了自己的福利。

其实近些年，女记者的绯闻并不少。这些年，权贵、富商阶层兴起包女记者（包括电视台女主持人）之风。女记者有文化、气质不凡，能说会道善写懂策划，职业也响亮，包个女记者能给自己长脸，提升品味，促进生意，比包打工妹、酒吧妹强多了。不过，女记者作为知识女性，不会像打工妹那样单纯、酒吧妹那样傻，包女记者要大出血是肯定的。女记者绯闻多的另一个原因，也在于女记者因为职业的关系，有机会接触到各种各样的名人、高官、富商，她若想"钓鱼"，机会要比其他女性多得多。

社会部又走了一位同仁。我来社会部不到一年，社会部十六个记者已走了十一个（也新来了十一个）。太多的偶然因素决定着记者的去留。而且我感觉，许多记者对记者这个职业没有多少留恋之情，所以遇上点事，说走就走了。

莫总对"摇钱树"的被打与离职之事非常恼火（少了一个最得力的干将），特地召集门口的保安训了一顿。这个中年女人为什么能直闯记者工作间？原来，保安见她衣着奢华，雍容华贵，自以为是地把她当成了"好人"，非"找麻烦者"，什么也没问，就让她进了电梯。莫总强调说："以后不管是谁，就是市长来，也得给我拦住，问清楚找谁，有什么事，再打电话给他要找的人核实了，才准予上楼。"

我也感到愧疚，为自己的不经意，让"摇钱树"受了伤害，并使她离开了报社。做记者的，总会受到一些莫名的袭扰，当那个中年女人问我"姚清朔在吗"时，我警惕一点，反问她"你找她有什么事吗？等她回来时，我叫她打你的电话"，也许这一切就会避免。

不知姚清朔会不会恨我？我不知道，我也许这辈子都不会再见到她了，想问答案也问不到人了。不过，也不能全怪我不是？中年妇女既然过了保安那一关，为什么我不可以帮她喊要找的人？何况她手上有"摇钱树"的照片，即使我不帮她，她也能找到"摇钱树"。

也许，现在离开吉都报或说离开媒体界，对于她来说不是件坏事。她进入我报有六年，当初业绩可能没有现在好，不过六年下来，应该也赚了七、八百万吧，现在转行，拿出一些钱或开个服装店，或开个咖啡厅，自由自在地过日子，或者找个真心喜欢她的人，安安分分地生活，也挺好，钱是赚不完的嘛。

这些只是我为减轻愧疚而自我安慰的想法，她的真实想法怎样，我也无从知道。

26 给雷恩相亲

如果雷恩重新有了女朋友，有了女孩子关心，重新感受到了恋爱的快乐，他一定会自信起来

听到张教授说雷恩无可救药后，我打算不再关注他了，也不打算再帮他做什么了。我每天有那么多工分要去挣，还有追求悠悠也需要时间，哪有工夫去做这种无效劳动。

可是一天，一个电话又使我放不下雷恩了。没办法，本人心地善良啊，我内心其实也希望他能过得好一点。

这是一个中年妇女的电话。估计这是一个慢热型的读者，我的文章都登出两个月了，她才打电话来谈论这事。

"雷恩真是可怜。多有才华的小伙子啊，因为一次失恋，就给毁了。我觉得吧，应该让他尽快从失恋的阴影中走出来。"

"这位大姐，你觉得有什么办法，能让他尽快从失恋的阴影中走出来呢？"

"帮他找个对象呀。他有了新的恋爱，一定会忘掉过去不开心的事的。"

这个大姐的话让我豁然开朗。对啊，以前怎么没想到呢？以前只是从帮他找工作上想办法，以为他有了工作，就会振作起来，其实这是急功近利，治标不治本，最终也治不好。雷恩的症结在于感情受挫，所谓在哪里跌倒就从哪里爬起来，如果雷恩重新有了女朋友，有了女孩子关心，重新感受到了恋爱的快乐和温暖，他一定会自信起来。

"可是，去哪里给他找女朋友？又会有哪个女孩喜欢他？"

"我可以帮忙物色。"

女人就是女人哪，天生爱做媒。如果这事成了，那可是做了一件功德无量的善事。

我赶紧把这事跟冯哥说，冯哥听了很高兴，也觉得这是拯救雷恩的最好办法，"还是女人心细，看问题和男人不一样。这么几年，我就从没想到帮他找个女朋友。"

"失恋以后，雷恩就没认识一个女孩？"

"他这副失魂落魄的模样，谁愿跟他玩，他也从不跟朋友来往，宁愿在街上跟游客搭讪。"

"游客中也有女的。"

"这我就不懂了，反正从没见他带过一个女孩子回来。"

过了几天，那位大姐（罗大姐）回电话了，说有一个女孩子，愿意跟雷恩见见面。我们约定，星期五晚上一起吃晚饭，地点在雷恩住处附近一个名叫"野玫瑰"的餐厅。

我又把这个消息反馈给冯哥，冯哥这次简直是激动了，连说"太好了，太好了"，又说，"晚上回去，我就把这事告诉雷恩，我估计他美得睡不着觉。"

"这事我看还是先不要告诉他，要不，像上次找工作那样，还没去就胆怯了，半路上跑了。而且，万一那女孩没看上他，岂不是又让他受到一次打击。"

"对，对，还是周记者想得周到。"

我们商定，到周五下午，就像以往那样，拉雷恩出去吃晚饭，让他神不知鬼不觉就相亲了。

我太渴望这次相亲成功了，一个晚上我都在考虑这件事，预想周五晚上有可能会发生什么，应做怎样的预防。突然，我想到，要是吃过晚饭后，那女孩要来雷恩家里坐坐呢？

如果这样，就坏事了！因为雷恩家两年前就由于欠电费，被供电公司取走了电闸。黑灯瞎火的，会给姑娘多差的印象，点上浪漫的蜡烛也无济于事。

第二天，我把情况跟冯哥一说，冯哥也很着急，我们立马赶去供电公司电费缴费大厅。

雷恩共欠了四百多元电费，其中有二百是滞纳金。冯哥身上没带多少钱，我替雷恩交了。写雷恩的报道，我一共得了九十多分，折算成钱，有二千多块，给雷恩付点电费也是应该的。

"什么时候可以通电？"

"五天之内吧。"营业员说。

"怎么要那么久？不就把电闸安上就得了嘛。"

"安电闸是要不了几分钟，可我们得排工呀，不可能马上就排到你是不是？"

"有这么多人欠电费呀。"

"全市八百万人口，总有千把个人欠电费，也不算多。"

说得也是有道理，可是五天后，就是下周一了，到时黄花菜都凉了。我只好报出我的记者身份试试，称我们在搞一个新闻报道，如果明天不通上电，就无法进行报道了。

营业员和气了些，说："我跟电工班说明一下你的情况吧，看他能不能早点帮你们装。"

看来记者的面子还是有人买账，第二天上午，雷恩家里的电灯就亮了。冯哥赶紧去摁那台21寸的电视机，还好，电视机没有坏，能出声音，能出画面，不过只能看四个免费台。我估计冯哥想的是，要是电视机没坏，从此雷恩就可以看电视打发漫漫长夜，不用天天晚上去街上溜达了。

"你欠的四百多块电费，都是周记者帮你交的。"冯哥告诉雷恩。

"谢谢你，周记者。"雷恩第一次以郑重其事的语气对我说。以前我们虽有过几次对话，但他的表情是淡漠的，谈话的内容也是属于东拉西扯——既不想理睬我，又怕被我看成没礼貌；既看不上我，又想跟我聊天。看来他正渐渐地接纳我。当然他接纳不接纳我，对于我来说无所谓，我又不想从他身上得什么好处。

我环顾屋里，发现整座屋子沾满灰尘，家具、窗户都是灰蒙蒙的，尤其是地上的瓷砖，一块块黑乎乎的，估计从他母亲"离家出走"后就没擦洗过，这怎么行！我眼看冯哥，手指指地。冯哥领会了我的意思，对雷恩说："你看你，地板都脏成什么样了，也不拖。现在就拖！"

"拖把坏了。"

冯哥冲出屋去，过了一会儿，手上拿了拖把、毛巾、刷子回来，"马上动手。卫生搞好点，自己也过得舒服嘛。"

我们花了半天，把雷恩的屋子里里外外都打扫、擦拭了个遍。连我自己的屋子我都没这么使劲清扫过，我租住的屋子也有半年没搞卫生了。

星期五下午，我和冯哥在雷恩家里会合，冯哥找出上次为雷恩买的新行头，叫他穿上，"雷恩，今天周记者说请我们去吃大餐，穿整齐点。"

"周记者是客人，怎么能叫人家请客，你这个人。"雷恩说。

我忙说："前几次都是冯哥请的客，该我请一回嘛。"

雷恩又说："吃顿饭，用不着穿得这么新吧。"

冯哥说："衣服买回来不穿干什么。"雷恩仍扭捏，冯哥火了，强行扒了他的上衣，雷恩这才穿了。我发现他的眼角粘着两颗眼屎，于是到厨房找了毛巾，浸了水，也强行将他的脸抹了一遍。接着冯哥找来一把估计是雷恩母亲用过的木梳子，将他凌乱的头发梳整齐了。

经过这么一番修整，雷恩还真有点人模狗样了，一点也不像个"破烂王"，只是脸色晦暗，看上去仍有一点精神萎靡。

到了"野玫瑰"餐厅，跟罗姐联系，她说已经在"巴黎"包厢了。

找到"巴黎"，推门进去，只见包厢里坐了三个人，都是女的，其中一个年纪大点的，应该是罗姐了。罗姐微胖，慈眉善眼，一看就是那种心地善良、好做媒的女人。另两个是二十多岁的女孩，谁是相亲的那一个？

还有三个女人一块吃饭，显然出乎雷恩的意料，他有些不知所措，愣愣地，步子都不懂怎么迈了。我拉着他在罗姐旁边的位置坐下了。

"这位是小赵，这位是小赵的朋友小马。"罗姐介绍两个女孩。

我知道小赵应该就是来相亲的那个了。小赵算不上是个十分漂亮的女孩，圆脸，戴副黑边眼镜，短发齐耳，大致就是周笔畅的模样。

我也对我们三个一一作了介绍。小赵知道雷恩是谁后，很大方地盯着雷恩看，倒是雷恩，像一个害羞的小姑娘，低着头，研究桌面上的碗筷，还煞有介事地端起碗，端详碗壁上的兰花图。

"蛮帅的小伙子嘛，"罗姐问，"小雷多大了？"

"31。"雷恩规规矩矩地答，声音小得我坐在他身旁都听不清。

此时的雷恩跟以前比简直判若两人，我第一次看到，一个31岁的大男人在女孩子面前这么窝囊。京大生的潇洒哪去了？华大生的倜傥哪去了？再遭遇过感情挫折也不至于窝囊成这样吧，俗话说，瘦死的骆驼还比马大呢。

"还年轻，没有迈不过去的坎儿。"罗姐拍拍雷恩的手臂，表示鼓励。

雷恩面无表情。

我担心冷场，决定开口说话。我说："雷恩是个很坚强的人，虽然遭遇挫折，但依然坚持自我，保持本真，世人皆醉我独醒，冷眼看世界，宁愿独善其身，也不愿改变自己的价值观和处世原则……"

靠，我说的是雷恩吗？

"这就对了。越是低谷的时候，越是考验一个人的意志。"罗姐说。

"罗姐说的对，"我附和说，又拍拍雷恩的肩膀："雷恩，振作起来，一切都会好起来的。"

雷恩依旧面无表情。

"雷恩，听说你英语很好？"小赵说话了，接着说了一串英语。

雷恩愣了一下，似乎反应不过来，又似乎听不懂小赵的英语，一时竟说不出英语来附和。小赵似乎有点难堪，小马则暗笑。说实话，我也没听到过雷恩说英语，称雷恩英语超厉害都是冯哥说的。我也听不懂小赵说的英语，我连英语阅读都过不了关，更别说听力了，谁叫我读的是排名三百名之后的吉都大学呢。

我推了推雷恩，"雷恩，露两手。"

雷恩仍不吱声，冯哥打圆场说："雷恩没事的时候，经常到秋月山庄，带老外去各个风景区玩呢，都是用英语跟他们交流的。"

"是吗？我不是老外，是不是不愿跟我说英语呀。"小赵自嘲。

"对不起，我真的听不懂你说的英语。"雷恩说，小赵更难堪了，频频翻白眼。

我忙打趣："雷恩这几天头痛、闹耳鸣，听力受影响，只怪他没耳福，听不懂你美妙的英语。说实话，你说的英语真标准。"

"那你听得出我说的是什么吗？"小赵受了雷恩的刺激，变成了刺猬。

我胡诌："你说的是……我有一个梦想，终有一天，幽谷上升，高山下降，坎坷之路成坦途，上帝的光辉普照人间。"这是马丁·路德·金的名句。

小赵无声地冷笑一下。

我意识到这场相亲有可能搞砸，忙拉雷恩到门外，悄声说："雷恩，人家小赵看上你了，想做你女朋友，今天就是专门来见见你的。表现好点，给人家一个好印象。"

雷恩不惊不乍，"没那兴趣。"

"好歹接触一下嘛。"

回到座位上，雷恩依然沉默寡言，神情游离。

由于雷恩不配合，这顿饭吃得不温不火，索然寡味。我再怎么高谈阔论，也调不起气氛，而冯哥大老粗一个，不懂跟女孩子聊天，说不上几句话。更多的时间，是我和小马在谈笑风生，仿佛今天相亲会的主角是我俩。一吃罢饭，小赵说了声"有点事"，匆匆走人。临走时，我连声向罗姐道歉，罗姐叹气说："雷恩这个人，一点不懂做人。"

回家的路上，我问雷恩，"你到底是听不懂，还是嫌人家说不好，看不起人家？靠，说不好英语，就看不起人家，太没天理了吧。"

雷恩突然对着夜空笑起来，我不由来气，"雷恩，你不要把自己当孤家寡人，要融入社会嘛。你以为世界上就你清高，就你有才华？所谓山外有山，强中还有强中手，你放低点身段就死得人？人家小赵本来就是喜欢你有才华，想跟你来往，甚至做你女朋友，现在倒好，把人家得罪了，辜负了人家对你的仰慕之情。"

"周记者，陪我散散步好不好？"雷恩眺望远方的夜空说。

我看看冯哥，冯哥说："雷恩最喜欢晚上散步了，你就陪他走走吧。我还得回去关铺面，先走了。"

27 陪雷恩散步

神啊，这是一种什么样的爱情？

晚上我没什么事，只好答应了雷恩的邀请。

其实我可以谎称有事，比如要写稿、跟女朋友约会什么的，走掉——这年头谁还有这雅兴去散步啊。本来今天是周末，我很想约悠悠去酒吧玩，上次向她求爱，她没答应我，我得缠紧点。

可是，就在犹豫间，我突然心一软，开不了说谎的口。

我们走上了附近的秋江南大道。

秋江是贯穿市区的一条河，它发源于市郊秋月山北麓，一路蜿蜒而来，穿越市区，流入海中，类似于巴黎的塞纳河、广州的珠江、上海的黄埔江。正因为如此，市政府精心打造，使它流光溢彩、花团锦簇，如女人脖子上的丝巾。江的两岸，都沿江兴建了大道，大道不仅车道宽敞，人行道也极宽。人行道上不仅有品种多样的绿树、四季花开的花圃，还有栏杆、休闲椅。可以说，是散步的好路段。以往雷恩散步，也是以走这一条路为多。

我跟在雷恩身后，颇有些百无聊赖。走了一段路，雷恩站住了，靠在栏杆上，面向我，说："你这个人还是不错的，心肠好。"

这话从何说起？因为我报道过他的悲惨经历？因为我为他做了几次好事？这样看问题是不全面的，杀人犯也有为朋友两肋插刀的时候呢。当然，我不是他的朋友，能为他做点好事，也许在他看来很难得。我感到有些羞愧，因为我关注他，并非完全出于好心和无私，只不过是鬼使神差的结果。其间我还犹豫过，是不是应该当个"旁观者"呢。

"我是把你当朋友看的，我希望你的处境能好起来。"我说，"只是，我没帮到你，我很惭愧。"

"有时候想想，过这样的日子也不错，简单，无欲无求。"

"吃了上顿没下顿的，还不错？这已经是生存还是死亡的问题了。"

雷恩背过身去，看江面。江上有一艘夜游船缓缓行驶，不少游人伏在船舷看夜景。秋江两岸的夜景还是很漂亮的，高楼大厦鳞次栉比，座座大厦全身上下都装饰了霓虹灯，变幻出各种图案和线条。那景观，类似于黄浦江两岸，只是没有黄浦江两岸的恢宏。

"这么多霓虹灯，通宵开着，每个晚上要耗去多少度电。"雷恩自言自语般地说。

这下我算见识了，什么叫咸吃萝卜淡操心。用网络语来说，叫"喝地沟油的命，操中南海的心"。我说："这也是城市形象的一种展示形式，城市形象上来了，就能引来投资，促进城市经济，应该是好事吧。"

"我宁愿它们都关了，把省下来的电费当作福利送给每个市民，这样产生的城市形象要好得多。"

我想，你缺钱用电，自然会这么想，市长不缺电用，就不会这么想啦。"也许吧，只是你说的这种城市形象，只本市的市民感受得到，从外面来的投资商、资本家们看不到，对吸引投资一点用也没有。"

"现在满世界好像唯一做的事就是投资，这个世界生产的东西还不够多吗？还不够用吗？大部分生产都是浪费性生产，可多可少，可有可无。'我们拥有的财富史无前例，我们从中所得之少也史无前例。……人们正在过剩的丰裕中死去。'这是一个西方历史学家说的。"

雷恩又开始闲吃萝卜淡操心了，我说："才不管什么浪费不浪费呢，老板们只关心利润，官员们只在乎GDP。"

"也许吧。"

一阵河风拂来，我不由打了个冷颤。现在是一月份，虽然吉都市地处南方，算不上最冷，但风还是会带来寒意。我说："雷恩，走走吧，站久了有点冷。"

我们继续向前散步，沿途不时可以看到一对对情侣倚在河岸护栏喁喁私语。我想到了悠悠，不知她现在在干嘛，会不会有帅哥约她去迪吧蹦迪？悠悠看上去很文静，但在迪吧里也一样疯狂。我很想打个电话给悠悠，打探她在哪里玩，又怕影响到雷恩的情绪，手只好缩在口袋里把玩手机摸个不停。

"今晚夜色不错。"我仰望星空说。

"天气预报说，加拿大那边正刮暴风雪。"雷恩说。

加拿大？他的思绪怎么跑到加拿大去了。哦，他前女友在加拿大。敢情四年都过去了，他还在想着前女友啊。他的前女友为什么让他如此难忘？而且弄得他神魂颠倒，变成乞丐？这是我一直困惑的问题，我曾几次探听，但雷恩都是顾左右而言他，我决定趁今天的良好氛围，套套他的口风。

"雷恩，说说小侬的故事吧。"

"你不是都已知道了么。"

"冯哥只跟我说了个大概，他又不是你，哪会知道你们之间多少事。你看写你们恋爱的那些内容很简单，好多细节还是猜的，也不知猜不猜得准。写得不对的，还请你原谅。"

"也就那样了。"

"小侬一定很漂亮，是吧。"我决定主导这个话题，由不得他想不想说。

"她不只是漂亮，用美丽来形容她更到位。"

"漂亮和美丽有区别吗？"我把自己装得很傻。装傻是记者的特质啦，别误会哦。

"漂亮只是天生丽质，美丽是因为有纯洁的灵魂。"

"她一个富豪的女儿，从小就浸在金钱的世界。而金钱就像一个大染缸，能把一个人天性的真美善淹没掉，她能像荷花一样出污泥而不染，出落得美丽、纯洁？"

"什么事都不是绝对的。就像宋庆龄，她也是富商之家出身，跟她的两个姐姐就大不一样。"

"可是小侬，最终还是出国了。她跑到国外去，我觉得她就不纯洁，起码没你想象的那般纯洁、心灵美。"

"是她父母强迫她去的，她并不愿意。"

"她可以不听父母的呀，她父母还能把她绑起来送到加拿大去？"

"你说这样的话，说明你对父母一点都不敬畏。"

得，说来说去说到我头上来了。不过我多少也有点明白了，他为什么那般事事顺着母亲的意志。如果他能反抗一下母亲，也许命运就不同了。

"敬畏不等于要顺从嘛,你看人家国外,儿女跟父母的关系就是平等的,谁也别指挥谁。"

"每个人的人生体验不一样,这事我们说不到一块。"

我赶紧寻找别的话题,我说:"能不能说说小依做的让你最感动的事情?"

雷恩没顺着我的话说下去,他走了几步,看到路边有一张排椅空着,便坐了下来。我巴不得能坐一会儿,我的小腿走得有些胀痛了。

"有一次,"雷恩仰望星空,"早上起来,我发现我生病了,浑身无力,起床都起不来,感到很孤单无助,忍不住打了个电话给她。小依马上赶过来了,扶我下楼,去医院,还买来牛奶给我喝。"

这种事没什么特别呀。男友生病了,作为恋人,去关心照顾,很正常呀,恐怕天底下所有男人的女朋友都会做这样的事。我只能猜,雷恩从小受到的关爱太少了,女朋友给的一点小小的关心就让他刻骨铭心。

"还有呢?"

"有一次,我们去长城玩,我不小心磕着了膝盖,出血了,她竟然为我哭了。"

还是很一般,我又问:"你跟小依那个了没有?"

"什么那个?"

"就是上床嘛。"

"你这个人,"雷恩指着我,直摇头,"品味不高。"

"人又不是神仙,不需要繁衍子孙。跟女人上床,是男人的本能,跟品味没有多大关系吧。有品味的男人就不跟女人上床了?"

"男人跟女人上床是正常的事,问题是什么时候跟女人上床,这里就有很大的区别。"

"你是说品味高的男人,应该在婚后才能跟女人上床?婚前婚后有什么区别?唯一的区别也就是一个时间早点,一个时间晚点。"

"我没这么说。那时候，我压根儿没想过和她上床的事。"

"情圣？柏拉图恋爱？"

"也谈不上。也许那时候，我这方面还没开窍吧，天天想跟她在一起，也搂过她，吻过她，但就是没想过跟她上床。"

"不可思议。神啊，这是一种什么样的爱情？"我感叹，"如果那时候你有了性意识，你会不会和她上床？"

"我们不要谈论这个话题了好不好。"

我不得不另找话题，一路走来，已经换过七八个话题了，"你一个月大概出来散几次步？"

"说不准，二十多次吧。"

"那也就是几乎天天了。"

"差不多吧，有时下雨天，打着雨伞也出来。"

"打着雨伞都要出来散步！你觉得散步很有意义、不可或缺吗？"

"你看过卢梭的《一个孤独者漫步的遐想》吗？散步可以让你进入虚幻之中，天地间就你一个人……"

我们边散步边聊天，不知不觉间，走完了十公里的秋江南大道，到了城郊，又沿着盘山公路，翻过吉都郊区最高的山峦秋月山，在山顶，遇到了两个挂着长长胡子的"老神仙"，跟他们聊了一会儿天，我们继续散步。当我看到一轮朝阳从大海的远处升起，才意识到我们走了一夜。我们走到哪儿了？我不知道。

我们向附近的一条公路走去，在公路边，等到了一辆去吉都市的中巴，上车一买票，要十五块钱。我凭经验计算了一下，十五块钱的车票，它的路程起码有六十公里。北京到天津也就一百三十多公里，相当于我们这个晚上从北京长安街走到了廊坊（还不包括盘山公路多出来的路程）。

这步散的，真他妈的太虚幻啦。如果在非虚幻状态下，就是打死我三回，我也不可能做到从北京步行到廊坊。

28 悠悠要见雷恩

"我生活费用很低的，一包面条就能打发一天，一个月不会超过六十块钱。"

约悠悠出来，一起吃晚饭的时候，我跟她说起前天晚上神奇的散步，并遇到两个"老神仙"的事，悠悠十分惊讶，"怎么可能！一个晚上，还要翻过秋月山，神仙都走不了那么远。"

"不信？哪天我带你去散一次步试试。"

"我不去。"

"怕什么呀，两个人散步不算聚众散步，不会被抓起来的。"

"我怕我的脚走断了。"

"你应该体验一下，散步的感觉真的很好。"

"你是不是也有心理障碍了？竟然也喜欢上了散步。"正埋头吃饭的悠悠抬起头来看我，嘴里的饭还没来得及咽下去，把腮帮子塞得鼓鼓的，再配上她的圆脸，使她看上去像只小猫。我忍不住呵呵笑起来。

"这句话好笑吗？"悠悠有些纳闷，"看来你真是有心理障碍了。要不我明天陪你去五医院（精神病院）看看。"

"切。"

"我从一份报纸上看到，有专家说，在咱们中国，很多人都不把精神病当病，总以为一个人能吃能睡能做事，就没有病，所以在中国，心理诊所大都生意惨淡，更不要说私人心理医生了，听都没听说过。这种认识误区，是很多突发性恶性案件发生的主要原因。"

"我要有心理障碍也是你造成的。"我说。

"凭什么呀。"

"向你求爱你不答应呀，以致每天梦里都是你，神思恍惚了。"

"切。如果我答应了你，是不是你每天的梦里就没有我了？那我宁愿不答应你。"

"我不仅渴望每天的梦里都是你，我还要我的怀抱里每天都有你。"

"恶心。"

"悠悠，不要让我失恋好不好，你看看，雷恩失恋后变成什么样，你不会希望我变成那样的人吧。"

"我们恋都还没恋呢，哪来的失恋。再说，你如果连一次失恋的打击都承受不起，变成了一个废物也是活该。"

"你这话太让人寒心了。"我做出一副苦脸。

"诶，"悠悠拍拍我的手，脸上现出好奇的神色，"你告诉我，你谈过几次恋爱。"

"没谈过。"我干脆地答，一点也不经过思考。

"鬼才信呢。"悠悠继续拍我的手，作童真状，"跑跑哥，你告诉我嘛。"

"你看我活得好好的，快快乐乐，健健康康，一点不像废物，是谈过恋爱、失过恋的人吗？"

"兴许是你甩了人家，不是人家甩你呢。"

"我又不是高富帅。"

"高富帅就人见人爱？你把我们女人看得太庸俗了，太市侩了。"

"又高又富又帅，简直是完美男人啦，女人不爱这样的男人，那她就是瞎了眼，要不就是有心理障碍。"

"还得再加一个字，高、富、帅、良，才算得上完美男人。"

"高富帅良，这是日本人的名字。你不是哈韩吗，怎么改哈日了？我情愿你哈韩，也不要哈日。"

"不跟你瞎扯。"悠悠对我的贫嘴很不以为然，她连送了几勺饭进嘴里，

"诶，哪天你带我去看看雷恩怎么样，我很想见识一下他的庐山真面目。"

"我劝你不要去看他，他不跟女孩子玩的。"我说了前天雷恩相亲的经过，悠悠笑得直喷饭。我说："你是英语专业毕业的，英语肯定说得比那个小赵好，雷恩应该会对你友好，不会看不起你。"

"我才不跟他说什么英语呢。"

"雷恩只看得起有才华的人。你不露点才华出来，他不会多瞧你半眼的。连冯哥，对他那么好，他都瞧不起。"

"谁要他看得起看不起，他又不是我老板。"

真是白天不能说人，我刚提到冯哥，他的电话就来了，"周记者，明天来雷恩这里一下，好么？"

"有什么事？"我问。

冯哥叹了一口气，说："原先我以为，你在报纸上一呼吁，引起社会的关注，帮他解决工作问题，事情就好办了，现在才知道，事情没这么简单，让雷恩出去工作，是不大可能了。可是，他每天得吃饭呀，他的生活来源问题，总得解决，我也不可能帮他一辈子。再过十几天就过年了，他身无分文，多凄凉。我想，明天我们能不能一块儿去居委会，帮雷恩申请低保？"

我有些犹豫，我的脚踝还痛着呢，我担心他见了我，又拉我去散步，我的脚就得断掉了。

悠悠说："答应去呀，正好明天带我去见见雷恩。"

我只得答应冯哥。

第二天下午，我带着悠悠去了雷恩家。雷恩跷着腿坐在沙发上，正专心致志地剪脚趾甲，以此方式迎接过年？冯哥已经到了，正坐在一张小板凳上补衣服呢——估计是雷恩穿破了的。这个冯哥，对雷恩太关怀备至啦，快成雷恩的妈了。

雷恩看到我和悠悠，似乎受了点小小的惊吓，慌忙把脚放下，塞进布拖鞋里。我笑说："雷恩，前天晚上和你散步了一夜，我的脚趾甲都磨光了，你的倒长长了哦。"

"你需要经常散步，你身体太虚了。"雷恩说。

我拉拉悠悠的手，说："这是我女朋友悠悠，也是记者。"

"你好。"雷恩轻声说，有些拘谨。

悠悠也问候一句"你好"，她想跟雷恩聊聊，可雷恩低下头看地板去了。悠悠四顾，看到冯哥在忙针线活儿，便走过去，"冯哥，我来吧，你一个大男人，哪干得了这活儿。"冯哥不肯，说做得了。我说："冯哥，你就让悠悠做吧，做针线活儿是女孩子的本分。"于是冯哥把针线活儿交给了悠悠。我观察，发现悠悠做起针线活儿来一点不利索，估计这是头一回吧。从来没做过，也要揽过来，说明她是个好女孩。

"雷恩，最近在忙些什么呢。"我问。

"你说我还能忙什么，明知故问。"

我看到墙角一只纸盒子里，装了一些塑料瓶。我问："雷恩，你每天捡塑料瓶，能维持生活吗？"

"我生活费用很低的，一包面条就能打发一天，一个月不会超过六十块钱。"

"想不想申请低保？我帮你去社区问一问。"

冯哥也说："雷恩，有了低保，一天三餐起码也有了保障。"

雷恩只摇摇头，不吱声。

不一会儿，悠悠补好衣服了，冯哥便对我说："不跟他闲聊了，我们走吧。"

走在路上，悠悠说："雷恩看上去很正常呀，看不出有什么心理障碍。"

"看得出来就不是心理障碍，是精神失常了。"

悠悠又说："刚才你干嘛要跟人说我是你女朋友？我什么时候答应你了？"

"你就让我过一过嘴瘾嘛。"我嘻嘻笑。

"哼！"悠悠用鼻孔说。

社区居委会不是很远，走十多分钟就到了。我们找到居委会黄主任，提起雷恩，他说："我知道这个人。他妈妈曾经来找过我多次，求我们给他安排个工作。他那么高的文凭，社区能有什么适合他做的工作？有几个停车场倒是需要守车员，有几个公厕也需要人看守和搞卫生，他愿做吗？他肯定不愿。他自己本身就没有求职欲望，怎么帮他？"

我说："能不能给他办一个低保，或失业救济？"

黄主任说："按政策，他是不符合条件的，首先他有大学文化，身体健康，找到一份工作并不难，那么多下岗工人、进城农民都能找到工作是不是？其次他的家人有能力资助他，他哥本身就是大老板，他母亲也有退休工资领。要是他也领低保，我这个主任得给唾沫淹死了。"

"他哥、他母亲都不理他了。他母亲现在连个影子都找不着。"冯哥说。

"这是他们家庭内部的问题。"

我说："雷恩现在靠捡垃圾卖点钱，饱一顿饿一顿地过日子，让人看着心酸。"

"如果他能通过捡垃圾自食其力，倒也不是坏事。好多进城农民工不也是靠捡废品谋生吗？"

"黄主任，能不能特例一下？其实雷恩算不上一个正常健康的人，他有严重的心理疾病。"

"他吃得睡得走得做得，心理疾病算个啥？谁没个心理疾病呢。低保，有一个硬指标是他失去劳动能力，他干不了活了吗？没有嘛。"

我们跟黄主任说了老半天，也没能说服他，只好垂头丧气地出了居委会。

"跑跑哥，我发现你真是个大好人。"悠悠说。

"帮不了人的好人。"我自嘲。

突然我想到了雷恩的房子。雷恩一个人住着二房一厅的房子，他如果搬出去，租个单间住，而把这套房子出租，二房一厅起码可以租一千五一个月吧，再扣掉他另租房子住的租金，就算八百元，那他一个月也有七百元的收入，完全可以解决生活来源了，连电费、有线电视收视费都不成问题了。

我兴奋地把这个想法告诉冯哥，冯哥一点也不惊喜，说："两年前我就跟他提过这个建议了。但他说，如果把房子租出去，万一他母亲又搬回来，就没地方住了。"

"两年了，他母亲要想回来，早就回来了。"

"他就是一直巴望着母亲有一天能回来。"

这是一种什么样的心理？母亲在家时两人天天争吵，母亲离家走了，却又盼着她回来。也许是还想着吃妈妈做的饭，也许是对母亲愧疚？也许为母亲担忧？我说不准是哪种心理。

算了，不要再操心雷恩的事了，到此为止。我在心里对自己说。

29 "钟抄抄"打人

"曝人家的光又不敢署真名，弄个'本报记者'，什么玩意！"

"'钟抄抄'，请了助理啦？"

每当"钟抄抄"走出报社大门，郭付成紧跟其后，记者们遇见了，总会这样跟"钟抄抄"打趣。

"带个实习生。""钟抄抄"自嘲。

郭付成可比实习生"敬业"多了。"钟抄抄"曾带过两个实习生，没有一个不是三天打鱼两天晒网，每次要外出采访，他都得先四处寻找实习生的下落。而这个郭付成，天天早上八点半就到了，规规矩矩守在大门口，只要"钟抄抄"一下楼，立马跟上，形影不离。到了夜晚，跟着"钟抄抄"到他的租住屋楼下，才回自己的住处。他也知道，若跟着进"钟抄抄"的租住屋，就是侵犯他人的私权了。这让"钟抄抄"觉得这人倒不是特别刁蛮。如果郭付成成日成夜跟着他，和他同行同吃同住，他非疯掉不可。

"钟抄抄"被锁的电动车，他最终还是找到个水平更高的锁匠打开了锁，郭付成呢，也骑来了一辆稀奇古怪的电动车，轮子小得跟儿童玩具车的轮子差不多。"钟抄抄"问他:"是不是偷来的?"

"正义巷黑车市场多得是。"

"黑车市场经我报曝光后,不是被公安清理了吗,还有黑车?"

"除非把正义巷拆了,哪清理得了。"

"你一个大老爷们,骑这种卡通车,好意思吗?"

"你看不惯,你赔我钱呀,我马上买辆好看的。"

对郭付成的形影不离,"钟抄抄"在意识到无法摆脱后,采取的是消极应对的办法,"你爱跟不跟",因此他们和平相处了好一段时间。有几次去采访邻里纠纷的新闻,紧跟不舍的郭付成还给他壮了不少胆。

"你们整天去整一些老百姓的黑材料,有意思吗?"郭付成对他的采访不以为然。

"谁愿意去整啊,这不是报社安排的任务嘛。不对,这怎么是整黑材料,是给不法行为、缺德行为曝光。"

"曝人家的光又不敢署真名,署个'本报记者',什么玩意!"

"你想叫我们找死呀!我曝了你的光,才多大点事,你整天都纠缠我呢。"

"事情还不大!我都给你整得没活路了。"

"有这闲工夫跟着我,几千块钱早挣回来了。"

一有机会,"钟抄抄"就苦口婆心地劝郭付成"回头是岸",可郭付成像缺了一根筋似的,又像是发生了性错乱,恋上了"钟抄抄",每天照跟不误,风雨无阻,雷打不动。

为了让郭付成离开,"钟抄抄"甚至主动帮他物色工作。因为工作关系,他跟市广电局办公室主任成了朋友,在他央求下,这个朋友答应让郭付成去广电局食堂当厨师。广电局是国家机关,应该不会拖欠工钱吧,可当他把这消息告诉郭付成时,郭付成竟然一点也不动心,说:"上哪儿打工我都不去,我就想讨回我的损失。"

"你这个人怎么这么犟!"

"你赔给我钱,我立马离开。"

郭付成的形影不离，虽然大多时候两人相安无事，可毕竟让人心烦，尤其是在采访的时候，有些采访是不宜有第三人在场的，有些采访谈话也是不宜旁人听的，但郭付成不管你那么多，只要是在室外，他距离"钟抄抄"决不超过一米远。

有一天，在采访过程中，"钟抄抄"的手机响了，他走到一边去接听。采访对象以为郭付成也是一同来采访的记者，便对着郭付成往下说。等"钟抄抄"接完电话回来，叫他继续说时，采访对象说："我都跟这位记者说了。"

"钟抄抄"不由火了，"他又不是记者，你跟他说什么呀。"

采访对象一脸发愣，"你们一块来的，他怎么不是记者？你怎么不早告诉我。"

"钟抄抄"向郭付成呛声，"我警告你，不要干扰我的工作。"

"我又没吱一声，他要跟我说，我哪好打断他。"郭付成说。

又有一次，"钟抄抄"去参加市公交公司举办的投放一批新型公交车仪式的报道，按潜规则，这类宣传活动都是有红包拿的。很多活动，往往是记者来签到的时候就发红包，但也有些活动，怕记者拿了红包就走人，而安排在活动结束后才给红包。这次活动就是后者那种办法。当活动结束后，"钟抄抄"碰见一个久不见面的同行朋友，聊了几句，当他寻找活动会务组时，已找不到人影。问其他报的记者发红包了没有，人家告诉他发了三百元。他感到纳闷，怎么不通知我领呢？他打电话给公司宣传科的联络人，委婉地提出没收到红包，联络人说，红包已由他的同事代领了，"钟抄抄"明白怎么回事了，气不打一处来，他指着就站在身边的郭付成说："你还敢冒充记者领红包，我打110，警察得关你十天半个月。"

"我又没说我是你们报的记者，他们硬要塞给我，我为什么不收。"郭付成坦然。

"把给我的红包还给我。"

"凭什么还给你。你还没赔我三万块呢。这个红包的钱顶你的债了。"

"钟抄抄"感觉他的忍耐力和承受力在渐渐降低，对郭付成又恨又气又怕，一看到他就血往脑门涌。有一天，他对郭付成说："我答应赔给你五千，好不好，咱们不要死较劲了。"

"我只要回我的损失，多一分也不要，少一分也不行。"

"我只赔得起这么多了。"

"不行。"

"钟抄抄"无法控制自己的情绪了，他扯开嗓门大叫起来，"有本事你找工商所去要啊，我跟你一样也是穷人，找我要算什么本事。你怎么不去跟着那个工商所长，你也就窝囊废一个！"

"我承认我是窝囊废一个，所以才跟着你。"

"去啊，去啊，拿出你的胆子来，跟着所长去，你一个光脚的还怕穿皮鞋的吗？""钟抄抄"一边说一边推郭付成，"你跟着我，就是跟到地老天荒，也没根毛给你。你跟着那个所长，我敢保证，只要跟上三天，他绝对会给你三万。去啊！"

"他去哪里都是开小车，我跟不上，而且我斗不过他，跟着他没用。"

"你觉得你斗得过我是吗？""钟抄抄"捋袖子，"那咱们就打一架，看谁打得过谁，你赢了我，我赔你三万；我赢了你，咱们从此两清了。你看行不行？"

"我不跟你打架。"

"打呀！""钟抄抄"推了郭付成一把，"你不是认为斗得过我吗，我们打一盘。"

"我不打架。"

"打呀！""钟抄抄"朝郭付成脸上击了一拳，"今天不跟我打一架你就是孙子，孙子！"

郭付成被打得后退几步，他瞪"钟抄抄"，目露凶光，"你不要逼我。"

"钟抄抄"冲上去，又朝郭付成踢了一脚，"逼你又怎么了，你反击我啊，来啊，怕了吗，有什么好怕的，我不一定就打得过你。"

郭付成虽然个头不高，块头不大，但结实精壮，而身高、体重都超过他的

"钟抄抄"，是典型的虚胖体格，要真打起来，还真不一定打得过他。"钟抄抄"自己也清楚这点，但他今天就是要拼了，不管输赢也要做个了断。

郭付成摸摸被踢中的小腿部，没有什么表示，"钟抄抄"更愤怒了，再朝郭付成的肚子上踢了一脚，"你记住了，以后每跟一次，我就打你一次。"

郭付成反击了，他如猛虎扑食一般，直冲过去，拦腰抱住"钟抄抄"一摔，"钟抄抄"四仰八叉倒在地上。郭付成骑到他身上，劈头盖脸地打，"打你！打你！你他妈的欺人太甚！赔我钱！不赔我钱，老子今天打死你！"

几个过路的男子跑过来将两人拉开。

"钟抄抄"被打得鼻青脸肿，鼻子、眼角直流血，他掏出餐巾纸擦拭血迹，一声不吭，直盯着郭付成。"老老实实给我赔钱！要不我见着一次打你一次。"郭付成嘴里仍骂骂咧咧，他走向自己的电动车，弯腰开锁，准备离开。

"钟抄抄"眼角的余光发现，附近的一棵桂花树下躺着半块砖头。他捡起砖头，快步朝正弯腰开锁的郭付成冲去，手中的砖头狠狠地敲在了郭付成的后脑勺。

郭付成倒下了。

可能有目击者此前已报了警，就在"钟抄抄"扔了砖头，骑上电动车准备走时，一辆警车过来了，两名警察冲出，一齐将"钟抄抄"按住，接着一名警察打电话。不一会儿，一辆救护车开来了，将倒地不醒的郭付成抬上了车。

警车将"钟抄抄"带走了。

第二天，"钟抄抄"被警方处以治安拘留十五天。这算是万幸的，因为郭付成只是轻微伤，如果造成轻伤以上，"钟抄抄"有可能被逮捕、起诉、坐牢。

报社贴出一纸公告，将"钟抄抄"辞退了。

我替"钟抄抄"收拾他的私人物品，将"钟抄抄"装满了四个抽屉的采访本掏出来，放进纸箱子里。摸着一本本封面浸着汗渍的采访本，我不由伤感，为钟正操，也为我们社会部。在"摇钱树"走后仅几天，我们社会部又一位同仁离去了。

30 悠悠回家过年

记者和编辑平日里是冤家，一个想多上稿，一个却要"择优用稿"，总是争吵不休

随着春节的一天天临近，大街小巷洋溢着过年的氛围，比如街头变得热闹异常，走在街上的人们无不大包小包提满东西；人们脸上似乎总是快乐多于忧愁。报社内部的活动也多了起来，先是社会部聚餐，接着是采访中心聚会，然后是采访中心和编辑中心联欢会。记者和编辑平日里是冤家，一个想多上稿，一个却要"择优用稿"，总是争吵不休。但年底的联欢会却是喜乐和谐的，女记者和女编辑如多年闺蜜一般，喁喁私语又笑声不断。男记者和男编辑则快乐地斗酒。这段时间，是我们记者难得的快乐的放松时光。

过年前三天，报社举行了盛大的年夜宴。宴会前，莫老总发表了热情洋溢的讲话，通报了报社一年来取得的显著成绩，并表扬了一批"畜牲"——像畜牲一样工作的记者、编辑、广告人员、发行人员，我也是被"点名"的一员。

在这快乐的时刻，我却高兴不起来，因为我刚才接到了悠悠的电话，她说明天她就要回老家过年去了。

"悠悠，你什么时候回来？"我焦急地问，仿佛她这一走就不再回来了。

我的心情想必很多职场中人都有体会。因为春节过后，是职场跳槽的旺季，记者也是如此，春节过后，一些人就再也看不到了。

"放完假我就回来啦。"悠悠乐呵呵地说，一点也感受不到我的心情。

"明天我送你上火车。"

"如果你没有空，就算了。"

"有空，明天我只做一件事，就是送你上火车。"

第二天一早，我就赶去了悠悠的住处。悠悠正摆弄着两只大旅行箱，似乎她把所有的家当都装上了。难道她真的春节过后就不再回来啦？我更加郁闷。

火车站的热闹自不必说，人山人海、人潮涌动、人声鼎沸，怎么形容都不为过。我肩扛一只、手里拉一只旅行箱，左挤右冲，见缝插针，如同千千万万个急着回家的进城农民工（不过农民工扛的多是两只大编织袋），进到车厢里，找到座位时，已挤出了一身汗。悠悠的家在邻省一个小镇上，从吉都坐火车要坐十二个小时，到了县城车站下了车，还得坐一个小时客车才到家。我真担心她娇弱的身体如何承受得了这一路的颠簸。

"悠悠，干脆我送你回去吧。"

"别，"悠悠直摆手，"不要再给春运添堵了。"

"我也很想见见伯父伯母啊，听听他们的意见。"

"什么意见？"

"同意我跟你谈恋爱呀。"

"别自投罗网哦。"

"悠悠，你什么时候回来？"我又问。

"我说过啦，过完年就回来，你这人的记性。"

"过了元宵节才算过完年呢。"

"那就十六回来。"

"这么迟才回，报社是你家开的？"

"脚是我自己的。"悠悠呵呵地笑。

我站在她身边不愿离去，来来往往找座位的旅客不时把我撞得东歪西倒。悠悠说："你下去吧，等下一不留神车开了，你就要跳车下去了。"

我一步一回头，依依不舍地下了车厢，又跑到悠悠座位的窗子外，眼巴巴地望着她。

"放完假我就回来的。"悠悠不等我第三次问，主动说了一遍。

电铃响了，接着是此起彼伏的车厢关门声。

火车开动了，像电影里的长镜头一般，悠悠慢慢地闪到了几米、十几米之外。

突然间我感到揪心，对心爱的女孩依依不舍的那种揪心，不忍她离去的那种揪心。"悠悠——"我撕心裂肺般喊了一声，跟在火车后面奔跑起来，跑啊跑啊，火车开出站了，我仍在跟着跑；火车出吉都市了，我还在跟着跑；火车出省了，我还在跟着跑……

大家别把我当成超人，我并没有乱跑，只是脑子里在想象我跟着火车狂追。我站在原地，默默地看着列车远去，心中有些伤感。跟她相处了三个多月，已习惯了身边有她的存在，已习惯了跟她在一起，现在她离去了，虽然可能还会回来，但起码一个星期看不见她了，说不伤感是很无情无义的。

这一天下午，"钟抄抄"——不，钟正操，他已经不是记者了，不存在抄不抄了——从看守所出来了。我约上"罗战神"为他洗尘，在一个简陋的夜市摊上，我们三个人喝得烂醉。

"终于不做记者了，解脱了……"醉得满脸通红的钟正操，翻来覆去地重复着这句话。同样醉意朦胧的"罗战神"不爱听，老是拍他的脸，说："得了吧，又没有谁强迫你当记者。"争到最后，两人差点打起来。我只好坐到两个人中间，把他们劝开，结果他们左一个右一个地和我干杯，我被灌得吐了一地。

31 父子谈话

曝光有什么用？如果贪干部的上级领导不重视新闻报道，甚至官官相护，那些人才不在乎你曝不曝光呢

大年三十的下午，我也回了自己的老家。

尽管我已电话提前告知了父母，当我开锁进屋的那一刻，正在厨房忙碌的

母亲听到声音，急冲冲地跑了过来，激动得老泪纵横，拉着我的手久久不放，仿佛我是时隔二十多年、从地球另一边的南美洲回来的。

"波波，总算把你盼回来了。"

在我小时候，老妈一直都是叫我"阿波"的，自那个跟我的名字同音的中年男人出大名后，老妈也跟着叫我"波波"了。

"老妈，瞧你说的，好像我一点都不恋家，工作太忙嘛。"

"波波，你再不回来，老妈可要报警了。"

"报什么警啊，还怕人贩子把我拐卖了不成。"

"不是怕人贩子拐你，是怕你跟着哪个女孩子跑了，不管老爸老妈了。"

"老妈你放心，儿子舍不得你们。"

"给老妈抱抱，胖了还是瘦了。"老妈伸出双手搂住我，向上提了提，"好像瘦了，肯定是太累了。"

父亲正在客厅看电视，此刻也站了起来，呆呆地望着我，仿佛我回来很出乎他的意料似的。

"老爸。"我喊了一声。

"回来了？"老爸面无表情地说。

见到父亲，我发现，在这不到一年的时间里，父亲老了很多。我记得重返吉都时，父亲的头发还是乌黑的，只夹杂几根白丝，如今几乎是满头白发。父亲当了一辈子工人，干的是体力活，身体一贯硬朗，而现在看上去虚弱了许多，身体变单薄了，举手投足不利索了，脑瓜子反应也有些迟钝了。我感到不解，这一年家里也没发生什么事啊，父亲为何老得这般快？

我只能为没能照顾好父亲感到愧疚。进报社后快一年了，我没有回过一次家。什么"黄金周"、"小黄金周"，是没有我们记者的份儿的，越是到放假，记者越忙——这些假期除了春节，我们都不休报，政府机关口岸的记者还好点，能有三、四天时间跟着放假。假日里没有了时政新闻，社会新闻就得打头阵了，比如各地旅游新闻、节日活动等。为了激励记者节日不回家，继续留岗写稿，报社还出台了奖励丰厚的措施，节日期间写的稿一分顶三分，让许多意志薄弱、挣钱心切的记者怦然心动，因此选择了节日坚守岗位多挣分。我也难抵诱惑。我想父母才刚刚退休，身体还很好，不需要我照顾，回家也是闲着，不如多挣点工分。几人能解父母心？

母亲身体还好，她迷上了老年舞，每天早晚都跑去河边广场跳啊扭啊，也不管吵不吵着周边居民，不亦乐乎，一年来反倒越活越年轻了。

在厨房洗手时，我悄悄地问正在洗菜的老妈："老爸是不是身体不好，我看他瘦了许多。"

"谁知道他，整天哀声叹气的。我叫他去医院检查一下，他又不肯去。叫他跟我去河边广场跳舞，他也不肯去。"

"那他平常干嘛？"

"有时候去河边散散步什么的，能有什么事做。"

又是散步！我哑然失笑。跟雷恩散了一次步后，我对散步这个词简直有些过敏，当然不是某市官方对群众集体散步的那种过敏。我觉得，在这个生活快节奏的时代，散步是可耻的，散步能放松心情吗？不能，远比不上K歌。我还觉得，当今生活如此丰富多彩，体育锻炼、休闲方式多种多样，选哪样不好，非得选单调的散步？喜欢散步是内心孤独、生活单调的表现。就比如雷恩，一个风华正茂的人却偏爱散步，所以他有心理疾病。

想不到老爸也喜欢上了散步，他难道有什么心事？

把行李提进我的房间时，我发现房间里堆了很多报纸，有全国发行的，如《人民日报》《光明日报》《参考消息》，也有本地的报纸，我看到了成捆的《吉都都市报》。老爸竟然订了我报！

在我们这个小县城，并没有我报卖。我记得老爸平常并不喜欢看报，也就偶尔看看《参考消息》——这是中老年男人最喜欢看的报纸，不过在我看来，这份报纸已没有多大意思了，因为它登的消息大部分能在网上看得到，而且比它还出来得早。凭直觉，老爸订我报跟我在报社当记者有关。他在关注我什么？

"老爸，想不到你也成了吉都报的读者，"我笑说，"吉都报好看么？"

"一般般吧。"

"我写的稿子呢？写得好不好。"

"一般般吧。"

"老爸，给点鼓励好不好。什么叫一般般，我可是数学系毕业的，不能拿我的文章跟中文系、新闻系毕业的比吧。"

"文章好不好，不在于文字好不好，在于思想。思想跟什么系毕业的没有关系。"

算了，不跟老头争了。在一些老爸眼里，儿子永远是没有出息的。我转身进入房间，拿出一份本报，躺到床上，想从头到尾读一读。说实话，我还从来没有从头到尾读过一份本报。每天拿到报纸，都是找自己写的文章，看到自己的名字后，就把报纸扔到一边了。同事们之间，到底谁的稿子写得好，我几乎不懂。孔子说，三人行，必有我师。有空还是得学学别人是怎么写稿的。

我发现这份报纸有两个地方开了天窗，显然是有人把这两个地方的文章剪下来了。是什么文章？我回想了一下，想起这两个地方是我的文章！看来是老爸把我的文章剪了下来。

我心生一个念头，把一大叠本报搬到地上，一份一份地翻，果然，我的文章都被剪下来了。一股感动涌上心头，我热泪盈眶。我对自己的文章一篇都没有保留，老爸却帮我都收藏了！

吃饭的时候，我举杯敬老爸，"老爸，谢谢你，帮我把我的文章都保存了下来，可以留到以后作纪念。"

"别臭美了你。你的文章有什么值得保留的价值。"

"那我就不懂了，为什么你要剪下我的文章。"

"吃罢饭再跟你慢慢讲。"

吃过饭后，我老老实实去客厅坐了，严阵以待。不一会儿，父亲也吃罢饭，他走进卧室，捧出一摞大大的本子，递给我看。我翻看，这一摞大本子分为两类，一类不用说是我的文章集；另一类是剪贴本，有从报纸、杂志上剪的，也有从网上打印下来的，都是一个主题：各地记者的遭遇，有被跨省的，有被判刑的，有被处分的，有遇难的，有遇害的，比如：

《记者观察》杂志记者高勤荣，曾多次采写当地官员违法乱纪的报道，被法院以犯诈骗、介绍卖淫、受贿罪判刑十二年；

《方圆》杂志记者编辑谢朝平，曾出版一本反映库区移民问题的书，被涉及地警方以涉嫌非法经营跨省抓捕；

《法制日报》记者朱文娜，曾去辽宁某县采访，写了一篇"负面报道"，后此县警察竟跑到北京来抓她；

《经济观察报》记者仇子明，曾写了几篇关于某公司的负面报道，一度被浙江省某县警方通缉；

前《法制早报》记者齐崇淮，因报道山东省某市政府大楼豪华而出名，后被法院以犯敲诈勒索罪判刑四年，即将刑满出狱，又被法院查出漏罪，再判刑九年；

洛阳电视台记者李翔，曾揭露过地沟油，突然惨死街头，身上被砍十多刀；

北京《网络报》记者关键，在太原采访时突然失踪，十四天后报社才知，他在太原被河北省某市警方带走；

《第一财经日报》记者傅桦，就在其报社楼下被吉林省某市警方带走，后他被法院以犯受贿罪判刑（警察也管受贿犯罪？）；

中央电视台记者李敏，在北京家中被太原市某区检察院检察官带走，后她被法院以犯受贿罪判刑。

曾在毕节日报社当过8年记者的李元龙，曾披露毕节五个流浪儿童被冻死事件，不久他就失踪了……

这些事我此前也断断续续听说过，没觉得有什么异常之处，我想，林子大了，什么鸟都有，记者行业也不例外。也许其中有被打击报复、栽赃陷害的，但哪个行业没有人被打击报复？我报就有过几个记者利用职务之便敲诈、诈骗的，轻者被除名，重者被判了刑。我不是当事人，这些案件、事件中的记者是不是遭人打击报复、栽赃陷害，我无法确定，也就不会去多想。

父亲说："儿子，自从你进吉都都市报当记者，我心里总是感到不安。记者这行业太复杂了，面对社会各阶层，面对各色各样的人，处于各种矛盾、纠纷和利益冲突的交叉点，现在这社会又不太平，为非作歹的人太多，我真担心你意气用事，莽莽撞撞，惹下麻烦。所以我专门订了你们报，把你的每篇文章剪下来，细细地读，看哪一篇文章可能会惹麻烦，好提醒你防备。儿子，这一年来应该没惹上麻烦吧？"

"没有。"我说，"老爸，事情没你想象的那样复杂纷乱。我采访过那么多人那么多事，这点我是深有体会的。向善，还是这个社会的主流。虽然有坏人坏事，有不公平不公正的事，但要是你一身正气，他也怕你。"

"你看看我剪下的这些新闻，有谁怕过记者？新华社的记者，帽子够威吧；中央电视台的记者，名头够大吧；法制日报的记者，牌子够响吧，就连县区一级的公安、检察院都可以肆无忌惮地到北京抓你。"

"这只是极个别事件，你想想，全国记者队伍有多少人，一年才发生几次与记者有关的事件，不足以说明什么。所谓林子大了，什么鸟都有嘛，不足为怪。"

"古话说管中窥豹。一件两件事也许说明不了什么，但逐年累积下来，就能看出问题了。至少我看出，当记者是有极大风险的。我看，没有哪个行业像记者行业这样复杂、危险了，不是记者自身搞敲诈、勒索、诈骗出事，就是记者因为写了批评稿，被人弄出种种名目打击报复、陷害、关押、判刑，还有在采访过程中意外死亡、受伤，什么样的事没出过，记者这个行业风险越来越大了。"

"哪个行业没风险，只是记者这个行业，因为与媒体自身有关，所以媒体比较关注，每有记者出事，都会突出报道，让人产生错觉，觉得当记者风险大。照这样看，当官风险更大，你看每天都有官员出事的报道，或贪腐被抓，或太正直被人下毒手，或官官相斗下台。其实，你看看本县，一年里有几个当官的出事，太平得很。"

"两者不能相比的。当官的有权力，一旦惹上麻烦，他可以用权力把事情摆平；记者有什么权力可用？什么权力也没有，麻烦事来了，什么也拦不住。连部《新闻法》都没有，你还能怎么样？！"

"老爸，你怎么就不多想想做记者的光彩一面呢，比如说，为老百姓解决了一桩桩烦恼事，曝光了不称职官员的违法乱纪行为，使他们下了台……"

"曝光有什么用？如果管干部的上级领导不重视新闻报道，甚至官官相护，那些人才不在乎你曝不曝光呢，大方点的懒得理你，不高兴的搞你半死。更别说，好多被曝光的领导，虽然一时下了台，可一年半载又复出了，换个部门继续做官。我看到一篇文章说，近几年有25个官员，因为被曝光而下台，可后来都先后复出了，停职最短的才5天，最长的也只有15个月。像山西黑砖窑事件中那个被免职的副区长，河北三鹿奶粉事件中被那些下台的司长、市委书记、市长、局长，还有江西那个什么县拆迁事件中被免职的县长、书记，后来他们不是重新出山再当官了么。而记者，弄不好还惹一身臊，被他们派警察来抓你，压报社领导辞掉你。"

"老爸，我都说了，这只是极个别的案例。"

"摊到你身上，就是百分百的案例了。儿子，听爸一句，明年能不能不做记者了？"

"不做记者我做什么？毕业两年，我换了十几份工作，当记者是我做得最长的一份工作了，我还想继续做下去。"

"要不再回县里来考公务员？"

"老爸，这事更不靠谱，你别再叫我做无用功了。"

老爸叹了口气，我拍拍老爸的手，说："老爸，儿子都26岁了，懂得怎么做，我会注意的。"

32 意外惊喜

你要抢人家的女儿，当人家的父亲出现时，你能做到不慌乱？

除夕晚上，伴随着央视春节晚会里的钟声，我发了一条新年祝福的短信给悠悠，可等了一个晚上，也不见悠悠给我回复、给我祝福，我感到一点小小的失落。为什么不理我？难道早早就睡下了？难道打麻将正嗨，没空理我？

大年初一，我继续给她发短信，仍没有回复；初二，再发，还是没有回复，我有点生气了，怎么回事嘛，过年也不理人？有点没礼貌哦。

初三，我干脆打她的电话，关机！我琢磨不透了。过年有必要关机吗？你以为你是市委书记，要过个廉洁年？不想理我？一关机等于对所有人都不理了，犯不着嘛。我想了一天，也替她想不出理由。如果没有主观理由，那就是客观理由了，难道她出车祸了？突发重病了？或者她压根儿就没回到家，在火车上直接就被一个老奸巨滑的人贩子拐到山里，卖给一个独眼老男人做媳妇了？

这么一想，我心里不安起来。我有点懊悔，那天没有下狠心，直接把她送到家。如果她是在路上冻着了，或在路上被拐卖了，我的罪过就大了。即使她是回到家才病倒的，我却没有去陪伴照顾她，如何称得上爱她？

越想我越发坐卧不宁，我决定去她的老家一探究竟。

我拿出地图，找出了她老家大树县小竹镇的地理位置和交通线路。初四大清早，我登上了途经大树县的火车。沿路风景如画，漫山遍野的电线杆在朝我招手致意，可我一点观赏的心情都没有，直为悠悠的命运担忧。

下了火车，再坐汽车，下午五点多钟，我到达了小竹镇。小竹镇是个小镇，就一条狭长的街，街上没什么人——大过年的，谁没事跑出来玩。我记得悠悠说过，她爸爸是镇上的老师。这样一个小镇，应该也只有小学和初中了。是在小学还是在初中呢？它们又在哪里？

前方的水沟边，几个七岁至十岁左右的小孩子在玩炮仗，他们应该是小竹镇小学的学生，而且一至五年级的学生都有。于是我走过去，问："小朋友，你们学校有没有一个葛老师？"

"没有。"所有小孩都摇头。

"真没有？好好想想，不一定是教你们班的。"

"没有就没有嘛。教什么的？"一个稍大点的孩子说。

"教语文的。"

"那就肯定没有。"

"也可能是教数学的。"我又说。

"懒得跟你说。"这群孩子大概以为我是无聊没话找话说，不理我了，跑远处玩去了。

看来小学可以排除，葛老师应该是在初中了，除非葛悠悠不是跟她爸姓。我走进一家小商店，问一位站在货架前的中年妇女，"阿姨，请问小竹镇初中在哪？"阿姨遥指前方。

我往前走了百来米，就看到了"小竹镇初级中学"的牌子。我走进校园，校园里空无一人，怎么办？总不能一家家去敲门吧。我拿出手机，试拨悠悠的电话，仍是关机，看来今天也别想打通她的电话。我有些迷茫，万里长征都走到最后一步了，难道要死在这最后一步？

其实用不着想得这么复杂，初中有多大点啊，学校里的老师们都是互相认识的不是？只要敲了一家的门，叫他带路，就完全可以找到悠悠家嘛，完全不必家家门敲遍。

我重新兴奋起来，走向正对面的一栋宿舍，第一时间就问到了悠悠的家，就在隔壁那一栋。如果悠悠站在阳台上晒太阳或晾衣服，说不定能看见我呢。不知我这个不速之客，会带给她怎样的反应？

上三楼，右边，敲门，"咚、咚、咚。"

我听到门后传来轻轻的脚步声，那是布拖鞋半走半踱发出来的声音，"嚓、嚓、嚓"。

"吭"一声之后，门慢慢拉开了，露出一张脸，一张熟悉的脸，悠悠！

悠悠看到我，吃惊得失声尖叫，"啊！——"

"悠悠，怎么啦？"屋里传来一个老头的声音，估计是她老爸。

悠悠的尖叫仍在继续，"天哪！——"

悠悠的失态最终把她老爸、一个戴眼镜的小老头，招惹了过来，他看到门外站着一个陌生的小伙子——也就是我，警惕地问："请问你找谁？"

"叔叔，你好。"我说。

"爸爸，他是我同——"悠悠忙向老爸解释，她大概想说我是她的同事，马上想到其实并不是，所以打了一个顿，但一时又想不出怎么解释我的身份，索性将错就错，"——我同事小周。"

"是的，我是悠悠的同事，路过这里，顺便来看看悠悠。"我说。

"路过这里？"悠悠又吃惊了，"你准备去哪里呀？"

看到悠悠的爸爸的时候，我心里其实很慌乱，没来由的慌乱，可能这是男人最古老的潜意识吧。你要抢人家的女儿，当人家的父亲出现时，你能做到不慌乱？现在我虽然不是来抢悠悠的，但追悠悠的心理有没有？肯定有嘛，所以慌乱就是自然的了，说错话也是自然的了。其实也不能算说错话，如果说成"专程来看悠悠"，那才是说错话呢。悠悠的爸爸肯定心里会猜，这小子专程来看悠悠，什么意思？

"快请进啊，悠悠，你还把着门干什么。"悠悠的爸爸脸上的表情马上由疑惑转为热情，替目瞪口呆的女儿把门完全打开了。

往屋里走时，悠悠的两只小拳头闪电般在我后背捶了两下。

"坐。"悠悠的爸爸领我到沙发上坐下。悠悠的妈妈从厨房出来了，听了悠悠的介绍，热情地给我又是端茶，又是递水果。悠悠在我对面的沙发坐了，朝我扮了几个鬼脸。

看到悠悠安然无恙，快快乐乐，我悬了几天的心顿时放下来了。可是，她为什么不开手机呢？悠悠的爸爸就在身边坐着，我一时不便于问，心中这个最大的问号一直在闪烁。

"你是怎么找到我家的？"悠悠问。

"我到了镇上，一问葛悠悠住哪儿，人人都知道，几个小朋友还争着给我带路呢。"我说。

"吹吧你。"悠悠撇嘴。

"小周是哪里人？"悠悠的爸爸（往下就称葛叔吧）问我。

我意识到审查开始了，于是正襟危坐，端正态度，我说："我叫周力波，吉都市天南县人，二十五岁，吉都大学基础数学和应用数学专业毕业……"

"周跑跑，你干什么嘛，我爸又不是招聘员工。"悠悠打断我的话。

葛叔乐呵呵地笑了，我也尴尬地笑两声。唉，太紧张了。第一次面对未来可能的老丈人哪，想不紧张都不行。谁要是说不紧张，绝对是假的。要不就是对人家女儿虚情假意。

"在报社工作还顺利吧。"葛叔又问。

"还行吧，也没什么难的，写得了作文就写得了新闻。"

"话不能这么说，要写出好新闻还是需要功底的。现在的人文化水平普遍都提高了，写出一篇文章并不是件难事，你看网络上，个个都是作家。可是要写出一篇好文章，从古到今都不是件容易事，既要有丰富的学识和人生经验，还需要一定的写作技巧。"

说得这般专业，看来葛老师是教语文的。我说："葛叔说得对，我今后一定继续努力学习，不断提高自己。"

"你看，说着说着你又打起官腔来了。"

我们三个又齐声笑起来，客厅里洋溢着欢乐的气氛。我估摸葛叔对我有了好感，也胆大了些，说起采访中的种种趣事。不过有句话差点"穿帮"，我提到吉都晨报的一个记者时，对悠悠说"你们报"，但我反应快，马上意识到"口误"，纠正为"你们报道组"。

正聊着，悠悠的妈妈过来收拾桌子，说菜弄好了，准备吃饭了。悠悠的家是上世纪九十年代初建的老式格局，三室一厅，没有餐厅，所以客厅就兼餐厅了。

"小周，喝点酒？"葛叔拿出一瓶古井贡酒。

我看悠悠，悠悠说："我爸问你喝不喝酒呢。"我猜出话里的意思，葛叔是喝酒的，如果我不喝，多扫兴，于是说："我不怎么喝酒的，只喝一点点。"

酒杯倒上酒后，我双手举杯，"祝葛叔、阿姨新年身体健康，万事如意；祝悠悠快快乐乐。"阿姨乐得直笑，说小伙子嘴真甜。

"悠悠在报社没少挨批评吧。"一杯酒下肚，葛叔话也多起来，"她那点文字功底，我是知道的，干记者远没有达标。小时候，我叫她多写作文，就像要她的命一样，现在工作了，知道有用了吧。"

"悠悠在报社表现还是不错的，虽然刚开始有点吃力，但她适应很快，稿子越写越顺了，还得了几次好稿奖呢。"我朝悠悠眨眨眼睛。悠悠连连点头，"是的。"

"本来作文就不好，大学里学的又是英语专业，偏要去当记者，你说这不是自己为难自己么。"葛叔继续唠叨。

"现在就业不容易，能有份工作就阿弥陀佛了，我不也是跟悠悠一样，学非所用。"我闷下一口酒后，话也多了，"什么叫学非所用，要看怎么理解。我认为，找到工作了，就是学有所用了，大学四年教育就没有白费，不一定非要对口专业，专业只是给你未来就业提供一个方向，并不等于非要做这一行。现在很多大学生毕业后都是改行就业的，先就了业，再慢慢找机会，这样就两不误了。"

"小周，悠悠有什么做不到的地方，你多帮帮她。"

"葛叔，你放心，我一定照顾好悠悠。"我语气坚定地说。这是向未来的可能的老丈人承诺，岂能吞吞吐吐、犹犹豫豫。

趁着酒兴，我向葛叔请教了很多语文上的问题，比如"的、地、得"用法的不同，还有逗号和顿号的区别，我补学了很多语文知识，葛老师当我的临时老师教得也很高兴。

吃罢饭，我被安排在葛叔的书房休息，悠悠跟着进来和我说话，她说："我发现你这个人不简单，太乖巧了，太会讨好人了。"我笑说："这是关键一战，得用点策略嘛。"悠悠白眼看我，"虚情假意。"

是到了揭开心中谜底的时候了，我问她："悠悠，你怎么一直不开机啊，这几天急死我了。"

"说起来我还气我自己呢。那天你去接我，不是在楼下打了我一个电话吗，我接了电话后，顺手就放在桌子上了，走的时候也忘了拿。火车开了后，想发条短信谢谢你，才知手机落下了。"

咳！瞧这事乌龙的，我简直哭笑不得。我说："那你回到家后，也应该打个电话告诉我手机落下了啊。"

"手机号码存在手机通讯簿里，我哪记得。"

我有点不乐意了，"竟然连我的手机号码都不记得！"

悠悠不服，"你又记得？那你说出我的手机号码，快，快！"用手捅了我腹部两下。

我还真想不出来，但我不能露怯，"都到嘴边了，被你捅了两下，又回去了。"

"切。"悠悠噘嘴。

"你这一马大哈，害得我饭也吃不香、觉也睡不安，老担心你是不是在火车上被人贩子拐走了，干脆就跑来找你了。"

"你才被人贩子拐走了呢。"悠悠说，"现在看到我人好好的，是不是很后悔大老远地跑这儿来？"

"怎么会后悔？太值了，"我嬉笑，"见到了悠悠平安无事，还见到了未来的老丈人、丈母娘。"

悠悠一把将我推倒在床上，又要扑上来打我，但扑了一半又收回去了，因为客厅里传来葛叔的几声咳嗽。

33 爱情之夜

"这民政部，怎么不把已婚者信息发布到网上。要是在网上发布了，女孩子遇到一个追她的男人，用手机上网一查，就知道他已婚还是未婚，多好！这样，女孩子也不会一不小心就被小三了。"

我和悠悠商定，初五上午就回吉都，因为我们两报同样只放四天假，初五已出报了。悠悠原打算也是初六走（还好，没有打算不干了），我大老远来接她，她提前一天走也应该啦。

悠悠没有跟她父母谈她和我的事，我的到来，已经表明了一切，还需要明说吗？悠悠的父母也没有跟我明确地谈我和悠悠的事，昨晚上吃饭的时候，他们的言谈已表达了他们对我的认可。

"遇到困难的时候，你们要互相帮助……"出门时，在楼梯口，葛叔叮嘱说。"不忙的时候，打个电话回来！"阿姨也跟着喊。

为了不计悠悠路上受累，我买的是卧铺票，一张下铺，一张中铺，实际上，中铺一直没用上，因为我们一路上都是坐在下铺，拥在一起。

"好冷啊。"坐在床铺上，悠悠哆嗦着说，尽管是空调列车，尽管天算不上很冷。

"来，我抱住你，把我的温度传给你。"我向悠悠伸出双手。悠悠回眸一般看了我一眼，我不等她说"是"还是"不"，一把将她搂进了怀里。

"我是真的冷，你别以为我是暗示什么哦。"悠悠有些不情愿似的说。我紧紧搂住她，"我看得出你真的冷，现在暖和点了吗？"

一路上，我们除了上厕所、吃饭，就这样一直拥抱在一起，说不完的甜言蜜语。每次上厕所回来，悠悠都自觉地投进我怀里。我们感到无比甜蜜，即便坐着坐着睡着了，也没有分开。

一路上，左邻右舍的乘客来了又去，去了又来，一点也不妨碍和影响我们紧紧拥抱。

我们都希望就这样一直拥抱着、说着甜言蜜语，直到地老天荒。

"请问，这是你们的铺位吗？"一名中年男乘客站在我们面前。

"是啊。"我答。

"不会吧，我也是这个铺号。"

我拿过他的票一看，果真是同样的铺号。我纳闷了，电脑卖票也会重号？仔细研究他的票，终于发现他的票车次是吉都至武汉的，于是大笑，"哈，你上错车啦，坐反了，这趟车是南下，不是北上的。"

"没错，这趟车就是到武汉的。"

"怎么可能！"

听到争执声，列车乘务员过来了，拿过我的车票看，说："瞧你们这车坐的，列车早就到了终点站吉都，又从吉都开出来了！都已经开到广州了。"

我靠！我们慌忙收拾行李下车，望着北去的列车，我们乐得笑弯了腰。接着转坐快巴从广州倒回吉都。

送悠悠去她的租住屋，她的两个同伴还没回来呢。我也赶到报社露个脸。与同事一聊，得知社会部有四个记者辞职了。所谓铁打的营盘流水的兵，报社记者部是最典型的。

傍晚，约悠悠出来吃饭。我说起社会部又有四个记者走了的事，悠悠说："跟我同住的那两个也辞职走了。剩我一个人住那么宽的房子，工资都不够交房租了。"

我心里一动，一个念头生起，我说："悠悠，你一个人住那么宽的房子，真让人担心，要不你搬到我那里住算了。"

悠悠的脸颊飞上了云彩，她扭捏着说："人家不嘛。"

"那就是同意了哦。"

"人家不嘛。"

"这就是很明确地同意了。明天我去帮你把东西搬过来。"

"人家不嘛。"

"好吧，等一下吃完饭我们就去搬。"

"嗯。"悠悠着涩地点了点头。

吃过晚饭，我和悠悠回到她的租住屋，把她那两只还未开箱的旅行箱扛了下来，扔上出租车，直接拉到了我的住处。剩下的被子、枕头、床单什么的，我屋里有，不用急着拿。

上楼的时候，我走在前面，先进屋放下箱子，当悠悠到了门口，正要抬脚进来时，我叫住她："慢！"

悠悠吓了一跳，有些困惑，有些不知所措，"干嘛，里面还有别的女孩吗？"

我说："你站好。"悠悠老老实实站直了，我走过去，一把将她横抱了起来。我高喊一声："进洞房咯……"

悠悠快乐的笑声整栋楼都听得见。进了屋，我把她放下来，她依偎在我怀里，喃喃说："抱我。"

这是我们俩第一次处在一个单独的空间，这个空间只有我们两个人，不会有第三人出现，这里将是我们的爱巢。置身于爱巢里，还犹豫什么？还胆怯什么？还顾忌什么？尽情地表达你的爱吧！

我紧紧地抱住悠悠，虽然悠悠穿着厚厚的冬衣，我仍能感受到她柔软的身体，还有她的体温。

"悠悠，我爱你。"

"嗯，再说一遍。"

"悠悠，我爱你。"

"嗯，我还要听。"

"悠悠，我爱你。悠悠，我爱你。悠悠，我爱你。悠悠，我爱你……"

我将悠悠越抱越紧，要将她融入我的身体，与我的身体融为一体。悠悠被我抱得快喘不过气来，不得不挣扎，我略松了一下手，悠悠大喘几口气。

"悠悠……"

"嗯？"悠悠抬起头看我，我低下头，嘬住了她的双唇。悠悠下意识地往后倾，她的腹部紧紧地顶住我脐下三寸的地方。是男人都知道，那地方就像弹簧，越挤压它，它越要弹起来。我冲动起来，抱起悠悠就往床上倒。

"我们洗个澡好不好，今天坐了一天的火车……"

我听从了悠悠的意见，放开了她。这种事急不得的，得讲卫生、安全，讲情调。我光顾自己兴奋，要是悠悠感觉不好，也没意思呀。

我去卫生间，为悠悠打开热水器，调水温。

悠悠脱得光溜溜的，披着浴巾进卫生间来了。她身材很好，虽然苗条，但因为骨架子小，仍显得丰满；两个乳房不大，如两只桃子，直挺挺地凸立在雪白的胸部，很惹人嘴馋。

悠悠见我端详她的身体，有点不好意思，扯了扯浴巾，想把自己捂严实些，说："不许看。"

我又来了劲，一把扯掉浴巾，抱住她，要吃她胸前的桃子。悠悠让我亲了两下，说："我要冷着了。"

我放开她，也脱衣服，要和她共浴。就在我快脱光时，悠悠说："你有没有备小帽子？"

"什么小帽子？"

"就是……防止怀孕的那个啦。"

我还真没备。我自大学毕业后，一直没找女朋友，哪会备这些东西。虽说这段时间在追悠悠，可她没答应我，我也没想到要买这东东回来备着。今天我们才定了情，就直奔爱巢来了，买安全套的念头都来不及产生。

"我现在是危险期，要不就算了。"悠悠有些歉意。

我买！就是上刀山下火海也要去买！我才不愿像雷恩那样，不结婚不跟女友上床。如果雷恩早跟女友上了床，结局可能会不一样，起码不至于弄得失魂落魄的。两人相爱，为什么要控制做什么不做什么呢？

我手忙脚乱地穿上衣服，三步并作两步冲出门，一口气跑下六层楼。还好，所住的小区里就有药店，我大踏步跨进药店，对柜台后的阿姨说："我要一盒那个。"

虽然"那个"语焉不详，但阿姨是个售货经验丰富的人，显然听得出我说的"那个"表示什么，她干脆利落地拿出了一盒"杜蕾丝"。我付了钱，抓起就跑。

回到屋里，悠悠已洗罢，蜷在被窝里了。我匆匆洗了澡，也钻进了被窝里。一摸悠悠，发现她一丝不挂。我说："你喜欢裸睡呀。"

"讨厌。"悠悠嗔了一句，她拉上被子，盖住了我们俩的头……

也不知道过了多长时间，我们两人的头才从被窝里冒出来。我的头在上方，悠悠的头在下方。我们满脸通红，满头是汗，互相凝视。

我说："悠悠，我爱你。"

悠悠说："力波，我爱你。"

我亲了亲她的嘴唇，翻下身来，与她并躺。悠悠侧过身，看着我，说："诶，上次有个问题，你还没回答我呢。"

"什么问题？"

"你谈过几个女朋友？"

"一定要回答么？"

"一定要回答，必须回答。"

"回答了你会不会不高兴？"

"不会。"

"没谈过。"

"哼，我要生气了。"

"好，我说。就谈了一个，还是在大学时候谈的，一毕业，我们就分手了。"

"她很漂亮吗？"

"很漂亮。不漂亮我会爱上她嘛。"

"有多漂亮？"

"就比你差一点点。"

"切。"悠悠戳我的鼻头，"为什么分手了？"

"各奔东西呗。她是成都的，我是吉都的，她回父母身边去了，我也不想离我父母太远。"

"多可惜啊。如果你们没分手，说不定结婚了，生孩子了。"

"说什么呐你，讽刺我是不是。我说完了，也该你说了，说，谈过几次恋爱？"

"我也只谈了一次，也是在大学里谈的。"

"是同学，还是学长？"

"是教我们课的老师。"

"老师！你竟然爱上一个老师！"我指着悠悠直乐。

"爱上老师怎么啦，爱上老师很丢丑吗？"

"没有啦，我是说，你太优秀了。爱上自己老师的女孩很少很少，简直是百里挑一啊。"

"就是。不许你笑我。"

"那你们为什么分开了？跟着他，留在大学里多好，比现在流落社会，饱一顿饿一顿强多了。"

"跟着他就能留在大学？他又不是校长。再说，人家有老婆的，又娶不了我。"

"可怜的悠悠，当小三了。"

"是不是嫌弃我当过小三？"

"没有，绝对没有，"我严正声明，"当小三又不是犯罪，我为什么要嫌弃你。"

"就是，谁愿意当小三，完全是受害者。我跟他好的时候，压根儿不知道他有老婆，他老婆在外地。"

我感慨，"这年头，一座城市的人，多是背井离乡、从五湖四海来的，谁都无法了解另一个人的私事。已婚不已婚，也没个牌子别在胸前，谁看得出他有老婆没老婆。即使夫妻俩在同一个城市，他要隐婚，你也知道不了；这民政部，怎么不把已婚者信息发布到网上。要是在网上发布了，女孩子遇到一个追她的男人，用手机上网一查，就知道他已婚还是未婚，多好！这样，女孩子也不会一不小心就被小三了。而且民政部还可以赚很多很多的钱，查一次收五毛，就不得了。"

"为什么只收五毛？"

"五毛是网络服务一次收费的普遍行情啊。'五毛党'就是这么来的。"

"公开婚姻情况不合适吧，侵犯人家隐私。"

"婚姻情况算什么隐私，结婚不能给人知道么？不能给人知道为什么还要举办婚宴，广而告之。在十九世纪的英国，结婚还必须贴出布告来，没有人反对才能算数呢。我在一篇文章上看到说，宝岛台湾的居民身份证，不但标明了身份证主人的性别、出生时间、住址，还标明了其父母姓名、配偶姓名，你看人家真是心细，标明了这些信息，看你还怎样去骗女孩子。"

"如果是未婚的呢？哪有配偶呀。"

"未婚自然不会标明配偶姓名。可是你一旦领了结婚证，民政局会把信息传给警方，警方马上会通知你去更换身份证。离了婚，也一样。"

"那多麻烦呀。"

"就算是麻烦点，但与女人受骗受害相比，也只有两害相权取其轻了。"

悠悠两眼灿烂地看着我，"跑跑哥，我好佩服你哦。你虽然是吃地沟油的命，但操着妇联主席的心。"

"你——"我气得挠她的胳肢窝，我们又滚作一团。

34 再遇钟正操

报社记者虽说不上是多风光的职业，但只要你勤快，真正有水平，或懂拉广告，还是能步入小白领阶层的

从此，我们就像西方童话里的结尾写的那样，"过着幸福甜蜜的生活。"

每天早上，我们一同骑电动车去上班，我先送悠悠到她的报社，再去我的报社。如果悠悠去采访，路远的话，就送她去地铁口；如果路近，就直接送到采访地，再去我报社或去做采访，即使要绕一些路，我也是心甘情愿、无比蜜甜。

有时候，上午就采访完了，我们一块儿吃午饭，之后回到租住屋，相拥睡个午觉，然后一起在租住屋写稿。我们各自叫家里汇了点钱过来，自己再掏点钱，买了两台便宜的笔记本，接了网线。这样，写完稿后，就可以通过报社员工QQ群，直接发稿给编辑，免去了到报社写稿、交稿的麻烦了。

原则上，是各写各的稿，其实，悠悠有差不多一半的稿子，是我帮她写的，或做了重大修改。她那文字水平，连她老爸都摇头，编辑就更头疼了。她自己也知道这点，所以干脆依赖上我了。好在她的稿子大都是几百字的豆腐块，对我来说并不算很费力，即使辛苦点，我也乐意啦。

当然，在我帮她写稿的时候，她也不会只懂得涂指甲油玩，她会帮我做家务，洗衣啦，拖地啦，做饭啦，换算起来，我也不算吃亏的。

我代悠悠写的稿子越来越多地得到晨报编辑们的赏识，晨报编辑中心主任白延南在QQ上和悠悠聊天时，就经常夸她，什么"你的稿子就像你本人一样，越来越美了""写得太生动了，就像你的脸蛋一样""好吸引人啊，看你的文章就像看你人一样"。这个"白眼狼"，话怎么说得这么肉麻。

"这个'白眼狼'是不是在追你？"我问悠悠。

"切，老婆孩子一大堆了。"

"怎么老是有人想要你做小三呢？"

"我不会再上当了。"

我真想在QQ上借悠悠之口臭骂他一顿，想了想，还是忍了。编辑中心主任虽算不上报社领导，权力还是有点的，特别是对于记者来说，哪篇稿能上版，哪篇稿不能上，他有很大的发言权。

以前，悠悠每个月的得分都只有七十多分，现在，在我们俩的共同努力下，加上'白眼狼'不怀好意的照顾，悠悠的工分如芝麻开花节节高，最高的一个月达到了一百二十多分，比我的还高。

恋爱中的人都是喜欢玩的，每当下午我写完稿后，悠悠也做好了饭，我们早早吃过晚饭，便骑电动车上了街。我们徜徉在人山人海的商业街，虽然家家商店都是琳琅满目，而我们口袋里只有几个零钱，但我们仍逛得很快乐，我们不求购物，只想逛街，看上店家的新衣服、新鞋子，就试穿几分钟过过干瘾。有时候不想逛街了，我们就去看电影；有时候不想逛街、不想看电影了，我们就去泡吧，听那些野马歌手唱那些耳熟能详的歌。我们的日子过得清贫而快乐，并丰富多彩。

四月初的一个晚上，我们从电影院出来，感到肚子有点饿了，便朝附近的五美巷小食街走去。

这条小食街是新近才兴起的，针对的就是看电影的观众。这里原来是一条几百米长的小水沟，常年散发着臭味，城区政府索性将它盖了起来，变成下水道，再在面上种一些花花草草，变成了供市民散步的小道。不知是谁首先看出了这里的商机，摆起了宵夜摊，有了第一家便跟着来第二家，渐渐地，形成了一个小夜市。

我们随意找了一家小摊，坐下来，朝正在埋头切菜的师傅喊一声："师傅，来一碗炒粉，一碗螺蛳。"师傅抬起头看我，噫，这不是"钟抄抄"么？他怎么当起炒菜师傅了？自过年前他从看守所出来，一起喝过一次酒后，我再没见过他，也没跟他有联系了。

钟正操也认出了我，高兴地跑过来，扬起手掌，要拍我肩膀，但意识到自己手上满是油污，在空中停顿了一下，收回去了。他坐下来，和我叙旧，"跑跑，好久没见你了，现在忙吧？"

"马马虎虎，"我说，"这摊是你摆的？"

"是啊。"

"不能叫你'钟抄抄'了，要叫你'钟炒炒'了。"我笑说。

"混口饭吃呗。"

"怎么干上这一行了？"

"一言难尽。"

钟正操说，离开吉都报后，他四处找工作，除了传媒业，什么行业都去应聘过，可是，除了传媒业，什么行业都要证，当老师要教师证，搞财务要会计证，他什么证也拿不出来，什么专业技能也没有，处处碰壁；万人嫌的销售业务员倒是不要什么证，他又不愿做。想到摆个夜市摊炒菜不需要什么证（当然，若进大饭店炒菜得有厨师证），于是来这里谋生了。

我感到惆怅，为眼前的这个好兄弟，命运无常哪。报社记者虽说不上是多风光的职业，但只要你勤快，真正有水平，或懂拉广告，还是能步入小白领阶层的，像"摇钱树"，何止是白领，简直是金领了；而且，只要你不是去曝光、揭丑，你去到哪个单位还是会受到礼遇的，单位领导有空的话，还可能会请你去高级饭店吃顿饭。钟正操在报社的时候，能力虽算不上顶尖，但收入也在中等偏上，日子过得惬意，他每天上班都是西装革履，体体面面；他还计划三年内买辆QQ车开开呢。可如今，出没于偏街陋巷，满身油污，一角、二角地挣钱，前后相比，真是一个在天上一个在地下。

"兄弟，还是继续干记者吧，都已经熟门熟路了，吉都报待不了，可以去其他报啊，当个小炒师傅太浪费了。"我劝他。

"哪个报社也不去了，当小炒师傅也蛮好。"

另外一个师傅小王给我们端来了炒粉和螺蛳，钟正操对他说："你炒两个菜过来，再拿两瓶青岛啤酒，我要跟我的好兄弟喝几杯。"

我说："把'罗战神'也叫来怎么样？"

钟正操同意了，于是我拨"罗战神"的手机。"罗战神"此时没有稿写，正在办公室无聊地玩植物大战僵尸，听到"发现"钟正操了，也很兴奋，说马上赶过来。

我对钟正操介绍悠悠："我女朋友，小葛，晨报的。"

悠悠边嗍螺蛳边朝他笑笑，钟正操说："周力波是我的好兄弟，我们曾经一起出生入死……"我忙止住他，"别胡吹了，人家也是记者，知道记者是怎么回事。"

王师傅拿啤酒和杯子过来了，我撬开盖子，倒了酒，举杯敬钟正操，"都不容易，来，敬你一杯。"

约半小时后，"罗战神"骑着摩托车赶到了。看来今晚要大干一场了，我把电动车钥匙丢给悠悠，说："你先回去吧，我们可能要喝到很晚。"

悠悠说："没事的，我看你们喝。"

我说："女孩子不要跟男人们混在一堆。"

"好吧。"悠悠拿纸巾擦了擦嘴和双手，瞥了我一眼，起身走了。看着她摇摇晃晃远去的背影，我想，她不会生我气了吧，人家都是重色轻友，我反而重友轻色。可今晚好哥们与女朋友不能兼顾，也只能委屈一下她了。

我们哥们三个一直喝到凌晨一点钟，喝掉了一打啤酒，不仅喝得肚子胀，脑袋也胀得要命。结账的时候，我和钟正操差点打起来，因为我要付钱，可钟正操说什么也不让，"老朋友光顾决不能要钱。"我说这摊子又不是你一个人的，我不付钱，让王师傅吃亏，会影响你们的关系。钟正操说小王是我的好哥们，不会生我气的。推推搡搡间，"罗战神"悄悄把钱付了。唉，有时候好哥们也很麻烦。

钟正操还得继续忙，"罗战神"提出用他的摩托车搭我回去。在停车的地方，我发现悠悠孤单单地坐在花圃边上，大吃一惊，"悠悠，你怎么还没走呀。"

"人家担心你喝醉了回不去嘛。"

"咳，我有两个哥们在这，怕什么。"

"人家就是担心嘛。"

我感动了，一股热流涌上心头，谁知这股热流太猛，冲进了我胃里，搅起惊涛骇浪，我赶紧扑到花圃边，胃里的酒、饭、菜顿时如水库泄洪一般，气势磅礴地喷出来，我吐了个酣畅淋漓。悠悠跟过来，轻轻地拍我的背，再次把我感动得热泪奔涌，我抱住悠悠的双腿，涕泪交加，"悠悠，你对我太好了，可是我，太没良心了，怎么能让你一个人回家！你不但不生我的气，还留在这里默默地等着我，我真不是个东西，悠悠，你骂我吧，打我吧！"悠悠像个大姐姐一般温柔地安慰我，"我没有怪你，别难过了。"

"罗战神"走过来，问我没事吧，对悠悠说："你别紧张，他喝醉了酒总是一阵哭一阵笑的，让他自己折腾一会儿就好了。"又拍拍我的头，"撒一下娇就行了，我走了哈。"骑上摩托车走了。

"对不起，悠悠。"我愧疚地看着悠悠，"下次和你出来，我再也不喝酒了。"

"我什么时候管过你呀。"

"今后你一定要管着我！"

悠悠开了电动车，推到我身边，坐上驾座，说："我们走吧，我来骑车，你坐后座。"我抓住车头，叫她下来，"女人搭男人，笑死人。"悠悠不肯，"我不嘛，我就要你搭。"

在这个春风沉醉的晚上，吉都市的街头，一个柔弱的女孩，开着电动车搭送一个喝醉酒的大男孩回家，车后的那个大男孩，紧紧地抱着女孩的腰，女孩一脸甜蜜，这场景"构成了一道亮丽的风景"（新闻作品最常用的句子）。

35 可怜的雷恩

如果现在当着我的面，他不跟老外说两句外语，那他所谓精通英语就是假的。我正琢磨着，雷恩开口了，开口了！

半夜，我和悠悠洗完澡躺下，兴致勃勃地正要"嘿咻"一下，我的手机响了。一接，是雷恩打来的，我问什么事，雷恩说："周记者，有没有空，出来散散步怎么样。"

我靠，现在都半夜十二点了，散什么步啊，"我睡了。"我撂下一句便挂了电话。之后才想起，半夜十二点，正是雷恩精神最足的时候啊。懒得理他，他爱精神足就自个儿精神足去吧。

我重新将悠悠抱进怀里，吻她，手机又响了。我估计是雷恩，不想接。悠悠说："接一下吧，好吵。"我只得接了，果然是雷恩，我说："干什么呀？"

"周记者，你出来了没有？"

"我什么时候说过出去？我睡了。"

"今晚多好的月亮，出来走一走吧。一个人待在屋里多闷。"

我哭笑不得，谁跟你一样呀，不结婚不跟女朋友上床。

我说："我女朋友在我这呢。"

"叫你女朋友一块出来嘛。"

"兄弟，我已经睡了，有什么事明天再说吧，哈。"

我索性把手机关了。

继续和悠悠温存时，她却没了兴致，像根木头一样一动不动。我抱怨："雷恩也真是，太不懂人情世故了，这时候还打电话，坏人家好事。"

悠悠看着天花板，"雷恩这个人，好可怜哦。"

"可怜也是自找的，把自己搞得那么孑然于世，他以为他是哲学家、思想家哪。"

"我觉得，你应该去陪他散散步的，明天晚上去吧。"

"什么！"我惊得跳起来，"凭什么，他是我的老板，还是我的同志？我是记者，不是心理医生，也不是义工！如果我采访过的每个人都要我帮他解决困难，解决孤独，我还不累死啊。你也是记者，怎么说这种不靠谱的话。"

"人家信赖你嘛。"

"好啦，睡觉吧，明天看情况再说。"我钻进了被窝，双手规矩地放在自己胸前，睡去。

第二天傍晚，我还没考虑要不要问候一下雷恩，他倒先打电话过来了，"周记者，昨天晚上那么晚了还打扰你，不好意思哦。今天晚上我请你吃饭。"

这小子竟然请我吃饭！他哪来的钱，难道今天捡到了不少饮料瓶？我打电话给悠悠，悠悠说："我今天有好几篇稿要写，没空理你了，你去吧。"

　　我赶去雷恩家，冯哥也在。"去哪吃？"我说。三人商量了一下，还是去那家东北饺子店。

　　这家饺子店，我们三个没来吃过十次也有八次了，再好吃的东西，吃多了也会反胃的，可不是我请客，我能说什么，我吃得索然寡味，但雷恩仍吃得津津有味，依旧干掉了两份二两。结账的时候，是冯哥买的单。

　　吃完饭，我们沿街散步，这次冯哥没有离开。走着走着，我们上了沿江大道；走着走着，我们来到了秋月山庄酒店。这个全市最豪华的六星级酒店，看上去不像一座酒店，更像一座花园。宾馆是一座座仿古小楼，分散在半个山坡的绿树林中，看上去很典雅。雷恩似乎对这里很熟，该往哪里散步他一点也不迷糊，迷宫一般的小道他走得一点不迷路。看来冯哥说他常来这里不假。

　　走着走着，我们走到了酒店商务中心。相比于小道交叉的住宿区，这里就热闹多了，有商店，有旅行社代办处，有电子商务处理中心，有酒吧、咖啡厅，还有一个画廊。

　　我没想到这里还举办画展，太孤陋寡闻了。其实，在这里举办画展最适合不过了，你想，来这里住的多是大老板、大股东、大企业家，若看上了哪幅画，绝对买得起。而在美术院、博物馆办画展，最多也就博个名声，带不来收入。

　　雷恩带着我和冯哥，大大方方地走进了画廊，仿佛他是这里的工作人员似的。画廊里人不多，三五个欧美老外正在赏画，还有一个黄种人（不知是中国人还是日本人或韩国人）独自散步。我是学数学的，对画没什么研究，也没什么兴趣，看不出味道。画有油画、水墨画、素描，作者都是中国人的名字。雷恩比我看得仔细多了，每幅画都细细地看，有时靠得很近，鼻子都快碰着画了，像琢磨画的细节和技法。

　　靠近那几个欧美老外了，我猜他会不会跟老外搭讪？冯哥常说他当老外的导游，如果真是这样，他应该会和老外谈几句吧。如果现在当着我的面，他不跟老外说两句外语，那他所谓精通英语就是假的。我正琢磨着，雷恩开口了，开口了！

　　自然，他说的什么，我听不懂，但我听得出是英语。老外与他交流起来，

174

接着我听出雷恩的英语较之前好像变了些调。我虽听不懂，调还是分得出的，就好像一个人原本说着山东话，突然改成了陕西话，你会分不出来？难道他刚才说的是美（英）式英语，现在改说英（美）式英语了？我的乖乖！

双方愉快地交谈了十多分钟，之后老外与雷恩握握手，说："BYE！"这句我听懂了，就是"再见"的意思啦。

我问雷恩："你前后说的英语腔调好像不一样？"

"前面说的是美式英语，后来知道他们是从伦敦来的，所以就跟他们说英式英语了。"

"一般人学英语都是学一种腔调就够了，你怎么会两种腔调？这也太骚包了吧。"

"学着玩的。"

"人才啊！"我不由感叹。

冯哥说："是啊，雷恩这么有才，没派上用场，太可惜了。"

我内心感到震撼。以前，"雷恩有才华"这个概念，在我脑中是虚的，因为我没见识过，只听冯哥说起，现在，终于见到了，虽然只是表皮的东西，但管中窥豹，我确信雷恩是真有一肚子学问的。

我真是无法理解，雷恩在这几个老外面前，一点也不担心失败啊，表现得很自信啊，为什么他就那么怕在工作中失败？这个"心理障碍"看不见，摸不着，有着能压垮人的巨大作用力，为何在这几个老外面前对他却没有起半点作用，没把雷恩压垮？真是太不可思议了。

我们在秋月山庄闲逛了个把钟头才出来。冯哥说家里有事，往回走了，又只剩下我和雷恩。我想，雷恩不会又要散步一夜走六十公里吧，我可不干了。我有意走在前面，往回去的路走。

"你女朋友是一个很好的女孩。"雷恩说。

"你才见过她一面，何以知道她是个好女孩？"

"有些人是什么样的人，见一面就能知道的。"

"她好在哪方面？"

"至少心地善良，不好虚荣，待人诚实。"

这一点却是真的，悠悠是一个诚实的女孩。她心无城府，不会算计，不太物质，对我这样的"三无"（无钱无房无车）人员也能赏识。

雷恩仰望星空，问我："周记者，你觉得，生活的意义是什么？人生的意义是什么？"

这小子，看来真把自己当哲学家了，想这么深奥的问题。我说："这个问题嘛，首先得搞清楚，父母把你生下来的意义是什么，才搞得清楚自己生活的意义、人生的意义是什么。"

"你是不是觉得我这人有点虚头巴脑的。"

"没有啊。如果我整天无所事事，我也会想这些问题。"

雷恩叹了一口气。

"雷恩，你为什么那么怕去工作呢？难道做得不好、被老板批评几句就会死人？你看，你多有才华，应该不存在做得不好、被老板批评的问题，你担心这些不存在的问题，不是自己跟自己过不去吗？"

"我不知道，我就是觉得心里有太重的压力，压得我喘不过气来，我也不知道是些什么压力，为什么会有这些压力。我想，我这辈子是完了。"

"雷恩，不要这么悲观嘛。"

"有时候想，一个人如果能变成另外一个人该多好，我不再是我，不再是雷恩，不再是那个京大、华大毕业的狗屁高材生，以前的所有社会关系都不存在了，没有了以前的人生，没有人认识我，我想做什么都无所谓，成功了没有人给我喝彩，失败了也不会有谁嘲笑……"

"你这是逃避主义。一个人怎么可能变成另外一个人呢，这世界还不乱套了。聊斋世界里也只是人变成狐、狐变成人，没有这个人变成另外一个人的，除非他死了重生。"

"人死了能重生吗？"

"你是理科生，这个问题还用问我？"

我们边走边聊，走着走着，不觉回到了吃饺子的地方。我看看表，快十点了，悠悠也该回家了吧，我也该回去了。我不想让她牵挂我。我向雷恩告别，骑上电动车飞速离去。

"这么早就回来了？陪雷恩散步了没有。"悠悠看到我进屋，有些惊讶，"我买了几包方便面回来，打算煮宵夜给你吃呢。"

"招惹了这个雷恩，我的日子也变得昼夜颠倒了。"我心里感慨。报道雷恩这件事，到底是好事还是坏事？我无法知晓。我感觉这事一时半会儿还结束不了。不是我不想结束，是这事陷入了半失控状态。当记者一年了，头一回遇上这种事，我不知道该怎么结束它。

36 做不了"坏人"

兄弟，把自己当成一个俗人吧

雷恩的事，见报已经半年多了，雷恩的命运一点都没有改观，真让人产生挫败感。难道真的对雷恩一点办法都没有了吗？难道雷恩真的没救了？

对此，我心里一直在纠结，一方面，我不太情愿对一起新闻事件介入太深，记者应该是个"他者""观察者"，不是吗？另一方面，对这件事的干预没一点效果，又让我很不甘心。报道一件事，没起到一点效果，你当记者的荣耀在哪里？你写这篇报道的意义又在哪里？

几天后的傍晚，冯哥突然打电话给我，约我出来散散步（他也有心理障碍了？），我们相约在吉都大道上的市科技馆前的花园见面。

见了面，只见冯哥愁眉苦脸，难道他也遇上什么烦恼了？也想求助于我？雷恩的事就够我头大了，冯哥再压上来，即使他是一根稻草，我也得倒下。

"周记者，你说雷恩的事该怎么办？"

他告诉我，雷恩家里的电，由于三个月没交电费，又被掐了。雷恩又过上了摸黑的日子，晚上又经常跑到街头溜达了。昨天晚上，雷恩在秋江大道散步，遭到几个小青年抢劫，他们抢不到钱，就将雷恩打了一顿。你说抢谁不好，偏去抢一个身无分文的人，这不是瞎了眼么。

难怪前些天雷恩一而再、再而三地打电话给我，约我出去散步。谁家里碰上没电，都要出去散步的。可是我能怎么办？总不能还为他交电费吧，要是过了三个月再被掐，我再给他交？那我写他的报道赚的工分，岂不都是为他挣了。

"再想想，看看还有什么办法。"我说。

"唉，我实在想不出什么招了。"

我想，我想。我想起了那天晚上散步时，雷恩说的话"一个人如果能变成另外一个人该多好"，不禁有拨开云雾见太阳的感觉。对啊，这么多天来，雷恩一点改变也没有，雷恩一直还是以前那个孤傲的、内向的、不合群的、自闭的、自恋的、自视清高的、洁身自好的雷恩，他怎么走出困局？

要使他走出困局，必须要改变他，不是说让他变成另外一个人，这是不可能的，而是说，改变他的性格，改变他的人生观、世界观、价值观，变成精神上的"另外一个人"。不是连他自己也认识到这一点么，"变成另外一个人该多好"，我们为什么不促其改变？

我把这个想法说出来，冯哥似乎也产生了"眼前一亮"的感觉。"可是，怎么改变他？帮他找女朋友他不要，带他去参加社会活动他死活不肯去。"

"不，这种常规办法改变不了他，不能让他变成另一个人。"我心里有了主意，"得让他从好人变成坏人，来一个自我的彻底颠覆。"

冯哥很吃惊，"要他去做坏人？不合适吧。"

"我所说的坏人，不是那种伤害他人的坏人，更多的是精神层面的坏人。"我说，"打、砸、抢、偷、盗、杀这种事，伤害他人，是犯罪，要坐牢的，肯定不能叫他去做。"

"那还有什么坏事。"

"可以带他去赌、去嫖。"我说，"不过赌不行，赌场深不见底的，我们都没有那么多资金供他赌。嫖应该还可以，嫖一次发廊妹也就一、二百元。"

冯哥暧昧地笑了，"你这家伙，出的什么歪主意噢。"

我说："俗话说在哪里跌倒，从哪里爬起来。雷恩之所以从失恋中爬不出来，就在于他太把恋爱当回事了，把爱情看得太崇高、把女人看得太圣洁了，至今还是个处男。一定要让他看破红裙，所谓爱情也就那么回事，女人也就那么回事。这样他就想开了，放开了，他一旦放浪形骸起来，什么都无所谓了，就变回一个正常人了。"

"有道理。"

接下来，我们商量了实施步骤。

第二天晚上，我以"回请"的名义，把冯哥和雷恩约了出来。吃过晚饭后，我们继续常规动作——散步。其实，如果只是纯粹和雷恩在一块玩，他还是不让人讨厌的。他学识比我丰富多了，也善谈，我们总是聊得很愉快，我从他嘴里还学到了不少东西。

我们没按往常线路沿着秋江大道走，而是走一条从未走过的线路。不久，我们散步到了有些偏僻的金阳街。这是吉都市民间小有名气的红灯街，全街长也就二、三百米，却有数十家小发廊。这些小发廊灯光粉红，有大镜子，却没有剪子、梳子、推剪和洗头液，更没有男师傅，全一色的靓女，个个浓妆艳抹，衣着暴露，胸部夸张，大腿撩人，坐在店门口，睁大眼睛，朝街上行走的男人暗送秋波，若见路过的男人身边没女人同行，便摇动小手，神秘而嗲味十足地招呼："先生，进来洗头。"男人们一般都明白，所谓"洗头"，不是洗"大头"，是洗"小头"。

我们一路走过去，"洗头呀"的嗲叫声不绝于耳，叫得人全身酥麻。我和冯哥表面上不动声色，暗中在挑选更好的场地，物色更迷人的女孩。虽然要拉雷恩下水，也不能太随意了不是。雷恩这么自视甚高的人，随便挑个地方、随便找个女孩，肯定打动不了他，如何叫他下水？

走了半条街，我和冯哥终于选定了一家。这家发廊稍大一些，空间宽敞，室内装修还有那么一点雅致。屋里坐着六个女孩，个个脸蛋清秀雅致，身材高挑苗条，气质妖冶脱俗。显然，这家发廊对自己的定位是接待那些有点钱、有点文化的公司小白领，而不是那些一身泥灰的进城农民工。

在我和冯哥抬脚要跨进去时，雷恩有些迟疑，他拉住冯哥说："这种地方怎么能随便进去。"显然他看出发廊里气氛诡异。

"有钱，想进就进。"冯哥说，顺手将雷恩拉了进去。

见我们进来，六个姑娘纷纷给我们让座，接着齐刷刷站成一排，双手放在腹部，像准备着供我们挑选。我说："稍息！"

"嗬嗬嗬……"姑娘们快乐地笑起来。

一个年纪稍大点的女子（显然是妈咪）从里间走出来，热情地说："哥哥们来得正是时候，姑娘们都在，三个哥哥瞧仔细了，看有没有喜欢的一款。"

雷恩悄悄碰了碰我的手，"我们出去说几句话。"

我跟着雷恩走到门外，雷恩问我："今天是来找小姐呀？"

我说："是啊，工作累了，找个小姐休闲一下。"凑近雷恩耳朵，"这里的小姐都很漂亮，你看上哪一个，你先挑。"

"你怎么这么低俗了？"雷恩吃惊地看着我。

"低俗什么呀，人都有七情六欲，有性需要是很正常的事嘛，跟低俗不低俗没有关系，这是人的本性。你看欧洲一些国家，正大光明地开妓院，难道那些国家的人都很低俗？人家的教育可是最发达的，高等教育普及率比我们高多了。明明有性需求，却强忍着不找小姐，才是虚伪呢。"

"你这是放纵自己。"

我说："兄弟，把自己当成一个俗人吧。你难道就没有这方面的需要？"雷恩摇摇头，我又说："我不信，是男人都有这方面的需求。雷恩，今天就尽情释放自己吧。我请客。"

雷恩说："你想放纵你自己放纵吧，我不进去了。"

使雷恩变成坏人的策略，现已到了临门一脚的关键时刻，我岂能由着他。我抓起他的手往发廊里拖，雷恩则反向发力，我们两个顿成拔河的态势。小姐们见状，"呼"地涌出来，七手八脚地帮着推雷恩。雷恩寡不敌众，但他双脚仍死死地抵着地面，他几乎是像一个冻僵的人被推着划进发廊里的，地上留下两条明显的鞋子的划痕。

雷恩被众小姐推着往里屋去了，我对妈咪说："我这兄弟要点三个小姐。"妈咪呵呵直笑。我又说："我兄弟是处男，你告诉小姐们，今晚上一定要搞定我兄弟。"妈咪说："要得。"

过了一会儿，妈咪出来了，问我和冯哥要不要也点一个，我说今天来只为我兄弟的。我们坐在外间等候，跟剩下的三个姑娘闲聊。

过了约半个小时，雷恩出来了，满脸通红，衣冠不整，他不理我和冯哥，直冲出发廊，跑了。接着，三个姑娘也出来了，我问成了吗？

"咳，你这兄弟，世间少有。"一个姑娘说。

姑娘们说，她们把雷恩推进里间包厢后，雷恩一个劲儿地劝她们不要做这种见不得人的事了，找一份正正当当的事做，好好生活。她们今天的工作可不是接受教育的，雷恩边说她们边脱衣服，很快三个人都脱了个精光，然后也脱雷恩的衣服，但雷恩不让。他抓住上衣，她们就脱他裤子，他抓住裤子，她们就脱他上衣，三个人齐心协力把他全身扒光了。

接着，三个人贴上去，一个在前面搂，一个从后背贴，一个抱住大腿，全身上下撩他。看得出，雷恩一直在抵制诱惑，不过他的身体并不怎么听他意志的指令。

雷恩虽然兴奋起来了，但他仍不想与姑娘们干活，姑娘们决定霸王硬上弓，将他放倒在床上。不料，雷恩双手紧紧握住了自己的家伙，不露一点出来。三个姑娘一个挠他、两个掰他的双手，可是使出了吃奶的力气，仍无法让他松开手。

我听得目瞪口呆，也很失望，看来这一招又失败了。

临走时，三个姑娘仍问我要了六百元。

我们赶回雷恩的家，屋里有昏暗的蜡烛光，我们敲门，没人应。冯哥有钥匙，便自己开了门。只见雷恩坐在木沙发上，两眼发呆。他的头发是湿的，显然他一回来便洗了个澡。

"雷恩，对不起。"我像一个做了错事的冒失鬼，屏声凝气地说，生怕雷恩发火。

雷恩不作声，我继续说："雷恩，希望你能理解我和冯哥的良苦用心。我们不是让你去堕落，让你变成一个是非不分、没有良知的人；我们只是想让你变成一个俗人，想让你体验一下这个俗世里，什么是男人，什么是女人，爱情是什么，性是什么，所以才拉你去小发廊体验，为什么一定要去小发廊，因为小发廊是最世俗、最真实的人间……"

我喋喋不休，说了多长时间也不知道，就像电影《非诚勿扰》里跪在神父面前的秦奋。我想，如果雷恩还生我的气，我和他从此一刀两断，他是死是活我不管了。雷恩站起来，给我倒了一杯水（这家伙，还真是素质高，知道我说得口干舌燥了），又微笑一下，拍拍我的肩膀，说："力波（他不叫我周记者了），你不要多心，我没有怪你和冯哥。我知道你们为我好。我是个废人，让你们费这么大的心来帮我，该说对不起的是我。"

"既然知道是为你好，那你还跑什么？"

"力波，我不愿做的事，你就不要为难我了。"

37 暗访

这篇报道仿佛一颗小石子丢进水潭里，没有激起一朵浪花。他感到有些灰心丧气，不惊动有关部门，这篇报道就没有一点价值。他也感到不解，怎么就没一点反响呢？

4月10日这天早上八点半，"罗战神"接到了麻天玉的电话，"罗记者，今天上午十点，车管所召集我们司机代表开会，你能来吗？"

"好的，我马上赶过去。"

对大湾之行，"罗战神"决定采取暗访的形式，并且先不报题。他懂得，像这类敏感题材，涉及政府部门，报社一般是不会刊登的。他并不打算挣这几分（当然，如果稿子写好后报社给登，那最好），他要为司机们抱不平，如果事情属实，他就把这事报给一些更有影响的媒体。他以前也偷偷干过这样的勾当，本报发不了，就转给外报，因此跟一些外报同仁熟悉。

时间紧急，为不误时，"罗战神"决定不去车站搭班车了，打了辆出租车，直奔八十公里外的大湾市。

大湾市其实就是一个港口，是本省最小的一个地级市，只辖两个城区，人口不过四十万，它原来是本省的主要港口，不过最近三十年，吉都市迅速崛起，吉都港抢去了它的大部分生意，大湾市发展乏力，渐渐变成了吉都市的一个卫星城，据说省里在酝酿把它并为吉都市的一个城区，所以吉都的报纸将它纳入辐射范围。早些年，大湾市曾名噪一时，大量的走私小轿车从这里上岸，挂上合法牌子，卖到全国各地，为此有数十名国家干部坐了牢。不过现在看来，大湾市车管所仍然问题很多。

"罗战神"与麻天玉等司机会合时，距离开会已不到十分钟。

为了能与司机们混成一块而不被认出来，"罗战神"特地穿了一身旧衣服，不过，他人长得又黑又壮，没有一点书卷气和"记者相"，走在司机们中间，倒一点也不显眼。

会议在车管所小会议室进行。司机代表一共五位，加上"罗战神"共六人，与会的车管所领导也有六位，此外，会议室里还坐了六个交警，会议室外的走廊上还有六个交警在"溜达"。

为防"点名"，"罗战神"顶了一个从未来车管所"跑"过的司机的名字，不过，所长并未点名，对多出来一个代表也不计较。所长姓王，是一个高得可能有两米的壮汉，也许在他看来，会议室里的一切都在他掌控之中，没什么可担心的。他看了看腕上硕大的、光芒四射的劳力士表，说："好，现在开会了。"

　　他说："对于司机们误买赃车造成财产损失的事，我作为车管所长——虽然这是在我任职之前发生的，也感到很痛心。司机们都不容易，省吃俭用，攒下一笔钱买车跑出租，结果被骗，我深表同情……对司机们递上来的请求，所领导和交警支队领导都进行了多次讨论研究，今天结果出来了。"

　　他拿起桌面的一张纸，照念："麻天玉、张少祥、吴文波等二十名车主：你们提出要求车管所赔偿购车款的请求，大湾市公安局交警支队经研究决定，不予赔偿……"

　　司机们一个个绷紧了脸。所长接着说："大家有什么想法，可以提出来，我们沟通一下。"

　　"车在你们这里入的户，凭什么你们就没有一点责任？"麻天玉说。

　　"就说你麻天玉吧，你入户时带的证明和发票都是你的名字，我们没有理由不给车子开出行驶证。车管所顶多是工作疏忽，在程序上是没问题的。"

　　什么证明、什么发票？麻天玉莫名其妙。他去入户时，除了身份证，什么都没带去呀。他愣了一会儿才想起，当时黎长富下车时手里拿着几张纸片，莫非就是这些证明和发票？黎长富什么时候帮他伪造了发票和证明？麻天玉为自己的粗心大意感到羞愧。

　　可是，就算车管所辨不出发票和证明的真假，入户时总要查验车上的发动机和车架号吧，现场验车和从网上查验，都不难发现问题的。

　　"已入户的车的相关数据应该都输入了车管所电脑里的，现在都联网了，你们居然查验不出来，难道没过失？说是疏忽说得过去吗？"

　　"如今盗车贼的涂改技术也是十分高超的，我们民警也不是个个都有火眼金睛，不是都能看得出问题。"王所长心平气和地说。

　　"那我呢？我的车买的时候就已有了车管所开的一切牌证，我又错在哪儿了？"张少祥说。

　　"你没错，不等于车管所就有错。"

　　"你们这也没错，那也没错，那是谁的错，是老天爷吗？连赃车都认不出来，要你们有什么用？算了，不说这些没用的了。你们不敢揽责任，我看你们压根就是跟盗车贼有勾结！"一个叫孔志和的司机气呼呼地说。

"我严正警告你，饭可以乱吃，话不能乱说！今天你在我们会议室说说，我可以不追究你，如果你到社会上乱说，非铐起你不可。"

"那我们只有去省里、去北京上访了。"

"对，上访！"

王所长依然镇定自若，"上访很了不起吗？给你们一个建议，你们去上访前，最好问一下那些去过省里、北京上访的人，尤其是那些跑了十几二十年上访的人，都有结果没有。我可以告诉你们，就是去国务院上访，最后你们的上访信还是转到我手里来处理。"

教导员说话了，"各位师傅，大家看问题要以冷静、理智的态度，不能出了事，一概把责任推到车管所身上。首先，你们买的是赃车，你们有没有错？虽然不排除你们有上当受骗的成分，但你们有没有贪便宜的心理？在这种心理驱使下，你们丧失了辨别力而受骗，责任在你们自己，你们都是成年人，应该懂得自己的行为自己负责。"

"车管所是为我们把关的呀，你们把关不严，你们也有责任。"

"首先你这个观念就是错的，车管所的工作不是给你们的车检验是不是赃车，而是对车辆进行管理。再说，刚才王所长也讲了，车管所工作人员不是神，能看出车是赃车。看不出来，也不是失职，这本来就不是我们的职责，何来失职？车管所的工作职能里也没有写着，要负责检验入户车辆的真假……"

"罗战神"一直默默地听，不说话。他悄悄打开录音笔，录下了会议室里所说的每一句话。

会议结束了，所长把《答复》交给了司机们。出了车管所，司机们还舍不得离去，围在一棵樟树下，你一言我一句，可谁也说不出令众人"就这么办"的建议。

"罗记者，情况就是这么个情况了，希望你把这件事曝光出来，帮我们在社会上呼吁一下。没了车，我们就没活路了。"麻天玉说。

"尽量吧。""罗战神"心里感到一种沉重。他能跟他们说，文章极有可能见不了报吗？他们不懂报纸的运作规则，更不懂当下的媒体生存环境，跟他们说他们也不会理解。

回到吉都，"罗战神"开始伏案疾书，写了个通宵，洋洋洒洒四千多字。他刻意淡化了车管所在这件事上的"失职"，而突出了司机们生活的艰辛和买车的不易。他想，先让文章见报了再说，达不达到效果，那是另外一个层面的事了。也许司机们不满意，但他也只能做到这一步了。

第二天上午，报题的时候，他把稿子交了上去。"汪汉奸"粗略翻了翻，说："怎么没报题就写了？你闲得无聊是不是。"

"昨天报题会之后才接到的报料，所以来不及报题了。现在报题也不晚吧，反正这题材早发一天晚发一天都可以。"

"你这题材是负面报道，我也决定不了，看报题会怎么定吧。"

报题会上，他的稿子被毙了。原因就跟"汪汉奸"说的那样，负面报道慎发，至于是不是"汪汉奸"提出来的，就不得而知了。这个结果在"罗战神"的意料之中，他倒不感到惊讶和不解，只是叹了一口气。

下午，他接到了麻天玉的电话，说王所长找到他们，提出在他们另买车入户时，可以免交入户的各种费用，要求他们这事就算了结了，不要再东说西说，更不要去上访。"罗记者，这是不是表明他们心虚？"麻天玉问。

"也许吧。""罗战神"平淡地说，他无心再刨根问底了。

傍晚，他接到了采访中心主任"尿不湿"的电话："'罗战神'，在哪里？"

"在街上。"

"我在海湾角大酒店，过来吃饭。"

"罗战神"感到奇怪，因为自进报社以来，"尿不湿"从未叫他去哪里吃饭，除非是采访中心或报社搞集体活动，可今天并没有活动。他只不过是个普通记者，入不了"尿不湿"的眼。

他脑子里快速琢磨起这事来，觉得蹊跷。一定有什么"托"来了。这在报社是常有的事，一旦记者去哪个地方，采访了非正面的新闻，总会有"托"跟随而来，通过种种方式，跟报社的某个有权人物拉上关系，之后叫此人或把记

186

者的稿压住，或向记者施压，放弃写稿。"罗战神"很多稿见不了报，其中有不少是"托"公关的结果。他对这些"托"是非常讨厌的。

是哪里来的"托"呢？他一时想不起来，这段时间他也没写什么批评稿。难道是大湾市车管所的人？他们这么快就知道了？怎么知道的？

虽然他已经报了题，写了稿，报社领导层不敢发也就罢了，不至于把这事透露给大湾市车管所吧。而且，既然把稿子枪毙了，也没有了告诉他们的必要。谁会没事找事呀，应该不是。

他不想去，于是说："我已经吃过饭了。"

"过来喝几杯也行。有个人，我的朋友，想认识你。"

果然是"托"，他说："我就不去了吧，你们当领导的一块吃饭，我一个小记，上不了席。"

"给脸不要脸是不是？""尿不湿"不高兴了。

"尿不湿"的电话里传来另一个人的声音，"罗记者，我是大湾车管所的王所呀。"

"罗战神"心里一惊，真的是大湾车管所的人。看来最大的可能，是司机里面出了叛徒。太不像话了，我冒着风险，为你们呼吁，为你们争取权益，你们有人竟然出卖我！"罗战神"简直气炸了。

"罗记者，来我们车管所采访也不告知一声，太见外了，哈哈！"王所爽朗一笑，"没有招待你，别见怪哦。"

事已挑破，也用不着隐瞒了，"罗战神"说："王所，是我不好意思打扰你。司机们跟我说了他们的事，所以我就先去看了看，以后有什么情况会跟你们商量的。"

"罗记者，过来坐坐嘛，让我弥补一下昨天招待不周。"

"罗战神"可不想赴这趟鸿门宴，他说："王所，真的不好意思，我已经吃过饭了。"

"那你什么时间有空？我们另约个时间也行，我在吉都要待好几天的。"

"王所，不麻烦了，以后有机会去大湾再说。"

"罗记者，我难得来一趟吉都，给个机会嘛，就见个面也行。"

"罗战神"想，大湾离吉都也就八十公里，说难得来吉都，鬼才信，说不定在吉都房子都有好几套。他猜得出，王所想给他"封口费"，他才不想拿这种"封口费"呢。他是缺钱，但相对于记者的荣耀，"封口费"这玩意儿，他瞧不上眼。

"王所，真的不麻烦了，谢谢你。"

"既然罗记者不肯赏脸，我也不勉为其难了。"王所干笑几声，"罗记者，昨天的事，希望你慎重考虑一下，不要写。"

"为什么？"

"不为什么，就当帮我们维护社会稳定吧。"

"我看不出这事跟维护社会稳定有什么关系。"

"反正我丑话说在前头了，你看着办吧。"王所挂了电话。

王所的话让"罗战神"感觉很不舒服，回到宿舍，心中仍忿忿不平。他打开电脑，调出车管所的稿子，边看稿边想，你们做了错事，还这么狂，有没有天理了？我一点鼠标，就叫你下台，你信不信？

他原想，如果本报发不了，就把这题材转给外省其他报，让其他报来采访。现在，发本报已是不可能了，要不要给别的报？他一时有些犹豫。毕竟大湾车管所已经知道是他采访的，要是别的报派人去采访，车管所肯定把账算到他头上，找他的碴。

会怎么找他的碴？起诉他？没有这可能，因为外报登的稿子不是他写的，最多只能说是他报的料。派人来抓他？应该史没有这种可能，外地警察"跨地"抓记者的事发生了不少起，哪一桩不是反弄得警察灰头土脸的，他们不至于还这么傻吧。

考虑到半夜，他最终决定把这事报给北京一家报纸。不为别的，就为给司机们抱不平；就为释放心中的郁闷，进报社一年多来，他有太多的好题材见不了报，让他觉得这记者当得太窝囊。他把稿子连同相关材料（拍成照片）发进了这家报纸的邮箱。

不想，北京这家报纸没有派记者来采访，而是直接就刊发了他的稿子。他为此担惊受怕了好几天。然而一切风平浪静，没有谁找他的麻烦，也没有谁恐吓他。

他打电话给麻天玉，想了解一下这篇报道的反响，"车管所改变了态度、愿意承担责任没有？"

"没有。"

"有什么部门的人找你们调查了解情况没有？"

"没有。"

这篇报道仿佛一颗小石子丢进水潭里，没有激起一朵浪花。他有些灰心丧气，不惊动有关部门，这篇报道就没有一点价值。他也感到不解，怎么就没一点反响呢？难道有关部门管事的人看不到这份报纸？这可是全国发行的主流大报耶。而且许多网站也转发了，难道有关部门领导都不上网？或者看到了，却视而不见，麻木不仁，甚至跟车管所领导一样的看法，认为没什么"黑幕"，没什么好查的？怎么会没黑幕呢？傻瓜都看得出有黑幕。搞不懂，太搞不懂了。

38 进局子了

"作为一名记者，不去写、不敢写揭露、曝光的新闻，绝不是一个真正的记者，而只不过是一个伪记者。"

几天后的一个上午，"罗战神"接到了一个电话："请问是罗记者吗？"

"是的，你是哪位？"

"我是大湾市的读者，我看了你那篇写车管所的报道。"

"谢谢。"

"大湾的出租车师傅们都说你是个正义的记者，所以我也想向你报个料。"

报料人说，大湾市一家名叫"小神童"的民办幼儿园，有一个叫李小志的小朋友，和一个老师争吵了几句，被这个老师暴打一顿，小孩回家不久，就死了，可是警方却不拘捕这个老师，而是让幼儿园私下赔了十万元给家长了结此事。他怀疑城区公安分局、城区教育局与幼儿园有见不得人的交易。

对大湾车管所的报道没有产生一点效果，让"罗战神"总感到有些遗憾，有些不甘，有些意犹未尽，他略微思考了一下，决定采访这个题材。

"罗战神"去了大湾市，一进"小神童"幼儿园，园长吴成哲已在门口等候了，仿佛知道他要来似的。吴园长带他去了办公室。

"罗记者消息真灵通啊，我这里发生一点小事，您都知道。"吴园长一脸和蔼地笑着说。

"死了人还算小事？吴园长这么不敬重生命。"

"哈哈，言重了。这纯属意外和巧合，警方尸体解剖已表明，与老师打孩子无关，是小孩饮食不当中毒死亡的。"

"我能采访一下当事老师么？"

"当事老师已被我们除名了，我也不知道上哪里找她。"吴园长说，"我希望罗记者不要报道此事，影响不好，我们大湾本地媒体都没有报道。"

"罗战神"从包里掏出笔记本和笔，作为对吴园长的"希望"的回应。吴园长走到他身边，掏出一沓钞票，塞进"罗战神"拉开了拉链的包里，"希望罗记者考虑一下……"

从大湾市采访回来后，傍晚，"罗战神"从报社出来，到附近的一家快餐店吃晚饭，才坐下，突然店外冲进几个男子，闪电般将他按倒在地，动作之迅猛，他甚至还来不及反应。

"罗占生，我们是大湾市公安局的，你涉嫌敲诈，被刑事拘留了。"一名男子说。

"我没有！""罗战神"挣扎着要抬起头来，但控制他的两名男子使劲将他朝下按，他的脸都变形了。

两名男子给他戴上了手铐，押着他上了店外街边停着的一辆小轿车。他们临回大湾时，去了我们吉都报，向莫总出示了警察证件和对"罗战神"的拘捕令，并简要说了案情。

报社领导层迅速作出反应，第二天上午即下发通知，对"罗战神"予以开除处理。接着，召开报社记者编辑紧急会议。会上，莫总语重心长地说：

"报社员工中再次出现了违法犯罪的事，我感到痛心，很痛心！从去年以来，已经有五名记者出事了，罗占生、钟正操、姚清朔、胡大平、方志伟，这是极其严重的现象。我作为报社一把手，没有带好队伍，管好队伍，我也有责任，在这里向大家检讨。

"同志们哪同志们，你们给我本分点行不行？就那么见不得横财吗？我承认，报社经济效益不够好，给你们发的薪水不够多，可这能成为一些记者为非作歹的理由吗？我承认，如今这社会，没有钱万万不行，可是为此就可以去搞敲诈吗？做一个人，要有点志气，有点道德底线，有点法制意识。

"我奉劝大家，睁大眼睛看清楚点，世道险恶，坏人很多。你们戴着顶无冕之王的高帽子，就以为拥有很大的权力，就可以为非作歹、为所欲为吗？我跟你们说哈，记者其实是弱势群体，手上没有枪，也没有公章，谁也吓唬不了，谁都可以踩你们。你没有团队，没有靠山，你只是一个人在战斗。有些老板、官员，屁股是不干净，但不等于就怕你们，有时候给你们点好处，有时候让着你们，只是懒得跟你们玩；一旦跟你们玩，会把你们玩个半死。

"为点蝇头小利，毁了自己的人生，是最不值的。想多挣钱，你们可以多拉点广告嘛，多写点软文嘛，又安全又来钱，何乐而不为呢，为什么非要去搞那些坑蒙拐骗的事，报社不但得不到好处，你们的人身安全也得不到保障。你们正大光明地去采访、去报道、去拉广告，惹上麻烦，报社还可以给你们撑腰，要是搞歪门邪道，谁也帮不了你们。切记啊，切记。"

莫总讲完后，方总接着说："我再一次强调，不先报题，一律不得去采访，若有发现，坚决处分。不要以为报社领导层胆小怕事，总是压制你们，我们这是在保护你们。就像这一次罗占生，如果他先报题了，我们绝对是不允许他去大湾市的，也就不会造成如此严重的后果。"

老总们训话的同时，我一边在想"罗战神"的事，我觉得这事很蹊跷，"罗战神"是个嫉恶如仇、一身正气的人，怎么会玩敲诈这一招呢？绝对不会，反正我相信他不会。报社不应该这么轻率地下结论，于是在老总们讲话结束后，我壮着胆子站起来，说：

"莫总，罗占生的事，我想说说我的看法。"

莫总愣了一下，"你说。"

"我觉得罗占生不会干这种事的，他来报社一年多，平常的言行大家都看得到，他不是这种人。我觉得，他是中了人家的计，遭到陷害。我认为，报社应该成立自己的调查组，对这事进行调查。"

我的话引起了一些人的窃窃私语。莫总说："兄弟，你要搞清楚，罗占生的事是刑事案件，你想干预警方办案吗？再说警方有罗占生收钱的录像，证据确凿，会乱抓人吗？再调查也没有用。至于罗占生以前是一个什么样的人，现在又是一个怎样的人，我不予评价。"

会议结束时，记者编辑们像开完追悼会似的，一个个脸色凝重，默默无言地走出会议室。

晚上，跟悠悠说起"罗战神"的事，悠悠并不感到吃惊，她说晨报有一个记者，前不久也进局子里了，是诈骗。可恨的是，他不是诈那些恶人坏蛋的钱，反而是诈弱势群体的钱。有一群代课老师，被清理后，四处上访也没有解决问题，他们慕名找到他，希望他写篇报道呼吁一下。这位老哥，竟向老师们拍胸口说，他跟市长很铁，能帮他们转正入编，老师们相信了他，给了他六万元。一年过去了，这位大神都没帮成这件事，老师们要他退钱，他只退了一万元，最后老师们向警方报了案。

我问这人是谁，悠悠说叫赵中强。我吃了一惊，这赵中强可是吉都"名记"，以正直敢写为同行称道，曝过好多黑幕，听说几次被恶势力的人砍伤，他也变成坏人了？简直不敢相信。虽说纸媒如今越来越不景气，记者收入越来越低，可也不能因此堕落吧，大不了改行就是，非得从一个好人变成坏人吗？

非得发歪财吗？虽然记者一变坏就有钱，可还有做记者的荣耀吗？

"'罗战神'是很在乎记者荣耀的人，我相信他不可能变成了坏人，这里面一定有名堂。我估计，一定是那个王所长变着法子打击报复。"我说。

"就当个教训吧。"悠悠说，"力波，那种暗访、曝光的事，以后还是少做点吧，平平安安才是硬道理。"

"这我知道。我也劝过'罗战神'，可他不听。"

我感到伤感，如果我当时的态度再坚决一点，力阻"罗战神"去大湾市，也许他可以免去牢狱之灾。

这天晚上，我久久睡不着，脑子里不停地回想和"罗战神"、"钟抄抄"在一起的岁月。报社记者们，虽说都是同事，在同一部门，平常其实来往很少，甚至见面的机会都不多。因为每个人每天头顶上都顶着二点五分任务，早出晚归，各自奔走在全市的各个角落。没有私人电脑的记者，需要到报社写稿，可能还能互相见着，有私人电脑的，除了开会，常常一个星期都见不着。社会部里，我和"罗战神"、"钟抄抄"来往算是多的。没有什么特别的原因，也许是某种缘份，也许是臭味相投，也许是刚来那段日子，我们三个都没有私人电脑，常在办公室碰面，久而久之就熟了，成了哥们。我们都是单身汉，常常在写完稿后，相拥到报社附近的小巷子夜市摊上喝啤酒，交流采访中的酸甜苦辣。相比于我和"钟抄抄"，"罗战神"更热爱新闻这一行，为此我和"钟抄抄"经常打击他，"罗战神"则笑我们，干着新闻活，却没有新闻埋想，只为挣工分，是新闻界的混混。

他说："转型期的当下社会，就像狄更斯那句话说的，这是最好的时代，也是最坏的时代。放眼望去，规则崩溃，道德沦丧，妖魔鬼怪横行。作为一名记者，不去写、不敢写揭露、曝光的新闻，绝不是一个真正的记者，而只不过是一个伪记者。电影《真相至上》里的女记者瑞秋就说：一个真正的记者，心里早就有坐牢的准备。""危言耸听，世道没这么险恶。"我和"钟抄抄"并不认同。

我有几次和"罗战神"搭档一块儿去采访。有一次，他接到一个报料，胡市有一座矿井发生透水事故，死了五个人，矿老板瞒住不报，悄悄赔了死者家属每家十万元了事。他邀我一块去采访，跋山涉水好不容易抵达发生事故的矿井，突然从井洞冲出三只黄澄澄、硕大的老虎，张着血盆大口，直向我们扑来。我们拔腿就逃，遇刺蓬跨刺蓬，遇石漕跳石漕，可是不管我们跑得多快，三只大虎一直紧紧地跟在我们身后。逃啊逃啊，我们慌不择路，跑到了一处悬崖上也不知。悬崖下是深渊，望不到底，我们无路可逃了。就在大虎扑到我们身上的一刹那，我们如狼牙山壮士一般，跃下了悬崖。

"啊……"我们的惨叫声在山谷回荡。

"力波，你怎么啦？"

有个人摇我，我睁开了眼睛，发现我不在山谷里，而是躺在床上。身边，悠悠惊恐地看着我，"力波，你是不是做噩梦了，叫得好吓人。"

"是吗？我说梦话了？"

我说起刚才那个恐怖的梦境，心里依然感到惊恐。我怎么会做这样的梦？我很少做恐怖的梦，有梦也多是一些情色梦，比如梦到一堆赤身裸体或穿开裆裤的女人，我一个接一个地跟她们"嘿咻"。

"肯定是'罗战神'的事刺激到你了。"悠悠说，摸摸我脑门。

"唉。"我叹一口气。我想起了春节回家时，父亲说的那番话，此时感受到父亲的话太对了，他虽然没有在传媒界混过，可有着六十年的人生经历，看透社会，而我，由于报社给了我稳定的工作，让我有了女朋友，便把现实看得过于美好了。

"不要太焦虑了，如果'罗战神'真的是被人陷害，会有公正之神保佑他的。不还有检察院、法院，还有律师嘛，我相信他们一定能看出问题来。"悠悠安慰我。

"但愿如此吧。"我闭上眼睛继续睡去。

也许是"罗战神"的事打击到我了，第二天早上起来，我感到浑身无力，无精打采，心灰意懒，什么事也不想做。本来昨天已跟一个报料人约好了，去采访一个民间发明家的故事，可一点出门的欲望也没有。我只好打电话给报料人，取消采访。

不想采访的事了，给受惊的心灵放个假吧。我上网看了一上午的电影。中午悠悠没有回来，她去参加一个大型活动了，管午饭。我煮了两包方便面，草草填饱肚子，继续看电影。

下午，看电影也看腻了，便去报社溜达。办公室的气氛一如往常，也许同仁们的内心都比我强大，"罗战神"的事一点也不影响到他们工作的干劲；也许他们比我想得开，觉得不管怎样，该干嘛还得干嘛；也许他们觉得"罗战神"太一根筋，才出了事，他们不会像"罗战神"那样去做新闻，所以没有什么好自危的。

半个月里，我差不多处于半玩半做状态，这个月的工分才得了71分，勉强完成当月任务。电影倒是看了不少，近二十年来获奥斯卡的最佳影片都让我看完了。

期间，有几个人找到我报料，想叫我给予曝光，我都拒绝了。我想，还是安全第一吧，要是惹上"罗战神"那样的麻烦，我可承受不起。我承认我怕死，可怕死不是错吧。美国前总统罗斯福说到人的"自由"，其中有一项不就是"人有免于恐惧的自由"么。

39 雷恩自残

然而，雷恩把自慰行为与灵魂的高度联系了起来，与自己的傲然于世的风骨联系了起来，他不允许自己有自慰这种恶俗行为，可他又抗拒不了它

一天下午，我正在写稿，突然接到了冯哥的电话："周记者，你能来一下

医院么，现在，马上。雷恩出事了！"

我吃了一惊，"出了什么事？"

"雷恩自残！"

我的天！

自那次带雷恩出去做"坏事"未遂后，我一直没和雷恩来往，我心里总觉得对他有愧，觉得不该诱他堕落；另一方面，我对他也有些心灰意懒了，不愿在他身上再浪费时间了。不想一个月不见，雷恩却出问题了。

我急忙赶去医院，在急救室外的走廊上找到了冯哥。我问："冯哥，雷恩伤了哪个地方？"

"两个蛋没有了。"

蛋？什么蛋？我一时没反应过来。冯哥见我发愣，又说："雷恩要把自己阉了。"

我靠，太生猛了吧，还真有人敢对自己的"家伙"下刀？我一直以为，只有狂人才会做这样的事，如想当太监的人，如想练就绝世武功的东方不败。"小弟弟"是男人的立世之本，哪个男人不爱它、呵护它？前几个月，我们社会部一个同仁写过一篇报道，说一个男人因为出轨，被老婆知道后，备感愧疚，恨死了自己的"老二"，一刀把它割了。前不久，网上出现过一篇报道，说泉州安溪县一个十七岁男孩，小鸡鸡老爱无缘无故地勃起，即使大白天在公共场合也照勃不误，为此没少被人误解、取笑，让他苦恼不已，他一怒之下，把小鸡鸡割了。我一直怀疑这两篇新闻是编的，没想到现在我身边真就发生了类似的事。

虽然这事挺残酷，我一时却被逗得笑起来。

"事情搞砸了。"冯哥神情颓丧。

我忙收住笑，心里也感到紧张，意识到事情的严重性。我猜不准是不是因为我带他去做"坏事"惹的祸，如今他变残了，他母亲、哥哥会不会怪罪于我们？尽管他这辈子结婚的可能性很小很小，可也有结婚的可能性存在，现在一点可能性也没了。

半个多钟头后，医生处理好了雷恩的伤口。听到雷恩的喊声，冯哥进去，扶着他慢腾腾地走了出来。我对雷恩不知说什么好，不愿说对不起（是不是我的责任还无法确定），也不好安慰他（如果是我的责任，我安慰他就太虚伪了），我帮着搀扶雷恩走向医院大门，在门口打了辆车回去。

雷恩家里的客厅，洒了不少血。矮茶几上，堆了一堆浸着血迹的棉纱，还有一圈胶布，还有一把水果刀，展示着刚才发生的悲剧。冯哥找来拖把，清洗地上的血迹。我陪着雷恩坐下来后，问：

"雷恩，有什么想不开的事，可以跟冯哥和我说呀，干嘛要做这么极端的事。"

"一件小事，没什么。"雷恩勉强一笑说。

"怎么能说是一件小事！你把男人最关键的东西都废掉了。"

"不做男人也罢。"

"算了，周记者，不说了。"冯哥止住我。

其实我又能说什么呢，说什么也没有用了，事情已无法挽回。唉，事情怎么会变成这样。要是能预知这样的结果，当初打死我三回我也不会来写雷恩的故事，不会一而再、再而三地试图帮他重新振作起来。报社能有几个记者像我这样，对当事人这般热心，简直是太热心了。人家都是写完一篇报道后，这件事就完了，当事人是好是歹是死是活跟记者完全没有关系了。记者每天有那么多新闻要去写，有那么多工分要去挣，如果写了一篇新闻之后，还要继续为新闻当事人做点什么，比如帮助他摆脱困境，帮他找出路，那记者还不得累死。我偏偏就做了一回这样的傻记者。如果有效果倒还罢了，偏偏帮了倒忙，让事情变得更坏。

清理工作结束后，我把冯哥拉到阳台，问到底怎么回事，冯哥说："唉，那天真不该带雷恩去发廊。"

没人能想象那天的"发廊之行"给雷恩身心带来的刺激。

那天雷恩在发廊里的心态，说惊恐万分是一点也不过的。他从未进过那种发廊，也从未接触过那种女孩子，更别说在三个陌生的女孩子面前赤身裸体，如果是自己主动赤身裸体倒也罢了，却是被三个女孩子强行扒得一丝不挂的，之后他赤裸的身体又要面对三个赤裸的女人，面对三个赤裸女人的撩拨。这对一个风流成性的男人来说，是狂喜，是兴奋，是享受，但对于雷恩来说，却是羞辱，是恐惧，是摧残。这样说很多人也许还不理解，如果设想雷恩是一个未见过世面的女孩子，而那三个小姐是三个淫荡的坏男人，我想很多人就会理解雷恩的心态了。

事实上雷恩不是女孩子，所以，雷恩在有类似一个女孩子掉进狼窝的那种体验之外，还产生了另外一种感受，那就是，他沉睡多年的性意识被唤醒了。

雷恩五年以前的那场恋爱，只能说是精神恋爱。其实很多男人的初恋何尝不是精神恋爱，有的人初恋早，在十五岁就有了第一次恋爱，有的人初恋晚，二十多岁才恋爱，但心态上大都是精神恋爱大于性爱。当你和一个漂亮的女孩在一个被窝睡了一晚上，却什么事也没发生；当你和一个可爱的姑娘单独在一起，一个晚上除了聊天，什么也没做，这种傻事只有在初恋的时候才做得出，是不是？雷恩26岁才开始初恋（估计他此时的心理年龄仍是16岁），虽然晚了些，也要经历初恋的那种心态，他对小依的爱，更多的是一种精神上的依恋，而非性的吸引；更多的是对从小缺乏的母性关爱的渴望，而非性的需要。

自这次与三个赤裸的女人赤裸相对后，情色伴随了雷恩的睡梦，他的梦里总是出现裸体女人，出现女人的性器官，总是出现他与女人发生性关系的场景。每天早上醒来，他总是伴随着一种强烈的渴望，与女人交配的渴望。而今，性欲布满了他的全身。

他忍不住自慰了。

自慰给他带来了从未有过的快感，他迷恋上了这种快感，无法抑制。本来他的生活就极度无聊，无所事事——没有工作做，没有电视看，没有朋友一块玩，在家的时间远远多于出门的时间，这样的生活使这种快感放大了，抑制它的力量更弱小了。他成了自慰的奴隶，每天都做一次以上。

在一度沉溺后，渐渐地，自慰也给他带来了从未有过的焦虑，每一次，当自慰以后，他总会感到巨大的空虚，进而懊悔，身体内的五脏六腑，还有思想、意念、精神都被掏空了。其实自慰后的焦虑，是每个有过自慰行为的男人都有的心态，也就那一阵子，过了就过了。然而，对于极度无聊的雷恩来说，这种感受却更强烈。

更要命的是，雷恩对自慰行为是持排斥态度的，他自认为是个洁身自好的人，不与众人同流合污，怎么能做这种无聊的、没有意义的、属于恶习的事呢？他不懂得，正是他的极度无聊，导致了自慰行为无法控制。

雷恩开始跟自己搏斗，每天，他都要命令自己，不能再做了，然而，"瘾"上来的时候又把自己的告诫抛到了脑后。每次做完之后，他对自己说，这是最后一次了，可第二天第二次接着又来了。这样的恶性循环，把雷恩弄得痛不欲生。

他意识到自慰变成了附在他身上无法摆脱的恶魔，要摆脱它只有一个办法，那就是切断这个恶魔的动力源。

自宫！雷恩产生了壮士断腕的悲壮。

许多人也许对雷恩这种极端行为无法理解，但我是能理解的。他是一个有着高度精神洁癖的人，虽然他有着很高的文化学识，应该知道自慰是男人的正常行为，大多数男人或多或少都有过自慰行为，甚至有过自慰行为的女人也不少，然而，雷恩把自慰行为与灵魂的高度联系起来，与自己的傲然于世的风骨联系起来，他不允许自己有自慰这种恶俗行为，可他又抗拒不了它，自宫不得不成为他最后的选择。

历史上，因为自慰而引发的悲剧太多了，以致1860年，有个法国医生说："世界上，被自慰这种恶习害死的人，要多过死于历次战争的人，多过死于各种瘟疫的人。"有一本名叫《自慰：一种巨大恐惧的历史》的书上就记载了很多病例，雷恩也成了陷入自慰怪圈的一员。

雷恩买回来了酒精、棉签、纱布、胶布、外用麻醉药，还有一把手术刀。

在实施自宫行动之前，他还是犹豫了很久的，主要考虑的是以后结婚生子问题。自宫以后，肯定是无法结婚生子了。可是，今后的人生里，他有结婚生子的可能吗？他知道自己现在已经是废人一个了，连自己都养活不了，会有女孩愿意嫁给他吗？这样的可能性太小太小了，除非有个很有钱的女人看上她，而且他也能喜欢她，这种可能性现实中存在吗？几乎不会存在。就算世界上真有这样一个女人，可他整天宅在家里，也遇不上他；如果世界上真有这样一个女人，在他的事见报之后就会找上门来了（比如那个他讨厌的小赵）。没了结婚的可能性，这玩意儿留着有什么用呢？与其留着它没完没了地折磨自己，不如一刀结果了它省事。

这样想着，雷恩坚定了决心，他挥刀狠狠地扎了下去。

让他没想到的是，自宫之后血流不止，纱布包上去很快就被血浸透了，包了一层浸透一层，换掉重包，还是被浸透，接着他感到头晕。他知道这是失血过多造成的，再这样下去命都要没了。他不得不忍着痛，慢慢地挪到冯哥的家门口，叫冯嫂打了冯哥的电话……

40 要给雷恩变性

唯一的一条路，只有把他从男人变成一个女人了。如果不对他进行改变，他就是一个彻彻底底的废人了

傍晚，我约上冯哥，沿着吉都大道宽敞、美丽的人行道散步，就像他上次约我散步那样。我们一边走，一边为雷恩今后的命运担忧。

"冯哥，我有个想法，不知可行不可行。"

"什么想法？"

"要是给雷恩变性，你觉得怎么样？"

"变性？什么叫变性。"

"就是把雷恩变成个女人。"

"我的天！"

我生出给雷恩变性的念头，是在几天前。雷恩自残的行为，把我弄得紧张不已，仿佛是我自己自残了一般；又像是犯了罪一样，整天害怕会有人来抓我。要是他哥哥、他母亲知道了这件事，怪罪于我，追究我的法律责任，我可怎么办？几天里，我心烦意乱，什么事也不想做，什么事也做不成，我只好上网看电影，或到一些论坛乱发帖子，逮谁骂谁。

突然，一道亮光在屏幕上闪了一下，如一道微型闪电。我觉得奇怪，显示器上怎么会发生闪电呢？我检查了一下电源，又摁了摁屏幕上几个摁钮，都没发现异常。接着屏幕上再次出现了一个亮点，并扩大，但不是呈闪电状，而是呈圆圈式地不断扩大，如原子弹爆炸一般。我注意到了亮点的源点，那是一条新闻前面的黑点（许多网页的新闻列表每一条标题前都有一个小黑点，作为提示符号），黑点后面的新闻标题是，"河莉秀来华演出"。

我知道河莉秀是韩国一个红得发紫的女明星，其实她原来是个男艺人，不算太出名，变性成了女人后迅速蹿红。有时候一个人就这么怪，当他是一个男（女）人的时候，怎么闯也闯不出名堂，可变成了另外性别的人，命运立马就改变了。

我想到了雷恩，在困顿中挣扎的雷恩，如果他也变性会怎么样？我被这个想法吓了一跳，觉得这个想法太不可思议了。可是，可是，真的就不可思议么？雷恩就不能变性？那么多人都可以变性，凭什么雷恩就变不得性？

雷恩自己不是说过"要能变成另外一个人多好"么，他厌恶自己的现状，他渴望改变自己，他还能怎么变？他变好不了，变坏不能，从精神的角度是无法改变他了，连心理医生都下了结论，他的心理障碍治不好了。唯一的一条路，只有把他从男人变成一个女人了。如果不对他进行改变，他就是一个彻彻底底的废人了。不如趁这个机会，从身体的角度改变他，反正他现在也不是一个完完全全的男人了，变成女人也就是捅破一层纸的事。

他从男人变成了女人，不但相貌改变了，别人认不出来了，他的社会角色意识也会跟着改变，困扰他的种种精神环境也就不存在了，他以往的种种心理障碍、心理疙瘩应该也会随之消除。

这般思考几天后，我最终做了让雷恩变性的决定。感谢电脑屏幕上的那道神秘的耀眼的闪电，或那颗莫名其妙的虚拟原子弹，它像冥冥之中的神谕，启发了我的思维，让我找到了解决雷恩问题的钥匙。

我详细地说出了我的想法，冯哥一边认真地听，一边郑重地思考，他说："能确保雷恩变性后，一切都能改变么？"

"要说百分之百的把握，我不敢说。未来的事谁能保证？但是起码说，变性后他还有改变的可能，不变性，他什么改变也不会有。我也找了一些相关书籍和资料看了看，好多变性人在变性前都活得痛苦不堪、半死不活的，但变性之后，整个人的精神状态和性格完全变了，活出了人生的精彩。有的人变性之后还结了婚。就说雷恩吧，他不变性，肯定是讨不到老婆的，变性之后，说不定会有人娶他，嫁了人，就算他还是不愿工作，也有人养着他。何况他现在男性能力也废了。"

"也是，死马当活马医吧。"冯哥最终同意了我的想法。

说实在的，虽然冯哥是个热心人，但雷恩现在已成了他的烦恼和负担。他愿意帮助雷恩，可这样没完没了地帮下去（等于说是半养着他），谁承受得了呀。如果他是个千万富翁，那一切没问题，但他自己要花钱的事也是一大堆，小超市缺乏资金，他岳母中风卧病在床，老婆也没个稳定工作，儿子正上初中。老婆因为雷恩的事还跟他小吵过几次。可是如果放弃不帮了，看着雷恩活得人不人鬼不鬼的，他又不忍心。如果有一个办法能让雷恩改变，做到自食其力，他觉得试一试也好。

"要不要让雷恩的哥哥知道？"我问。

"我看算了吧。"

雷恩自残这件事，冯哥也打电话告诉了雷德，雷德听了，没有任何反应，他平静地说："我已经当他死了，他爱怎么着就怎么着吧。"冯哥希望让他妈妈也知道，但雷德拒绝说出她的下落，说："你觉得告诉她有意思吗？除了让她哭一场，还有什么用？"

接下来要做的事，就是做雷恩的思想工作了。雷恩会同意吗？说实话，我没多大把握。一个活了31年的男人，不做男人了，要改做女人，没几个人能转得过这个弯。雷恩变性跟其他要变性的男人不同，这些人，大都存在性别意识倒错的问题，一直认为自己本就是个女人，是上帝弄错了，让他披着一副男人的皮囊，变性前这些人都是以女性的角色生活着，如跟女孩混在一堆，如穿女人的衣服，如对心仪的男人有爱慕的情怀，而雷恩，是个纯纯正正的男人。虽然现在成了半个男人，但也只是身体上的，他的性别意识还是男性。

但是不管怎样，他只有变性这条路可走了，如果让他认识到这一点，劝服他就不是难事。再说，他不是渴望自己变成另外一个人吗？变性就是把自己变成另外一个人的最有效的手段了，为什么就不能接受呢？

经过几天疗养，雷恩的伤基本上痊愈了，没什么大碍，还能站着撒尿；而且，冯哥天天煮大鱼大肉给他吃，把他吃得脸上红润红润的，泛着油光，如新郎一般。

我在他面前坐下来，摆出一副长谈的架势。我问："雷恩，对今后有什么想法？"

雷恩不解地看我，"我还能有什么想法。"

"你不是一直渴望改变自己吗？"

"我能改得了早改变了。"

"不，你正在改变。"

"你不是说我切了自己吧，这也算改变？"

"对，这也是改变，只是改得还不彻底。"

"你是说，我还要全部割完？"

"也可以这么说吧。"

"你这个人，全割完了我怎么撒尿。"

"蹲着撒。"

"你想笑我，你就笑吧，尽管笑。"

"我不是笑你。跟你明说吧，你有没有想到过变性？"

雷恩又是一脸不解的神情。我说：

"雷恩，你现在也做不成男人了，我想，干脆彻底点，做个变性手术，变成个女人吧。"

"变性？"

"对，变性。"

"变性！"

雷恩显然被我的话雷到了，红润的脸色一下子变得煞白，就像只偷了几千块钱的小偷在法庭上听到死刑的判决。

"你现在离女人也就半步之遥了。"

"可我现在还是男人的形象。"

"你觉得你现在这个男人形象有意义吗？一点意义也没有，要说有，也只有负面的意义，把你压得抬不起头来。"

雷恩沉默了，我知道戳到了他的痛处、他的隐秘的角落，我接着说：

"变性有什么可怕的，现在医疗科技发达，变性已成为常态手术，不要说普通人，就是名人变性的，也多的是，比如著名舞蹈家金星，比如韩国歌星河莉秀，人家都不怕世人非议，你一个普通人，又有什么可害怕的，有几个人认识你。何况，你变性之后，你的同学、朋友、家人都不认识你了，还怎么非议你？他们最多只是觉得奇怪，怎么不见雷恩这个人了？这更没什么，你现在以雷恩的身份活着，他们也不来看你，不跟你来往，他们早当你不存在了，你还担心他们议论你干什么？他们已当你消失在他们的世界了，你索性就变个性，真正地消失于他们的世界……"

我又变成了《非诚勿扰》里的秦奋，在神父面前说个滔滔不绝。雷恩扭过头看冯哥，大概是想征求他的意见，冯哥说："我觉得周记者说的有道理，你现在活得人不人鬼不鬼的，就是因为你太在乎你雷恩的形象了，要你改你又改不了，不如让现在的雷恩消失掉，做另外一个人。"

我接着说："我相信你变了性，会起到化蛹为蝶的效果。新的你，将会放下以前的所有包袱，或者说以前所有的包袱将不复存在了，你将走上另一条人生之路，崭新的人生路。这样的例子并不少，著名舞蹈家金星，知名模特陈莉莉、刘晓晶、秀儿、梦琪，还有韩国明星河莉秀，都是在变成女人后，才走上了自己人生的巅峰。"

"让我想一想。"

这个晚上，雷恩散了一个晚上的步，估计走的路程不下六十公里。一个晚上按八个小时算，每小时预设想六个问题，足可以思考六八四十八个问题了。他想了很多，这是肯定的，只是我不知道他想了些什么。这个晚上，我也一夜没睡好，心里直忐忑，有时担心雷恩不同意我的建议，那么我对雷恩就无计可施了，拯救雷恩的愿望彻底落空；有时又觉得这个建议对雷恩太残忍了，一个活了31年的正常男人，突然之间要改做女人，一般人搁谁都不愿。

第二天早上，雷恩打了我的电话，他说："我同意做变性手术。"

"真的？太好了。"我惊喜得差点一拳击向窗户玻璃。

"可是，我没有钱。"

"这个你不用担心，我和冯哥想办法。"

41 骗父母八万

雷恩仿佛是来挑战我的，挑战我当记者的极限。你说，不把他的事解决，我能甘心吗？

我和冯哥开始奔跑于各个医院，了解变性手术的相关资讯。然而，得到的信息却很不乐观。

首先，做变性手术的门槛很高，或说要求很严，不是想做变性手术就能做的。一家医院的整形外科主治医生告诉我说："患者必须患有多年的易性癖，经过多次心理治疗仍没有效果，并且以这种性别身份生活两年以上，我们才可能考虑给他（她）做变性手术，雷恩显然不符合这个前提。"还有一家医院的整形医生，简单地听了我的介绍，就断然一口拒绝，说："简直是胡闹嘛，做变性手术不是割包皮。"

另外一个摆在我们面前的难题是，做变性手术耗资巨大。我们走访了三家医院，了解到做变性手术的费用大概十几万。我们哪来这么多钱？我存折上的存款不到一万元，冯哥连一千元也拿不出。他虽然开着一家小超市，但生意惨淡，平日连维持一家人的生活都勉强，同时还要给岳母治病，几乎是囊中空空，他的小超市都有一个月没进货了。

怎么办，怎么办？

"还是算了吧。"冯哥有点想打退堂鼓了。我理解冯哥，他一个中年人，上有老下有小，而且中年人多了份理性，少了点激情，遇什么事往往前怕狼后怕虎。

可我却很不甘心，我折腾了这么久才想出这个可以有效地、一劳永逸地拯救雷恩的点子，怎么能让它还没实施就胎死腹中？

也许，我跟自己较上劲了？

入记者这一行一年多，写了新闻五百多篇，得到过我帮助的新闻当事人少说也有二三十人，他们或在我的新闻报道推动下，或者经我牵线搭桥，所要反映的问题得到了解决，从困境中走了出来，这让我感受到当记者的荣耀，感受到自身的价值。

可是雷恩，让我遇到了一个扶不上墙的新闻当事人，多让人扫兴。雷恩仿佛是来挑战我当记者的极限。你说，不把他的事解决，我能甘心吗？我心里能舒服吗？能不让人心里憋着一股气吗？

我也很久没写对社会有干预价值的新闻了。不是我不想写，是写了好几篇都发不出来，当然，也有不敢写的时候。我没有"罗战神"那么大胆，那么神勇，当接到一个报料，我会先评估它的风险，如果风险过大，我只能放弃。可是，很久没有帮到过一个新闻当事人，我又产生失落感，又会手痒。这真是一种悖论，不知这是不是一种"记者病"。

别人不让我做轰轰烈烈的新闻报道，不让我做拯救社会的事，得，我服，现在我拯救一个对社会有益、于有关部门不敏感的病人总可以吧。再不做点有社会意义的事，我也成闲人一个了。

我清楚，在雷恩这件事情上，我濒于疯狂的状态，可是我刹了不车，再说，我不把雷恩的事了结了，他老是来"纠缠"我，约我满城去散步，一夜走六十公里，也让人烦。拯救他，也是为了拯救自己。

我对冯哥说："冯哥，在我没报道雷恩之前，雷恩的事是你一个人的事；如今我介入进来了，拯救雷恩就不只是你一个人的事了，同时也是我的事。你退出我没有意见，但我不会放弃。"

冯哥被我感动了，说："周老弟，你一个外人，对雷恩都这么关心，我岂能丢下他不管。我也要管到底！"

我们继续寻找医院，本地不行，我找外地。我天天上网查，一个城市一个城市地查，查找有做变性手术的医院或医疗机构，然后打电话咨询，以最大程度的诚意恳求他们给雷恩做变性手术。

国营医院拒绝，我们就找民营医院，最终我们在吉都找到了一家民营大型整形美容中心，主管变性手术的王医生是一位刚从国营医院退休下来的老医生，曾做过上百例变性手术，也许多年的专业经历使他拥有与众不同的人生体验，他没有先入为主地拒绝我们，而是详尽听完我们的诉说，并对雷恩的遭遇表示理解，但他也很谨慎，考虑再三后，说："这样吧，你们先去五医院做个诊断，确认雷恩没有精神病，然后到派出所开个证明，证明雷恩没有犯罪记录，我们可以考虑给他做变性手术。"

我和冯哥兴奋不已，事情终现曙光了。

王医生的这两样要求倒不是很难做到。我去找上次报道雷恩的时候采访过的那个张教授。我是带着雷恩一起去的。以前我也曾试过带他找张教授给诊诊，他死活不肯，这一次，他大胆地出现在张教授面前，这也说明，雷恩正在努力改变自己。

张教授听说我们是为给雷恩变性而来，十分惊讶，劝说："年轻人，做事不要走极端，极端的行为往往产生极端的后果。"

我说："张教授，有一个成语叫做矫枉过正。雷恩现在就处于极端的负面状态，只能用极端的办法才能把他矫正过来。"

张教授和雷恩足足谈了一个下午，不仅检验他的精神状况，也对他进行心理治疗，试图做一个心理医生最后的努力，但他还是失败了。雷恩对人生的挫败感已深入到他的骨髓，九牛头也拉不回来了。他给雷恩开了无精神失常的诊断书。他说："我对雷恩做了变性手术后能不能改变持怀疑态度，但我希望他能获得新生。"

去派出所开证明就顺利多了，警察只调出雷恩的档案一看，几分钟就开出了证明。不过，还有一件事还得再麻烦派出所，就是雷恩变性后身份证信息的变更。这事得预先敲定下来，要是雷恩做了变性手术后，派出所不肯改写他的性别，他就成人妖了。我跟丁所长套近乎，表示要给派出所写一篇正面报道，但丁所长很能经受得住诱惑，听了我的要求后，说："派出所无法决定雷恩的性别，如果医院能开一份证明雷恩的性别已变更的函给我们，我们就改，可以吧。"这样的答复，也等于同意给雷恩变更性别了。

接下来，就是筹集资金了。整形中心给了优惠价，仍需要十三万元。这对于我和冯哥来说，都是天文数字啊。

"要不，卖掉雷恩现在住的房子？"冯哥说。

这倒是个不错的办法，以吉都现在每平米一万二的价格，雷恩的房子有六十多平米，可以卖得七十力，雷恩不要说做一次手术，做五次变性都够。跟雷恩一提这事，雷恩似乎豁出去了，几乎没犹豫就同意了。

可是，一看房产证，我们却傻眼了。房产证是雷恩父母的名字，父亲去世了，母亲下落不明，这房子如何卖得了？

不过这事也给了我启发。我想，我要是以结婚买房的名义，问父母拿个十万八万的，是不是可行？我和悠悠恋爱同居的事，还没跟父母说过。不过让父母知道我恋爱了也不难，带悠悠回家一趟就可以了。可是，当着悠悠的面跟父母要钱，这钱到了我手上，也跑不出我手心，跑得出我手心，也只能是跑进悠悠手里。

一心不能二用，我决定先带悠悠回家，之后再通过电话问父母要钱，这样该稳当吧。

"悠悠，我爸妈想见你，敢不敢见见未来的公公婆婆？"一个晚上，在床上哄得悠悠十分开心后，我说。

"你怎么把我们的事告诉你父母了？"悠悠一脸委屈，噘起嘴。

"不告诉我父母告诉谁，告诉我叔叔婶婶呀。"

"切。我是说，用不着这么急嘛，我们在一起才几个月。"

"哦，你的意思是说，我还没过你的考验期，你随时都有可能抛弃我。"

"不许你胡猜。"悠悠用手指顶我的额头。

"你父母都见过我了，我父母不能见你，不公平嘛。"

"我没叫你去见我父母啊，是你自己送货上门的。"

"我送货上门都去了，现在我盛情邀请你，你更应该去了。"

"不去。"

我一个翻身骑到她身上，抓住她的两只手，吓唬她，"你去不去，你不去我就和你嘿咻一夜，把你折腾得死去活来。"

"咯咯咯……你来呀，让我见识见识你的厉害……"

我们两个快乐地扭成一团。快乐之后，悠悠答应了回我家。

第二天是星期六，我和悠悠高高兴兴地踏上了回天南县的路程。这一天的天气很好，太阳笑容满面，让人感到无比温暖。

父母早已杀鸡宰鸭等候了。二老见到悠悠非常高兴，当父亲得知悠悠也是记者时，似乎忘掉了上次他对记者行业的担忧，一个劲儿地夸当记者好。悠悠在我家也过得很快乐，嘴甜得"伯父""伯母"唤个不停，一点不生分、不羞怯。父母对悠悠很满意，认定她是个懂事、乖巧的女孩。

回吉都几天后，我打电话跟父亲说，准备和悠悠结婚，打算买套房子，交首付还缺点钱。父亲说："爸一辈子都是当工人，存不下多少钱给你，现在手上只有八万块，不知道够不够。买不了大房子，就先买套小房子吧。"

我听得鼻子发酸，"爸，够了。我以后挣了钱还你。"

"孩子，不要说这样的话。你成了家，爸就没什么担心的了。好好过日子，不要去想挣大钱的事，这种事不是你想得了的。"

与此同时，冯哥把他的小超市转让了，得了五万。我们提着这十三万，将雷恩送进了医院。

42 悠悠辞职了

"为什么很多以前下海创业的白领、技术人员，陆陆续续都上岸，回大公司上班去了？还有，为什么现在大学毕业生考公务员这么火爆？原因就在于，如今创业很难了！"

我一门心思忙于雷恩做变性手术的事，没有注意到悠悠工作中出现了一些状况。

悠悠回来得越来越晚了，有时候晚上八点多，更多的时候差不多到了十点。我以为是她要亲自写稿的缘故，心里有些内疚。这段时间，我为雷恩的事东奔西跑，下午基本上都不在家里，自然无法为她代笔了。我不敢跟她说雷恩做变性手术的事，只说报社搞了几个策划，每天下午都得去报社一边讨论、一边写稿，顾不上她了。作为同行，她不可能不懂这些，所以她对我的说法没有任何怀疑。

"你就放心去吧，我当你的徒弟半年了，该出师了。"悠悠爽朗地答复我。

总是弄到这么晚才回家，看来她并没有真正出师。我看在眼里，急在心上，可我也没有三头六臂，只有忙过这一阵再说了。

悠悠回到家后，似乎神色也不太好。往日她回来，要是看到我在家，一定会快乐地扑过来，跑到我背上去，跟我闹上半天才肯停歇。现在回到家，一脸疲倦，心事重重，全身都罩着一股寒气，也不跟我闹了，四仰八叉躺到床上，看着天花板发呆。

"稿子实在难写的话，完成七十分就算了。"我劝她，"我有吃的，决少不了你碗里的。我养你。"

"没事，"悠悠倒安慰我，"能应付得了。"

有时候，她会问一些奇怪的问题，有一天她竟问我："跑跑哥，你说，女人应不应该有自己的事业或说追求？"

"应该有啊，男人就是女人一辈子的事业。"

"切，拾人牙慧。"

"不好说。"我作深思状，"现在连找一份工作都难，谈何事业。我在一篇访谈录上，看到一个经济学专家的话，说现在各个行业都已被大资本垄断，所以普通人要想创业已非常难，只有富二代才有资格谈创业，穷人只有老老实实上班的份。为什么很多以前下海创业的白领、技术人员，陆陆续续都上岸，回大公司上班去了？还有，为什么现在大学毕业生考公务员这么火爆？原因就在于，如今创业很难了。"

"现在的专家都成砖家了，只能信一半。"

"你难道想自己创业不成？"

"瞎想罢了。"

看到她实在太累，我想尽可能地帮帮她吧，不能每天帮她写稿，但接她回家总可以吧。晚上若空闲下来早，我会打电话给悠悠，要是她还在办公室，我便去她报社楼下，等她一块回家。我往往等了她个把小时，她才会背着包下楼来。

回家的路上，悠悠总是静静地坐在后架上，双手紧紧抱住我的腰，一言不发，我怕她不知不觉睡着了，便找出各种各样的话题跟她说话。

一天晚上，悠悠对我说："力波，我想辞职。"

我惊诧，"为什么？"

"唉，做得一点都不开心。"

"悠悠，对不起，这段时间我很忙，没能帮到你。过了这一阵子，就好了。"

"力波，不关你的事，这是我自己的原因。"

"以前你不是说，在报社工作很理想么，起早起晚都行，做多做少由自己，怎么现在却不开心了？"

"以前总说做记者自由，其实做记者最不自由了。是的，做记者起早起晚都行，写多写少由自己，可是你写的文章发不发得出来，却由不了自己。"

作为记者，发不出稿子，是很失败的，对此我深有感触。"又有稿子发不出来了？我觉得这几个月你进步很快，写出来的稿子已经达到你们晨报一般记者的档次。再说，对待记者的稿子，应该是能上就尽量上嘛，怎么能把记者的稿子等同于通讯员的稿子，爱发不发，那还要记者干嘛。你们晨报也太不公正了。"

"不关晨报的事，是个别人刁难我。"

"谁？"

"……就是那个'白眼狼'。"

"你得罪他了？"

"可能吧。"

我奇怪，悠悠这样一个秀外慧中、温文尔雅的人，怎么会得罪人，而且还是编辑中心主任！编辑中心主任是能随便得罪的么，就是得罪老总也不能得罪编辑中心主任啊，俗话说，现官不如现管，编辑中心主任虽然不是报社领导，顶多是中层干部，但他具体管着记者的发稿权啊，也不是百分之百管着，但就是管着百分之二十也够你喝一壶的。

得罪编辑中心主任可不是小事，在我一再追问下，悠悠半遮半掩地说出了令我瞠目结舌的原因。

"白眼狼"其实也是一新闻民工，六年前，他从外省来到吉都市闯荡，在晨报从记者干起。报社是人员流动最频繁的行业，三、五年下来，报社员工的面孔差不多都换完了，但"白眼狼"沉得住气，一直坚守在晨报，因而得以不断补缺，补编辑的缺，补版面主编的缺，补编辑中心副主任的缺，两年前，原编辑中心主任离去，他又得补了这个缺。

"白眼狼"来吉都之前就已娶妻生子，但老婆一直没有跟来，他一年里也只有在两个黄金周才有时间回家探亲。可想而知，他这妻离子散的日子是多么难熬。这些年，"白眼狼"或长或短有过几个情人，其中甚至有晨报的同事，晨报许多人都知道。

最近这几个月，"白眼狼"一直没有情人。文静秀气的悠悠一进报社，他就对她一见钟情了。这就是为什么悠悠的稿子写得那么差，还夹杂着不少英文，也能被采用（最初我还以为是老总看上她呢，冤枉他了）。渐渐地，"白眼狼"明里暗里向悠悠示好了。

只是悠悠很快投进了我的怀抱（如果我没有成为她的男朋友，悠悠会不会做他的情人很难说），她对"白眼狼"的暧昧也就装不懂了。"白眼狼"见勾引不奏效，开始给悠悠"鸭梨"吃，对她的稿子横挑鼻子竖挑眼。悠悠既不是中文系、新闻系毕业的，也不是写作天才，稿子存在许多不足是肯定的，于是稿子隔三岔五被毙掉。

开始时，悠悠采取的是隐忍的态度，一声不吭，精益求精，想以更好的稿子对抗他的封堵。但她本身水平有限，而"白眼狼"的文字水平又比她高出好几个段位，无论她怎么精雕细琢，"白眼狼"总挑得出一大堆毛病，而继续毙她的稿，后来悠悠忍无可忍，直接拿了稿件去找老总，质问稿件差在哪了，为什么白主任不给刊发。晨报老总其实也还挺关怀自己员工的，打电话给白主任，交待他"还是尽量安排记者的稿子"。

可是不可能每一篇稿都找老总吧，不可能每天都去找老总吧，何况悠悠的实力也确实不怎么样，所以她的稿子还是经常出不来。上个月，悠悠才得了六十分。悠悠为此郁闷不已。

编辑中心主任要打压一个记者很容易，三个月不让他完成工分，他就得老老实实滚蛋。我感到事态的严重性，也感到气愤。他娘的，这些垃圾男人，为什么有了点权，就要跟女人过不去，就要当禽兽？

唉，这个社会，有太多的潜女孩子的恶行。女演员想演戏？行，让导演潜一潜；女营销员想得到订单？行，让经理潜一潜；女干部想升官？行，让领导潜一潜。大家活着都不容易，同是给大老板打工，何苦为难自家姐妹呢？

我感到忧伤，为给不了她坚实的肩膀，为不能让她快乐地生活。

"辞了职又做什么呢？现在工作这么难找。"

"我想开一家台湾奶茶店。"

"为什么想到开台湾奶茶店？"

"你没见近段时间，吉都街头冒出好多家台湾奶茶店吗？我打听过了，是一个台湾老板过来开的连锁店，只要你申请加盟都可以加入。而且开家台湾奶茶店不需要多少投入，店面只要十来平米就可以了，原料费也不需要多。我算了一下，盘个店面下来，大概花三万，装修加设备大概花三万，流动资金有一、二万元足够了。所以，只要七、八万元就能开店了。"

八万！我的老天爷，我刚从父母手中骗了八万，给雷恩做手术了。天底下有些事就这么巧。如果这八万元还在我手上，悠悠想辞职开店，我举双手赞成，这八万元绝对交给她开店，可是，局面已无法挽回。

"你一个记者，本科文化，去当小店老板，屈才啊。"

"有什么屈才不屈才的，当记者是就业，开店也是就业，没什么不同，我听说开台湾奶茶店的，有一个还是博士呢。"

"一个小小奶茶店，能发得了财？"我帮不了悠悠，只有努力挑她的毛病，让她打消念头。

"发财我不敢想，只要能维持生活就行。我当记者，一个月收入不到三千块钱。我打听了一下，开个奶茶店，一天赚个百把块是不成问题的，一个月也有三千块，不比当记者差，还不用看人脸色。"

我沉默，悠悠看着我说："力波，能不能问你父母借点钱？你去过我家，你也知道，我父母都是小镇上的老师，工资不高，拿不出这么多钱。我向我父母借三万，你帮我向你父母借五万，行不行？"

　　唉，要是在一个月前，不要说五万，八万我都可以立马给你。一双虚拟的拳头，不停地擂我的胸膛，懊悔做事太冲动，太热血。

　　我心中的郁闷无法发泄，我把怒气朝向"白眼狼"。哼，想潜我的女人，我决不容忍。我对悠悠说："你约那个'白眼狼'出来，我跟他谈谈。"

　　"你想干什么？"悠悠紧张地问。

　　"不想干什么，认识一下他而已，看看他是不是高富帅。"

　　"算了吧，我怕你们打起来。"

　　"不会的，都是同行，打起来有意思么。"

　　"约他出来可以，但你得保证，不能跟他动手。"

　　"保证。"

　　第二天傍晚，悠悠打电话给我，说她跟"白眼狼"约好了，一起在五福路的"友缘西餐厅"吃晚饭。

　　赴会前，我专程去了一个建筑工地，找一样东西——砖头，我找到一块外形俊朗、完美无缺的黄澄澄的砖头，放进我的包里。

　　走进"友缘西餐厅"，我一眼就看到"白眼狼"唾沫四溅地朝悠悠喋喋不休，该人外形可归为歪瓜裂枣一类，却偏要耍帅，西装革履加领带。我走到悠悠的身边坐下来，无声无息地掏出那块完美的砖头，轻轻地放在桌面上，冷冷地对"白眼狼"说："小子，信不信我一砖头拍死你。"

　　悠悠惊骇地"啊"了一声。

　　做贼心虚的"白眼狼"吓得脸色煞白，但他很快镇定下来，不露声色地问我，"兄弟，你是谁呀？是不是认错人了，我从来没有跟谁有过仇。"

　　悠悠忙解释说："白主任，这是我男朋友。"又扯我的袖子，"你干什么呀，把砖头收起来。"

　　"白眼狼"说："兄弟，我们只是谈点工作，真的，没干什么。"

　　"只是谈工作？要不要我把你在QQ上说的话背出来听听。"

　　"兄弟，都是些玩笑话啦。QQ上无真言嘛。"

悠悠白了我一眼，又扯了扯我的衣袖。

"看在悠悠的份上，饶了你这一回。"我把砖头当作纪念品留给"白眼狼"，拉着悠悠离席而去。

回家的路上，悠悠直朝我发脾气，"你这样一凶，我以后还怎么在晨报混？'白眼狼'更对我有气了，更不发我的稿件。"

"随他的便，此处不留爷，自有留爷处。"

悠悠被穿小鞋是可想而知的，尽管她倍加努力地写稿，可大部分被毙掉，一连三个月都没有完成工分，不得不辞了职。我感到内疚，觉得是我那块示威的砖头害了她，要是我不是拿砖头，而是拿巧克力出现在"白眼狼"面前，可能他不至于为难悠悠。可是，我是那种肯拿巧克力的人么？不是。所以悠悠被穿小鞋也只能说是命中注定了。

好在悠悠没有责怪我，她说："我本不是当记者的料，不干了就不干了呗。"

43 美丽的雷嫣

"我要拯救雷恩，疯狂一把也值！"我说，"年轻人得有点理想是不是，为了理想，就要勇敢地向前冲，冲！"

也许该雷恩否极泰来。就在他将要做手术的时候，有个女孩也来到这家整形中心做变性手术，整形中心决定做一个大胆的试验，将女孩的内生殖系统移植到雷恩体内（如果移植后不行，可以免费再做手术摘除）。遗憾的是，由于雷恩缺了睾丸，不宜将他的生殖系统移植到女孩体内。经检测，两人的血型一致，组织配型也很成功，真是太神奇了。

雷恩的手术很顺利，而且他接上了这个女孩的卵巢、子宫、腺体后，并没有出现较大的排斥现象。以后，他体内会自生雌性激素，不需长年服用药物维持女性特征，而且还能正常生育，也就是说，以后雷恩就是个真正的女人了。据王医生介绍，雷恩移植女性生殖系统能成功，这是千万分之一的几率啊，比摸中1亿元福彩大奖的几率还低。虽然早在1992年，在中国就成功做了一例、也是全世界首例类似的手术，但二十年来，再没听说过这样的事。

三个月过去了，雷恩可以出院了。

出院这天，我和冯哥早早就赶去医院，一路上，我们都在猜，变性后的雷恩会是一个什么样的形象？

虽然这三个月里，我们经常看到雷恩，他的每一个变化我们都看在眼里，我们看到他有了隆起的乳房，看到他喉结没有了，声音也偏女性化了，看到他本就秀气的面部变柔和了，唇部和下巴胡茬的毛囊消失了，可是，我们看到的只是他非健康状态下的初貌，脸色煞白、神情疲倦、衣帽不整、披头散发、没有打扮，并不能代表他的新形象。为了给自己一个惊喜，也为了给雷恩一个惊喜，我们特地请了两名女化妆师，并叫她们帮忙买了一个女孩子的全套服装和日用品，在今天给雷恩精心打扮一番。

近了，走近了，离雷恩的病房越来越近了，我的心突然"嘭嘭"剧烈跳起来，犹如激情似火的小伙子就要见到暗恋已久的女孩时的心态，我不知道为什么，也许，我是在害怕？害怕手术后的效果不好，害怕雷恩对自己的新形象不喜欢。如果出现这样的后果，我将如何面对？

除了痛苦面对，什么办法也没有。

"咚、咚、咚，"我们叩门。

"请进！"一个女孩的声音，应该是化妆师。

轻轻地，我们走进了雷恩的病房。

房间里站着三个女孩，其中两个是我们请来的化妆师，第三个是个陌生的女孩。咳！陌什么生，她就是雷恩嘛。

之所以说陌生，是因为她几乎没有了雷恩的影子。站在我们面前的，是一个我从未见过的美丽的女孩子，不是男人雷恩。

她是一个十分高挑的女孩，一米七五的净身高，加上约五公分的鞋，我看她得略为仰视。

她有一头乌黑的头发，发丝不长（毕竟只留了四个月），仅及耳廓，两鬓的头发拢到耳后，形成一条优美的弧线，使她显得清爽、干练，将脸部的五官衬托得更为醒目。

她的五官是清秀俊美的。她还是小伙子的时候就很英俊，但不是那种硬汉型的俊朗，而是贾宝玉式的俊美，男性外在特征并不突出，而且整形中心对雷恩特别照顾，"买一送一"，即做变性送整容，对她的脸部进行了女性化的磨骨，使脸颊的线条更柔和。现在，她的脸庞、五官看上去美丽、大方、英气，也就是说，女孩子形象之中又有男孩子气，但绝不是不男不女。

雷恩回吉都五年来，前两年因为失恋而没有胃口，后三年因为没钱常常吃了上顿没下顿，他的身材一直偏瘦，如今变成了女孩，结合她的身高，她的腰并不显粗，看上去恰到好处，亭亭玉立。

她穿的是碎花连衣长裙，没及脚踝（毕竟她才第一天做女孩，不宜让她穿得太过暴露和裹得太紧），裙子面料轻若蝉翼，即使没有风吹，也会轻轻飘动，让人倍添妩媚，而且能充分展现她的优点，很好地掩盖她的不足；领口是那种大V领，胸口半露。这裙子最大的特点就是紧裹胸部，使她的胸部更显浑圆丰满（女化妆师太会买衣服了）……

她，完全是一个美丽而知性的女人形象，完全能跟杨澜、林青霞站在同一个级别上。

"雷嫣，简直太美了！"我差点要扑上去拥抱她，双手伸出了一半，马上意识到她已经是一个女孩子了，忙收回了手。

雷嫣是雷恩的新名字。她现在变成了一个女孩，当然不能再叫原来的名字了；她要跟过去的一切告别，也不宜再用原名。从她住院的第一天起，我就给她起了这样一个女性化十足的名字。

雷嫣不但美丽妖娆，而且基本上看不出原来雷恩的影子了，不要说她以前的同学、朋友，就连她妈妈、哥哥，路上遇见他，只要她不认，谁也看不出来她就是原来的雷恩。

"雷嫣，走两步看看。"我说。

雷嫣害羞地笑了笑，扭动腰肢迈起步来，她显然还不太适应后跟有点高的女式鞋，也还没学会女孩子的走路方式，走路姿势不敢恭维，这没什么，以后能学会的。

冯哥也看得激动不已，说："完全变样了。"

我问："雷嫣，喜欢现在的形象吗？"

"太神奇了！"雷恩很兴奋，"我竟然可以变成一个大美女，现代医学的发展简直可以用走火入魔来形容。"

主治医生王医生进来和雷嫣告别，他也为雷嫣一副纯粹的女孩子形象而惊讶和惊喜，"雷嫣，你真的太漂亮了！"

王医生一边送我们下楼，一边说："以后雷嫣还要进行长时间的心理调整，慢慢培养她的女性心理和女性意识。"

"谢谢你，王医生！"我们仨轮番握住他的手，不停地致谢。

出院后，雷嫣自然不宜再回到她以前生活的社区，住以前的房子，跟以前的人来往。雷嫣对母亲还会回来已不再抱希望，现在又变了性，她也不想再让母亲看到了。她原来是住在长湖区，我们为她在海洲区租了一个一房一厅，这里方圆丨里都没有她的同学、朋友、熟人。她把原来的房子腾出来出租，每月能租到一千七百元，扣除她再租房子的租金一千元，她还有七百元用于日常花销。

"够用了。"雷嫣说。

接着，我们陪她去派出所更换了性别，更换了名字，正式成为女孩雷嫣。

对雷恩的改造取得了完美无缺的成功，让我很有成就感，让我内心喜不自禁，心潮澎湃，忍不住想让别人来共同分享这份快乐。一天晚上，早早吃过晚饭后，我对悠悠说：

"悠悠，今晚带你去看一场惊悚片。"

"什么片子？"

"先保密，绝对让你花容失色。"

悠悠已辞职了，一时半会儿还不想找工作，"台湾奶茶店"又因我拿不出钱而开不起来，她整天待在家睡懒觉、上网、帮我写点小稿，无聊至极，听到我带她去看电影，十分高兴。

我们搭乘地铁，半个小时后，来到了雷嫣的租住屋。敲门，门开了，一身裙装的雷嫣闪亮出现。"悠悠你好，"看到悠悠，她热情地说。

悠悠一脸疑惑。我问："认得她是谁吗？"

悠悠继续疑惑，"好像在哪见过，想不起来了。"

雷嫣快乐地笑了，"给你猜三次。"

悠悠盯着雷嫣看，左歪一下头，右歪一下头，仍说不出一个名字，我拍拍她的后脑勺，"笨，她就是以前的雷恩嘛。"

"啊！"悠悠脸上的五官全部变成了O形，"不可能！雷恩是个男的，怎么变成了女孩子？"

"现在医学科技这么发达，男人变成女人并不是件很难的事。"

"真的是雷恩？"悠悠仍不敢相信。

"千真万确，现在叫雷嫣了。"

"好美哦。"悠悠脸上的惊讶变成了羡慕，围绕雷嫣前看后看，"比真的模特还美。"

"什么叫比真的模特还美，雷嫣现在是真正的女孩，走在街上，好多市民就把她当模特围观呢，真的模特又有几个比得上她？"我说，"雷嫣，走两步给悠悠看看。"

雷嫣扭扭捏捏走了几步，可能她自己也觉得不大像女孩子的走姿，有点不好意思，"学得还不是很到位，悠悠，你教教我如何做个女孩。"

"对了，悠悠，你不是辞职了吗，现在给你一个工作，就是教雷嫣怎样做一个女孩子。"我说。

"好啊，这件事太奇妙了。"悠悠的兴奋劲儿还没过，她当即摆出一个妖娆的姿态，"来，你做做看。"雷嫣模仿她的姿态，但显得僵硬。悠悠矫正她，伸手捏她的胳膊，马上又像触了电似的缩回来了。我说："雷嫣已经是女孩子了，怕什么，尽管捏。"

悠悠一连教了雷嫣两个小时，教得自己都满头大汗。回家的路上，悠悠问："雷恩怎么想到要去变性啊，太不可思议了。"

我得意地说："是我出的主意。"

"周跑跑，你也太疯狂了。你叫人家从一个男人变成一个女人，你不觉得好荒唐好荒唐吗？"

"我要拯救雷恩，疯狂一把也值！"我说，"年轻人得有点理想是不是，为了理想，就要勇敢地向前冲，冲！"受了自己这句话的感染，我迈开大步奔跑起来，跑了一段路，回过头，发现悠悠远远地落在后面，不紧不慢地走着，我返回去，拉上她，一起跑。

44 学做女孩

你小子也太夸张了吧，找个这么招眼的女朋友，不怕在街头被流氓打死？不怕亿万富翁勾引她？

雷嫣出院后，为了让她顺利度过适应期，我仍经常去看望她。不久，我发现，雷嫣虽是女儿身了，但跟别的女人相比，还很不一样。雷嫣此前一直是作为一个男人生活着，现在变成了女性的身体，但举手投足仍是一副男人架势，比如走路时步子迈得大；身上有什么地方发痒，毫无顾忌撩起衣服就挠；坐下来时总是叉开双腿；鼻子里有了鼻涕，也不管旁边有没有人，捏住鼻翼就擤；说话时口中时不时蹦出一些男性词语，我不得不时常提醒她，"雷嫣，行为举止斯文点，你现在是个女孩子了。"

正如她的主治医生交待的，得培养她的女性意识，要不，会被人当作"男人婆"，也一样不被世人接纳，于是我又和冯哥商量，送她去了一所名为"优雅女人"的培训会所学习。

这是一个高档会所，进进出出的多是衣着华丽、举止大方、形态优雅的白领、金领、红领，培训内容十分丰富，有形象塑造，包括化妆、发型、服装、饰品等方面，有形体的指导，包括站姿、坐姿、蹲姿、手势等，还有各种场合的礼仪，我相信，雷嫣在这里会得到很好的培训，会从外到里变成一个真正的女人。

"在那么多女人面前，我会不会穿帮？"雷嫣担心地问。

"穿什么帮，你现在就是女人，不是人妖！"我哭笑不得。

雷嫣跻身于众多"纯女人"中间，和她们做同样的动作，摆同样的姿势，我强烈感受到她与这些女人的差距、甚至可以说是差别非常大。我仿佛看到了美国电影《出水芙蓉》里的男天鹅。这我能理解，"做女人"也是一种文化，波伏瓦就说过，女人是后天形成的；你看会所里这么多从小就是女性的女人不也还来这里培训嘛，雷嫣刚做女孩，差距大是肯定的。

训练过程中，置身于众多女人中间，雷嫣显得很拘谨，有一次上形体课，需要穿泳装，从更衣室里出来，她居然双手捂住裆部，害得"同学们"一个个捂嘴直乐。这也不奇怪，如果你是一个男人，穿着紧绷的泳衣站在一堆女人中间，你也会害羞的。

培训老师卓女士也看到了雷嫣的特殊，一天，卓女士把我叫到她的办公室，因为我是以雷嫣的男朋友身份跟卓老师打交道的。卓老师问我："这个雷嫣，是不是从小被她父母当成男孩子养的？"

"是的。"我说，不敢说雷嫣是个男人变的女人，"她一直到16岁，都是男孩子打扮，爬墙上树，打架斗殴，男孩子做过的事她都做过，我妈妈说她太男孩子了，不喜欢她，所以我不得不改造她了。卓老师，她能变成一个真正的女孩么？"

"难度比较大，"卓老师说，"如果她穿一身男人装，我会完全把她当成一个男孩子，她的言谈举止太男性化了。"

"唉，都怪她父母太想要一个男孩了，封建思想害人哪。"

"也不要太着急，她当了十几年的男孩子，要做回女孩子不是一朝一夕就能做到的。"

我估计卓女士肯定看出来了，雷嫣是男人变性来的。看出来就看出来吧，只要她不歧视、不传播，就不算个事。

与我的忐忑相反，卓老师把雷嫣当成班上的"差生"，给予重点辅导，每教一个姿势、姿态，她都要留意一下雷嫣，如果雷嫣做得不到位，就走到她面前，手把手地教；有时下课了，还单独教她半把个钟头。雷嫣可以称得上是一个笨学生，老师教她，简直就如舞蹈老师教一个舞盲跳舞，动作生硬、僵硬，频频出错，错得离谱，有几次甚至手脚绞成一团，要不就是同边的手脚一块动（走路都不会了）。

看着雷嫣笨手笨脚，我很有压力，我想，会所一天两节课（晚上）的时间远远不够，还得增加她的训练时间。再找谁来教她呢？

看到无所事事的悠悠在房间里转来转去，我想出最理想的人选了，悠悠，非她莫属了。她现在没有工作，正好有大把的时间。悠悠听了我的恳求，也同意了。

我跟雷嫣约定，每天早上九点，来我的租住屋，由悠悠给她上课，主要是复习在会所学的东西，做得不到的地方，由悠悠给予纠正。悠悠自己觉得做女人应该学的东西，也可以教她。

开始那几天，我心里总感觉不安，是什么不安，一时也琢磨不出来。后来想出来了，是担心悠悠和雷嫣孤男寡女在一屋，会不会出什么事？我为自己的想法好笑。咳！雷嫣是女人了，有什么好担心的呢？我自己都还没把雷嫣当成一个女孩子呢。

雷嫣毕竟有高文化、高素质，在多方强化训练下，她的言行举止变化很快。有一天，雷嫣削苹果的时候，我发现她竟翘起了兰花指。她的手指原本还是较修长的（毕竟是个书生，没怎么做过体力活），经过女性化培训后，她的兰花指还别有一番风情呢。

为了培养变性后雷嫣的社会适应能力，我和悠悠几乎天天都带她去各种公共场所，如电影院、酒吧、剧院、公园、风景区。开始那几天，在这些地方，总是悠悠挽着我的手臂，雷嫣则与我们保持一米左右的距离，默默地跟在后面，如一个局外人一般，显得很无聊、很无趣，也显得很拘谨、不自在。雷嫣是出来"实习"的，却变成了我们的灯泡，这怎么成呢，我悄悄对悠悠说："悠悠，你牵雷嫣的手好不好？"悠悠吃惊，"干嘛？他又不是我男朋友。"我拎她耳朵，"人家现在是女孩子好不好，我们自己都还没转变观念，叫人家怎么做女孩子。"悠悠吐吐舌头，表示接受。

悠悠战战兢兢地伸手去牵雷嫣的手，哪知雷嫣比她还害怕，在悠悠碰到她手时，她如被利刃刺了一下似的，迅疾闪开了。悠悠只得让自己变大胆起来，"雷嫣姐……"雷嫣被这一声喊得如梦初醒，她回应地抓起了悠悠的手。两人很快如一对好姐妹似的，牵着手走走逛逛，旁若无人。

渐渐地，雷嫣在这些场所轻松自如了，倒是我变得不自在了，因为总有一些小青年好奇地斜视我，不用猜就知他们脑子里肯定这样想：这鸟人貌不出众，看着也不像富二代、官二代，何德何能，竟可以带着两个貌美如花的女孩招摇过市？

有时我还带她去我们吉都报坑，我发现，她开始愿意与人打交道，主动与记者们搭腔，谈论时事，评论本地新闻。同仁们把雷嫣当成了我的女朋友（除了钟正操、"罗战神"，其他同事都不知道我跟悠悠的事），一个个羡慕嫉妒恨啊，说："你小子也太夸张了吧，找个这么招眼的女朋友，不怕在街头被流氓打死？不怕亿万富翁勾引她？"

我得意地朝雷嫣使眼神，雷嫣也调皮地朝我眨眼。

生活在继续，我和冯哥都渐渐感受到雷嫣的性格在变，由孤僻走向开朗，由自闭走向乐观，由清高走向随和。有一天晚上，我们出去散步，走到海港广场，广场上很热闹，摆着很多K歌摊，我们在一家歌摊听了几首歌后，雷嫣突然走向歌台，我和冯哥都感到莫名其妙时，她竟拿起了麦克风，扯着嗓子唱了一首高亢的歌《青藏高原》，她独特的"女中音"赢得满场喝彩，我和冯哥也听得热泪盈眶。不是因为她唱得动听，是为她开始融入这个社会。

45 雷嫣上班了

我是个性格刚强的女孩，有一颗强大的内心，不怕失败，不怕被人家看不起，不怕工作中有失误，我决不会去争第一，就是当倒数第一名也无所谓……

好运气继续关照雷嫣。

八月，吉都银行招聘一批职员。从报上看到广告，我兴奋不已，觉得它简直就是为"复出"后的雷嫣而设的。雷嫣能不能重振旗鼓，就看这一回了！检验我拯救雷恩的计划成功与否的时候到了！

我怂恿雷嫣报名。"我行吗？"雷嫣问。

"你能行！你本就在银行工作过，有着一定的工作经验，重回银行工作，可以说是驾轻就熟。"

"好！我就闯一闯。"雷嫣表现出前所未有的志气。

考虑到雷嫣的毕业证不能用了——因为证上的照片是男子、名字也不是叫雷嫣，而且我觉得，应该让她彻底甩掉京大本科生、华大硕士生带来的精神压力，我找到假证贩子，花了五千元，帮她做了一个吉都大学电子商务专业的毕业证。这可是真的毕业证哦，在教育部网站可以查得到学号的。你别小看街头假证贩子，有的能耐大着呢。

进银行工作，是多少人梦寐以求的，吉都银行才招三十个人，竟有五千人报名，那人头攒动的火热场面看得我目瞪口呆。

笔试、复试的那几天，我一直在考场陪雷嫣，虽然不能进考场站在她身边，但在教室外遥望她，也是给她一种强有力的支持。雷嫣是出类拔萃的，她一路过关闯将，越战越出色，最终成功被录取。

去银行报到的前一天，为了让雷嫣的内心变得强大，我特地到街头小店制作了一块匾，上写"淡泊名利"，挂在雷嫣房里一面墙的正中。我叫雷嫣和我并排站立，对着匾牌，举起右手，紧握拳头，我一句雷嫣跟着一句，抑扬顿挫地说：

"我是雷嫣，我即将走上新的工作岗位，迎接新的挑战。我是个性格刚强的女孩，有一颗强大的内心，不怕失败，不怕被人家看不起，不怕工作中有失误，我决不会去争第一，就是当倒数第一名也无所谓。不管出现什么情况，都要保持平和的心态，淡泊名利，开心就好……"

宣誓结束后，我拉着雷嫣的手说："雷嫣，从明天起，你就是一名光荣的银行职员了，首先要祝贺你！希望你开始新的人生……"

"力波兄弟，你放心……"

我打断她，"不能再叫我力波兄弟，要称我为阿弟，这才是女人称呼男孩子的叫法。"

"阿弟，你放心，我会好好工作的，不会有任何精神压力。"

雷嫣报到后，进行了半个月的培训，之后分配在技术部门工作，但要先到五一路储蓄所当营业员半年。

雷嫣上班的第一天，我特意去当了一回雷嫣的客户。

营业大厅里客人不是很多，这大概因为吉都银行是地方银行的缘故吧。在我的印象里，像工行、建行、农行这样的国有银行，每天从早到晚储户排队都是排得长长的。我就奇怪了，既然每天都有这么多储户办理业务，为什么就不能多开几个窗口？又不是招不到人，多少人想进银行啊；又不是没有窗口，每家营业大厅都可以看到有好几个窗口闲置，可宁愿闲置，也不肯用起来，以节省储户等待办理业务的时间。这就是大国企的傲慢，火车站的售票厅也跟这里差不多。

我坐在角落里，一边等候，一边静静地观察雷嫣。只见她神情专注地忙碌着，一有储户在她的窗口前坐下来，立即脸朝储户，以一种非常有亲和力的口吻说："你好，请问可以为你办理什么业务？"她的口音，女声中带着一点京腔又夹着一点男中音，很有磁性，很有味道。她的动作麻利熟练，如果两个窗口的客户办理同样的业务，比如同是存一万元，她绝对比另一个窗口办理得快。

轮到我了，看到我从天而降，她似乎有点惊讶，又有点惊喜，咧着嘴问我："先生你好，请问可以为你办理什么业务？"

我说："存十块钱。"

"先生，十块钱是不是少了点，因为你如果半年内没有钱继续存入的话，还不够扣各种费用的，能不能存二十？"雷嫣竟跟我玩起幽默来了。

"那好吧，今晚的快餐不吃了，可以余下十块钱。"

其实我只是办张卡，我把二十元递进去，雷嫣拿出一份表，主动帮我填了不少项目，我只填写自己的身份证号码就可以了。整个过程不到二分钟。

起身走时，我在柜台的评价器上按了"1"，即"优良"。

才走出大厅，我的手机便收到了一条短信，一看，是雷嫣发给我的，"谢谢惠顾，欢迎再来"。这小子——不，这小妞，也懂得恶搞了。

下午五点多的时候，雷嫣又发短信给我，说上班第一天，想庆祝一下，请我和冯哥吃饭。我立即打电话给冯哥，商量地点定在雷嫣的营业所附近一家叫作"梦幻园"的小餐馆。

我和冯哥才到一会儿，雷嫣也出现窗外的街头，她换下了工作装，穿的是无袖束腰大红连衣长裙，在夕阳下的街头十分醒目，如一支移动的火炬；她走起路来既没有女人的扭扭捏捏，也没有男人的大大咧咧，介于两者之间，如闲庭信步，大方、优雅、飒爽，想像一下三十多岁时的林青霞走在街头的情景吧。与她迎面步行的路人似乎被她震住了，一个个都忘记了走路，傻站着看她，等她走过后，还情不自禁扭头回望她。

雷嫣坐下来后，我和冯哥笑她："雷嫣，你好吸引眼球，简直像个大明星。"

"一路过来，都遭人围观，真是讨厌。"雷嫣的表情有些得意，有些无奈，有些不屑，有些难堪。

"雷嫣，今天的工作还顺利吧。"我问。

"今天我们这一班，五个当班的，我完成的业务单最多，主任表扬了我呢。"雷嫣说。

"低调，保持低调。"我笑说，"你忘了我们前天对着什么宣誓来着？淡泊名利！不要搞得老鼠上了架下不来了。"

"我X！"雷嫣说，"又不是我要争第一……"

我喝斥她，"雷嫣姐姐，不准再说我X，你是女孩！"

"对不起，"雷嫣脸上竟泛起了羞赧的红晕。

"顺其自然吧，要是别人都不如你，你不想当第一也得当第一，只要自己不感到有压力就好。雷嫣，祝贺你有了新的开始！"冯哥举起啤酒杯，我们三个人的酒杯碰在一起，发出清脆的声音。

我们边吃边聊，本来今天这顿饭的气氛应该是欢快的，庆贺宴嘛，可是聊着聊着，我们竟你一句我一句感慨起来。为了拯救雷嫣，这十个月来，我和冯哥花了多少精力！我跟这事较劲了十个月，还算是短的，而冯哥，起码也有四、五年了，今天终于有了一个完美的结局！我再一次感受到记者的荣耀，虽然为此花了我八万多元，但我依然觉得值！

冯哥说："雷嫣，你不知道，这些年来，我没有一天过着踏实日子，没有一个晚上睡过安稳觉，天天都在为你担忧，你这一辈子还长，往后的日子怎么过呀。现在好了，你终于走出来了。"

"晓钢哥，我一辈子都欠着你的。"雷嫣也动情了，"在我最艰难的时候，连我的家人都抛弃了我的时候，是你，晓钢哥，拉着我不放。否则，我早就暴尸街头了。"

"还有你，力波兄弟，"雷嫣又朝向我，"你和我非亲非故、素昧平生，没有任何瓜葛，你完全可以不管我，但是，你无私地伸出了援手，为了帮助我跑上跑下，还拿出巨款，如果没有你的帮助，我只能捡一辈子垃圾。"

我连忙摆手，"雷嫣，我们只是外因，是你自己战胜了自己。"

"晓钢哥，力波兄弟，你们是我生命中的贵人。我敬你们。"雷嫣双手捧杯，一口气把满满一杯啤酒喝光了。

"雷嫣，你要时时记住，你是个女孩子，刚才你这样喝酒就不像个女孩了。"我劝她说。

"去他妈的女孩子。此时此刻我不想当女孩子。"

雷嫣的大嗓门引来周围吃客的侧目，雷嫣回瞪他们，"看什么看，没见过美女呀，想不想看看裸体？"

我忙把雷嫣的脸扳过来，同时向这些客人招手致歉。我说："雷嫣，我有点婆婆妈妈了，你不要介意。"

"力波，对不起，我有点情绪失控了。"

我想一定是往事在雷嫣的脑门放起了电影，便说："我们不谈过去的事了，好吧，冯哥，过去的一切都过去了。来，让我们与往事告别，干杯——不，下一指就行了。"

吃罢饭，我们像往常那样，沿街散步。街上行人脚步匆匆，我们悠然似闲庭信步。好久没有散步了，以往我非常讨厌散步，不过今天感觉还好。因为我今天心情很好，没有以往那种"被散步"的情绪。心情好是因为，雷嫣终于被我拯救过来了，我心中不留遗憾了。我想，也许过了几十年，当我老了的时候，被孙子或外孙问起往事，我会自豪地说：爷爷（外公）青年时代，很有理想，很有追求的哩。或者在人生将尽时，拉着儿子的手，像《钢铁是怎样炼成的》中的保尔·柯察金那般，说：

"人最宝贵的是生命，它给予我们只有一次，人的一生应当这样度过：当他回忆往事时，不会因为虚度年华而悔恨，也不会因为碌碌无为而羞愧；当他临终的时候，他能够说，我的一生中，起码做了一件很有意义的事——比如我自己，就把一个差不多废了的名牌大学硕士拯救了过来，使他成了一个自食其力的人、一个对社会有用的人……"

46 悠悠生气了

一个人，只有他自己能救自己，你以为你能拯救他？太自以为是了吧？

“跑跑哥，问你爸爸借钱的事怎么样了。”一个月黑风高的晚上，我们看完电影回家的路上，悠悠问我。

“嗯？”我故意装听不懂，但心里有些慌。为这事，这三个月来，悠悠问过我三次，我都是支支吾吾混过去。她这边，已向她父母拿到了四万元。

“我在奶茶店都潜伏两个月了，运作方式我都已经掌握了，我们还是尽早把奶茶店开起来吧，再拖下去，我真成奶茶妹了。”悠悠噘嘴。

“我爸爸身体不大好，我担心问他拿了这么多钱，万一哪天急需，事情就麻烦了。”

“你要动态地看问题嘛，我们把店开起来了，能赚钱了，还怕以后你爸身体不好没钱治病？”

“你能肯定奶茶店能赚钱？”

“肯定能。我做事的那家奶茶店，一天有上千块钱收入呢，除去各种成本，起码有三四百块钱纯收入。”

“开店这种事，地段不同，生意情况也不同的。”

“肯定要找个地段好的啦。”

“地段好的店那么容易找？这年头，聪明的人多的是，地段好的店哪轮得到你找。”

“人家找得到，凭什么我就找不到。你是不是说我傻？”

"这不是智力问题，是机会问题。你先找到地段好的店再说吧。"

"哪能先找店再找钱？机会是稍纵即逝的，说不定你今天发现了地段好的店，明天去交钱，就已经给别人抢走了。"

打死我都不可能向父母要钱了，我只能使出最后一招——撒谎。我说："我父母真的拿不出钱了。前两年，我在吉都工作不稳定，生活不能自理，不，不，是自立，都是靠他们资助，让我花掉了五、六万。"

悠悠叹了口气，不再说什么。

斗转星移，中秋节到了。父母打来电话，叫我一定要带悠悠回家吃饭。我担心父母到时会跟悠悠提买房的事，便以报社不放假为由推托，但父母坚决不肯，父亲说："以前你是单身一人，我们也懒得管你，你爱去哪去哪。现在你有了对象，不能再野了，一定要带她回来！"母亲说："波波，妈妈想你，昨晚还梦见你了呢，你就带悠悠回来吃顿饭吧，看到你们安安好好的，妈心里才踏实。"

我无法再推托，只好向父母提要求："爸，妈，我们回家可以，但我有个要求，你们不要提房子的事，也不要提那八万元的事。"

父亲不解，"我还想问问你这事呢，你说，钱都给你半年了，房子连个影子都没有，你拿这些钱干什么去了？"

我只得又向父母撒谎，说悠悠不当记者了，所以我拿这些钱帮她开了家奶茶店，又要求父母也不要提奶茶店的事。说这些话的过程中，我出了一身汗，唉，撒谎不但是技术活，也是一件力气活啊。

我揣着一颗忐忑不安的心，带着悠悠回了老家。父母对悠悠的热情比上次还升了二千度，一直围着她转。可能太想讨好她了，可能想表示他们对我们的关心，也可能人老记性差了，忘了我的叮嘱，他们和悠悠聊天的过程中，把什么都说出来了。

"悠悠，力波说你不当记者了？"父亲问。

"嗯。太辛苦了。"

"不当记者了也好，你们两个都是记者的话，两个人整天在外东奔西跑，家都没人照顾了。"

"是的。"悠悠说，可能她想表现自己并不是一个吃闲饭的人，她接着说："我和力波商量好了，打算开一家奶茶店，比当记者收入还高呢。"

"嗯？"父亲一脸纳闷，把我的叮嘱也忘了，"力波不是说奶茶店已经开起来了吗？我给了他八万块，准备给你们买房子结婚的，你们用来开奶茶店，我们也没意见，你们自己有打算就好……"

"啊！"悠悠扭头看我，表情奇怪。我像全身都被剥光了衣服，浑身不自在，满脸羞臊。我想，完了，这个场该怎么收呀。

悠悠是阴着脸吃完午饭的，放下碗，才坐了十来分钟，就提出要回吉都。我想，她是等不及要对我撒气了。

才下楼，悠悠就对我张牙舞爪了，"周跑跑，你为什么骗我？"

"我……我……"

"八万块呢？"

"挪用了。"

"用哪儿了？"

"给雷恩做变性手术了。"

"Oh，my dog！"悠悠气得中文都不会说了，罕见地说起了她大学读的专业语言，可能是久不用专业知识了，也可能是太生气了，这么简单的英语竟然说错，把"上天啊"说成了"狗狗啊"。

"悠悠，你说得不对，应该是Oh，my God！"我纠正她。

"雷锋叔叔，你劈了我吧。"悠悠仰天长叹。

"不是雷锋叔叔，是雷公爷爷。"我不得不继续纠正她的语言错误，看来她真的是很生气，思维都错乱了。"悠悠，对不起，我错了，我犯下了不可饶恕的错，你打我吧，你掐我吧。只要你消气，对我怎么着都成。"

悠悠哭了，抱住路边的一根电线杆，仿佛电线杆是能安抚她悲伤心情的闺蜜。我想掰开她的手，让她抱住我哭，但她死抱住电线杆不放。

我说："悠悠，对不起，我只是想拯救雷恩而已。你也看到了，雷恩的境况有多糟糕，如果不帮他一把，他就彻底废了。我承认这事我做得有点冲动，有点疯狂，所以也没敢把挪用钱的事告诉你。"

一个腰阔臂圆的男人从旁路过，看到我使劲掰悠悠的手，而悠悠痛哭流涕，要打抱不平，"洋人在北京欺负咱中国女孩，你也想学样？你是日本人还是韩国人？我揍你！"

我也气了，瞪着他："你有本事去北京找洋流氓打架呀，中国人打中国人算什么好汉。"

"中国男人欺负中国女孩也要打！"

悠悠被节外生枝的这一幕吓得忘了哭，愣了一会儿，松开电线杆，向远处跑去。我急忙追赶。一辆载客三轮车从悠悠身边经过，她招手，三轮车停下，她矫健地钻了进去。等我赶到时，三轮车已驶出了五、六米。我奋力追赶，伸手想抓住三轮车后面的铁条，可恨的三轮车我跑快它也快，我跑慢了它也慢下来，铁条始终距离我的手指只十多厘米，让我停步不是，继续追也不是。这好玩的一幕吸引了路边众多行人的目光，他们像观看一个长跑运动员一样看着我。

我是周跑跑，我跑，我跑！我一口气追了二公里，三轮车戛然停下，我差点撞上去，我恼怒地揪住三轮车司机，要狠狠给他一拳，可脚却不听话，直打哆嗦，我瘫倒在地。

"力波，你怎么啦，你干嘛要追呀。"悠悠从车里下来，顾不得恨我，要扶我起来。我大口喘着气，摆手拒绝，"你扶我我也站不起来，让我歇一会儿。累死我了。"自读罢高中，再没有一口气跑这么远的路了。

过了一会儿，我勉强站起来，走到路边的铁栏，趴住。悠悠也靠着铁护栏，愤怒地望着远处，仿佛远处有一只曾往她头上撒过一泡屎的麻雀。

"悠悠，原谅我吧。"

"周力波，我问你，你到底爱不爱我？爱不爱我！"

"爱，死心塌地地爱。"

"那为什么问你爸拿了八万元，不给我开店，却去帮雷恩变性？"

"这事真的是不巧，要早十天知道你会辞职开店，我就不帮他了。就是打死我，我也要把这八万元留给你。"

"一个人，只有他自己能救自己，你以为你能拯救他？太自以为是了吧。"

"现在他不是变好了吗？"

"这样就算变好了？我看未必，一副不男不女的模样，你觉得她是个女人吗？"

"慢慢会变过来的。"

"再说，他还有个哥呢，而且还是公司大老板，你想拯救他，可以让他哥出钱嘛。"

"他哥已经不认他了，几年都没来往。"

"他家人都抛弃他了，你又何必多管闲事呢？"

"话不能这么说，他人还是活的不是。"

"现在他变好了，你可以问他要回钱了。在银行工作收入挺高，听说一年就有几十万呢。"

"那是金领的工资，她才进银行，哪可能有那么高的工资。可能过二三年就有了，我们再等等吧。"

"你整天想着雷恩、雷恩，我呢？你想过我多少，我在你心里占多大位置？"

"两者没法比，雷恩是男的，你是女的。"

"她是男的吗？"

"……我都给你统糊涂了。"

"说来说去，你根本就不爱我，你和我在一起，只是泡妞而已，根本没有跟我长久的打算，所以才不肯把钱花在我身上。"

我急了，"我要有这样的想法，天打五雷轰！"

"你就等着天打五雷轰吧。"悠悠说着，又钻进了路边的一辆三轮车（该死的三轮车，怎么像闹蝗虫一样到处都是），可是我再也没有力气追了，眼巴巴看着她消失在路的远处。

我歇了一会儿，便打了辆三轮摩的，前往长途汽车站。我心生一个天真的念头，也许悠悠在车站等着我？可是在候车大厅转了一圈，又到候车室外几个墙角瞅了瞅，也没有看到悠悠的影子，看来她是真生气了，一个人回吉都了。我也心灰意冷地上了一辆回吉都的大巴。

回到租住屋，仍没有看到悠悠的影子，而且还吃惊地发现，悠悠的两个大旅行箱不见了，她的衣物和化妆品也不见了。我急忙拨打悠悠的手机，竟关机了。

我颓然倒在床上。

47 寻找悠悠

"你摇身一变，成白领了，我呢，弄得一头是疱。人家写新闻稿能赚钱，我倒好，反亏了八万多！女朋友也跑了！"

我一定要找到悠悠，我爱悠悠，我舍不得她离去；她这样带着怨恨、急匆匆地离去更让我担心，她住哪里，怎么生活？陷入困境怎么办？

可是，吉都这么大，她又把手机关了，该怎么找她？一个人藏身于都市，真如一滴水落进大海里，要想找到她，几乎是不可能的事。

我使劲地想，想出种种寻找悠悠的办法，一一去实施。

首先找悠悠在吉都的几个好朋友，第一个是她原来在晨报的同事赵小微，小微说她和悠悠有一个月都没联系了。第二个是悠悠的高中同学杨密，杨密说她们有半个月没联系了。第三个是不知道悠悠怎么结交的朋友孙莉，孙莉说："我也在找她呢，从昨天到现在我打了她十几次电话，都是关机的，奇怪。"

看来，悠悠为了不想见我，打算玩消失了。一个人不想见另一个人到这个程度，没有一种绝望的心情是做不到的。我感到伤心，我是真的伤害到她了。如果我充分信任她，事先跟她商量，也许不会有这样的结果。也许她不会同意，但这有什么呢？此时不能拯救雷恩，以后有条件了再拯救呗，反正他这病又不是急症。相比起来，我更不愿失去悠悠。

悠悠，我一定要找到你，我一定要让你明白，我对你决不是泡妞，我是真心爱你的，我要和你一起到老！

既然悠悠消失在人海中，那我就从人海里找吧。每天，我要做的第一件事，也是唯一的一件事，就是骑上电动车，沿着大街小巷不停地走啊，走啊，一边走一边四下观望，寻找悠悠的身影。累了，便在路边的休闲椅上坐一会儿，继续走；饿了，就在路边饮食摊上吃碗米粉，接着找。

有一天傍晚，夕阳西下时分，金黄的阳光把整座城市照得如天上人间一般，我行走到金辉路，突然，一个女孩从我前方七八米远的一间杂货店出来，沿着一条小道走进一个居住区，圆圆的头，纤长的脖子，小巧的身材，细碎的步子，那不是悠悠么？"悠悠！"我大喊一声，扔下电动车就朝她奔去。我一把抓住她的胳膊，女孩尖叫一声，扭过头看我，我才看清不是悠悠，金黄的阳光让我的眼睛产生了幻觉。

每天晚上，一无所获地回到家时，我多么希望悠悠已经原谅我了，悄然回到了我们的租住屋，给我一个惊喜。然而，每次打开房门，屋里都是空空荡荡，悄无声息，我的心情不知有多沮丧。

这样漫无目的地找也不是个办法，得想想窍门。悠悠不是曾在奶茶店"潜伏"么？她有可能还继续在奶茶店找事做，于是我把奶茶店作为主要目标。

作为南方城市的吉都，奶茶店遍布城市的各个角落，和药店、名烟名酒店有得一比。再多我也要一家家走遍它！我每经过一家奶茶店，不管是不是台湾奶茶店，都停下车，走进去看一看。我带着一张悠悠的八寸照片，我把照片给店里的每个人看，"你们认得这个人么？"几乎所有的人都说不认识，有一个小伙子，显然是个热心人，拿过照片，仔细地端详，说："这不是陈鲁豫的照片么，谁不认得。你到我们这种小店找大明星，开什么玩笑，你应该去凤凰卫视找。"此君一席话让我哭笑不得。

不过他的话也给了我启发，你想，悠悠一个娇弱的女孩子，没有工作，没有住处，她在吉都怎么待下去呀？很有可能会离开吉都。离开了吉都能去哪？最大的可能是回老家，那个外省小镇。即使不是打道回府，也会暂时回去休养一阵子。

对啊！这个想法让我有一种豁然开朗的感觉，就像走了很长的隧道终于抵达了洞口。我立马踏上火车赶往悠悠的家乡小镇。

葛老师对我的突然到来感到吃惊。他看了看我身后，像是要寻找悠悠的身影。"怎么是你一个人，悠悠呢，没跟你一块回来？"他一脸的不解。

"悠悠没回家来？"我也吃惊。

"没有。"葛老师意识到事情不对劲，眼睛里闪过一丝惊慌，"悠悠怎么了？"

"葛叔，悠悠跟我吵架了，在吉都也找不到她，我以为她回家来了。"我只得据实相告。

"咳，你们这些年轻人，做事就是太冲动，有什么矛盾不可以好生解决嘛，搞得像天要塌下来了一样。"葛老师一边说着一边掏手机，要给悠悠打电话，但是他听到的也是"用户已关机"的回音。

"大白天的，怎么也关机？"葛老师似乎有点生气，我插话说："这十多天她一直都是关机的。"葛老师问："你们为什么吵架？"

我说，我向父母借了八万块钱，本是想买房的，刚好有个朋友急需钱，就借给朋友了，悠悠为此生气。葛老师沉默了一会儿，说："这不是什么大事，我估计悠悠也是一时想不开。她有点任性，你找到她，好好跟她解释一下，哦？"

"好的，谢谢葛叔。"我告辞了。

　　就在我回到吉都的当晚，葛老师有了悠悠的消息，但不是悠悠现身了，是她的中学同学杨密打电话告诉葛老师，悠悠一切都安好，叫葛老师不要挂念。葛老师叫她转告悠悠，打个电话回家，还有，也打个电话给周力波。

　　葛老师接到杨密的电话后，立即打电话告诉了我，但我一直没有接到悠悠的电话，打她的电话依然关机，我跑去找杨密，央求她说出悠悠的下落，杨密说："我真不知道她在哪里。她是用公共电话打我电话的，只叫我帮她打个电话给她父母道声安，其他事她也没说。"看我一脸失望的表情，她又说："我还说了你在找她的事，她没表态。"

　　自己的下落连父母、朋友也不愿告知，我意识到悠悠铁了心要跟我一刀两断了，我感到绝望。现在，我除了在她QQ上不断地留言，不断地忏悔，什么办法也没有了。可是她一直没有回应，她的QQ头像一直是黑白的，我不知道她看不看得到，也许她是以潜水的方式上QQ，但对我的忏悔不予理睬。

　　我的心情坏到极点。晚上，我去五美巷夜市找钟正操喝酒，到了那里，却发现曾经烟雾腾腾的夜市无影无踪了，我仿佛经历了一场海市蜃楼，我惊讶不已，忙打电话给钟正操，"抄抄，你们的夜市搬哪去了？""我靠，你这个当记者的，这么闭塞呀，夜市几个月前就被城管取缔了。""你现在在哪儿，出来喝酒。"我说。"我在广西北海讨饭呢，喝个鸟，回去再喝吧。"一个人倒霉的时候，世界好像就处处跟你作对，我现在就成了世界的对立面。

　　"力波，在干嘛呢？"这时雷妈给我打电话。

　　"没事，在街上瞎转。"我没心思跟她聊。

　　"好多天没见你过来玩了，明天我休息，能不能叫悠悠过来一下，陪我上一趟街。现在不是快入秋了嘛，我想买几件秋季衣服，想请她帮参谋一下。"

　　"来不了啦。"

　　"干嘛？"

"跑了，不理我了。"

"你们俩吵架了？"

"算了，不说了。"我匆忙挂了电话，我不想把雷嫣扯进来，本来这事就是因她而起，她要是知道了，肯定不好受，所有的痛苦还是由我一个人来承担吧。

不想第二天，雷嫣却跑来我租住屋，要打破沙锅问到底。我不想说，她却一个劲儿地激我，"把我当外人不是？""你的事就是我的事""我决不能看着你们闹掰了却袖手旁观""你倒是说呀""你再不说我可要生气了"。简直就像个女人一样唠叨，不对，她已经是个女人了。

我被她激得火冒三丈，朝她吼起来，"你生哪门子气，我都没生你的气呢，你倒生我的气，真是邪门了。要不是因为拿八万块钱给你做手术，悠悠会跑吗？你摇身一变，成白领了，我呢，弄得一头是疱。人家写新闻稿能赚钱，我倒好，反亏了八万多！女朋友也跑了！"

雷嫣听得目瞪口呆，半天说不出话。之后默默地走了。

此后几天，雷嫣一直没联系我，我们之间的气氛安静得令人生疑。我担心我的一番气话伤害到她了。她现在是女孩子了，不能受气。我于是打电话给她，向她道歉。雷嫣平静地说没事。

我继续在街头巷尾寻找悠悠，一天中午，我在步行街遇到了雷嫣，熙熙攘攘的人群总是流连忘返于琳琅满目的商铺，而她却是不停地走，一边走一边东张西望，像在寻找什么。我冲到她身边，问她："雷嫣，你在找什么？"

"我想帮你找到悠悠。"雷嫣说。

我心里一热，要不是在大街上，我一定会情不自禁地拥抱她，感谢她关心。我说："雷嫣，不要找了，她已经离开这座城市了。她的一个好朋友告诉我的。"

其实我是骗她的，我不想让她也跟着受折腾。

48 冯哥的困顿

当雷嫣走进哥哥的办公室时，她一副女性形象让哥哥全然认不出来了，雷德疑惑地问她："请问你找谁？"

我的事让雷嫣很内疚和不安，不想冯哥那边又让她惹上了烦恼。

一天晚上，雷嫣刚回到租住屋，突然擂门声大作。雷嫣除了我和冯哥，再没朋友，谁来敲门？而且敲得这般粗鲁、气势汹汹。一时雷嫣不敢应答，可擂门声越来越猛烈，接着有个女人的声音叫起来："雷恩，开门！"

这个人竟然知道她原来叫雷恩！除了我、冯哥、悠悠，没有谁知道她曾叫雷恩，并且住在这里。雷嫣虽一时猜不出这人是谁，但觉得应该不是外人，犹豫了一会儿，还是开了门。

门才打开一条缝，就被人猛烈地推开了。一个中年女人冲了进来，雷嫣认出是冯嫂，冯嫂后面跟着冯哥，冯哥耷拉着脑袋。

"嫂了，你怎么来了？"

冯嫂上下打量雷嫣，眼神很不友善，"雷恩啊雷恩，你看你变成了什么样子，多少女人想做男人还做不成呢，你倒要做女人！"

雷嫣不解为何冯嫂对她这么看不顺眼。以往冯嫂和冯哥一样，是一个很有善心的人，时不时也在生活上帮助她，如帮她洗被子（用洗衣机）、补衣服，今天是怎么了？她扭头看冯哥，想知道为什么。冯哥神情有些沮丧，有些无奈，他对雷嫣笑笑，说："你嫂子对我有意见了，有火没地方发，就冲你来了，你别计较。"

"嫂子，你消消气，晓钢哥有什么做得不对的地方，我站在你这边。"

"少来这一套。我问你，你做变性手术的钱是不是晓钢给的？"

"是的，晓钢哥帮出了五万块，我非常感谢冯哥。"

"你知不知道他为了弄这五万块，把店铺转让了！"

"啊？！"

雷嫣十分吃惊。自出院后，半年来，因为去会所、还有跟悠悠学习做女人，接着又备考吉都银行招聘，加上不想出现在旧生活环境，她一直没去冯哥的店铺，她压根儿不知道冯哥竟然是卖了店铺给她筹钱的。以前她也问过我和冯哥，那十三万是怎么来的，我们没有详细告诉她。

"晓钢哥，你怎么不跟我说一声……要知道这样，说什么我也不做手术。唉，嫂子真是对不起。"

"现在家里一分钱也没有了，晓钢他爸又住院了……"冯嫂说着呜呜哭起来。

冯哥把店铺转让后，没敢跟家里说，他每天仍是早出晚归，一切如常——他找了一份工作，在一家搬家公司当搬运工（冯哥没文化，年纪又大了，也只能找些简单体力活儿干了），所以在半年的时间里，冯嫂都没发现什么异常。

前几天，冯哥的父亲心脏病发作，住进了医院，医生诊断后，告诉他们，老人需要做心脏搭桥手术，费用大概需要六万元。这笔钱对于都市一般家庭来说，也许不算大数目，可冯哥冯嫂多年来都没有稳定的工作，小超市又不赚钱，他们为此一筹莫展。想来想去，冯嫂提出把小超市转让算了。事已至此，冯哥不得不坦白，小超市早已转让。冯嫂一听，顿时抓狂了。一贯温顺的她雷霆大发，坛坛罐罐摔了一地。

"雷恩，你把晓钢的五万块还给我们吧，晓钢他爸躺在医院急需钱呢。"冯嫂说。

"雷恩现在哪有钱，你不要为难她了。"冯哥说。

"你现在在银行上班，工资不低，这点钱不会拿不出。"冯嫂又说。

"雷恩才上班，工资不高，怎么可能拿得出五万块。"

冯嫂不理会他，继续求雷嫣，"要不，你先从营业款里拿五万块给我们应应急也行。"

"越说越不像话了，公款能随便拿么？你这是害她！"冯哥急了，口气也凶起来。

"雷恩，我求你了！"冯嫂在雷嫣面前跪了下来，她这一举动，把雷嫣和冯哥都吓了一跳。冯哥骂她："起来！成什么样子。"

雷嫣要拉冯嫂起来，但冯嫂不肯，继续说："雷恩，以前我们帮了你那么多，你现在也帮帮我们吧！"雷嫣说："嫂子，你和冯哥的大恩大德，我一辈子铭记在心，永远报答不完。嫂子，你放心，我一定想办法让伯伯有钱治病。"

冯哥说："雷嫣，你千万不要做违法乱纪的事哦。你现在好不容易有了工作，别毁了自己。"

"我知道。"

这天晚上，雷嫣想了一夜，我和冯哥因为她而接连"出事"，让她心里很难受，很愧疚，她想来想去，决定硬着头皮去找哥哥雷德求助。

雷嫣此前已有四年没有和哥哥联系了，她看不起哥哥一身"江湖味"，哥哥更是嫌她丢脸，不认这个曾经的弟弟了。

当雷嫣走进哥哥的办公室时，她一副女性形象让哥哥全然认不出来了，雷德疑惑地问她："请问你找谁？"雷嫣说："哥，是我，雷恩。"雷德惊得手中的茶杯都掉了，"你怎么变成了这个样子？装女人很好玩吗？乱七八糟。"

"我做了变性手术，现在是个女人了。"雷嫣说。

"你……你……你……"雷德这下不仅是吃惊，更是惊诧得跳起来了，"胡闹！三十岁的人了，你还是这么乱搞一通，谁让你去做的，谁同意你去做了？"

"现在说这些都没有用了，做都做了。"雷嫣淡然说。

"老太太要是知道了，非给你气死不可。"

"妈身体还好吧。"

"还好，不劳你操心。"

"哥，她现在住在哪里，能告诉我吗？"

"没这个必要。"

兄弟俩沉默了一会，雷嫣说："哥，我求你件事。"

"清高的大才子也来求我？哼哼。"

雷嫣依然一脸淡然，"哥，我做手术欠了别人十三万元，你能不能借我点钱还给人家。"

"不给！"雷德火冒三丈，"你告诉我，是哪家医院做的？我要去告他！"

"我们两个从此没关系了。"雷嫣站起来就走。

"就你这副鸟样，滚得越远越好。"雷德也不客气。

最终，这五万元的问题还是冯哥想出办法解决了。

自冯嫂找雷嫣还钱，冯哥总担心雷嫣为了救他的急，会做出挪用公款的事来，愁得一夜没睡，一直在想解决的办法。问朋友借，多少也能借到点，但老婆死活不同意，一定要雷嫣给。于是他从雷嫣的角度去想，想她会有什么办法，想来想去，他想到了雷嫣母亲的房子。他不是想把这套房子卖掉，房子是单位房改房，只有房产证，没有地产证，无法出售，而且房产证上的名字是雷嫣父母亲的名字，也无法卖。他想到的是，这套房子不是出租了么，雷嫣现在有工作了，房租也就"多余"了。当然，每月一千七的租金，远水解不了近渴，但可以贷款还债，再用房租来作按揭。

冯哥跟雷嫣商量，雷嫣二话不说立马同意了。于是冯哥向一家房屋中介贷了五万元，按五年期限，每月还贷一千七百元。

49 援救"罗战神"

很多地方报纸一样失去了新闻理想，内容不是歌功颂德，就是鸡毛蒜皮，你找得出多少篇揭露腐败的？找得出多少篇为民众疾苦呼吁的？找得出多少篇为公平公正呼喊的？

"周跑跑，你他妈的死哪儿去了，为什么这半个月一篇稿都没有交？你给我马上来报社！"

我接到了主任"尿不湿"的电话，这才想起，因为天天在街上找悠悠，我竟半个月没去过报社了，更没有写一篇稿。

我只好中断了在街头寻找悠悠，胆战心惊地赶去报社。

"尿不湿"看到我，两眼瞪得比牛眼还大，他甚至握了握拳头，让人怀疑他想揍我一顿。我连声向"尿不湿"说对不起，"尿不湿"说："你还想不想在报社混了？"

瞧这话说的，我顿时血冲脑门，回敬他："报社是你家开的吗？"

我知道，因为悠悠的失踪，我的火气变得特别旺，特别不容别人给我气受，"尿不湿"感觉他的权威受到了挑衅，恼羞成怒，挥手指着门外说："滚！"

我也不吃硬，扭头就走。

"尿不湿"显然向老总告了我的状，第二天上午，报社贴出了对我进行处罚的通告：扣掉当月薪水，停职反省。公告出来时我没在报社，是部主任"得花柳"打电话告诉我的。扣就扣吧，反正我有半个月没写稿，一分未得，下半个月我停职反省，也不会写稿，扣掉的也就是基本工资五百元。

和"得花柳"通完话后，躺在床上，我突然对记者这个职业产生了厌倦，整天写那些歌功颂德的文章有意思吗？整天写那东家长西家短的鸡毛蒜皮事有意思吗？整天写那些不痛不痒的街头吵架事件有意思吗？记得不知是白岩松还是水均益（我老是把他俩搞混淆）曾说过，一些地方电视台已失去了新闻理想，变得浑浑噩噩，甚至沦为赚钱机器。其实何止地方电视台，很多地方报纸一样失去了新闻理想，内容不是歌功颂德，就是鸡毛蒜皮，你找得出多少篇揭露腐败的？找得出多少篇为民众疾苦呼吁的？找得出多少篇为公平公正呼喊的？

漫无边际的胡思乱想让我头疼，我坐了起来，目光所及，我看到了一个纸盒，我完全是无意间看到它的，它默默地躺在房间的一个角落，幽暗的灯光让它一点都不引人注目。

它是"罗战神"被抓走的第二天，我替他收拾写字台抽屉里的东西带回来的，扔在那个角落后，我便再没管它。它让我想起了"罗战神"。半年没有"罗战神"的一点消息了。也许不是"罗战神"没有消息，是我没有去关注。这大半年来，为雷恩或雷嬷的事，还有悠悠出走的事弄得焦头烂额，其他的事都放到一边了。

我感到内疚，"罗战神"是我的好朋友，是吉都传媒界一匹战马，我怎么能忘了他呢？别人可以忘了他，可以不关注他，但我不能也这样啊。

大半年过去了，不知他被判刑了没有，还是无罪释放了？我心里焦急起来，像是遇到了突发事件一般。我觉得应该立即打探"罗战神"的消息。

打探"罗战神"的消息并不难，毕竟做记者的，三教九流的朋友都有，我认得吉都市检察院的一个检察官，他答应帮我问问。大湾市检察院虽然和吉都市检察院不是上下级关系，但同行之间问点事还是无大碍的，第二天他告诉我，"罗战神"已经被起诉到法院了，还没有开庭，罪名是敲诈。

怎么可能！打死我我也不会相信"罗战神"会去敲诈别人。他绝对是被陷害！朗朗乾坤，岂容恶人当道！我脑子一发热，作出了一个决定，我要援救"罗战神"！我如果不救他，再不会有人救他了。我对自己的决定心生壮烈感。

可是，我能怎么援救他呢？我不可能跑到大湾市的检察院、法院，说"罗战神"是无辜的，就是说了也没人相信。去找那个陷害他的人？找到又怎么样，谁怕你记者，谁会承认陷害"罗战神"？背上两把大刀去劫狱？老哥，现在是热兵器时代了好不好。

而且，我一个人又有多大力量？正像莫总说的，记者的单个行动如果不被报社支持，他只是一个人在战斗，是无权无势的一个人。虽然他是针对极少数记者干敲诈的事而说，其实也可以用到我要做的这件事上，报社绝对不会支持我的。报社要是跟我有同样的想法，也不会开除"罗战神"了，也早就实施援救行动了，哪轮得到我上阵。

我毫无头绪，不知道该怎么做，该做什么。我走到角落，把纸箱拖到床边，打开，看看里面具体有些什么东西。大部分都是采访本，还有采访中拿到的材料。我找到了大湾市出租车司机们给"罗战神"的材料，还有他打出来的稿子。我想我找出办法了。

我把"罗战神"的稿子和他的遭遇结合起来，写成一篇文章《正义记者揭黑幕，遭遇陷害入监牢》，我要把它发到网上去。我不使用自己的网线，因为这样做有可能被对方或网警锁定我的住址。我去了网吧，为防网吧里的摄像头，我戴了一副特大墨镜。

我把稿子发到几个著名的论坛上，可是这些著名论坛里，有着太多的遭遇不公正不公平、被陷害、被打击的人发的喊冤帖了，网民们也许对此已经麻木了，我的帖子没有引起太大的关注。才挂了半天，就沉底了。我不甘心，自己频频回帖，让它浮上来，但很快又沉了下去。

此招无效，我又在我的微博发了一条长博，可是我的粉丝只有区区几十个，我的长博发出去，一个转发的都没有。我又给几个名流、公知、作家、教授发了私信，请求他们为"罗战神"的事呼吁，但他们正为一场"代笔"争论吵得不可开交，顾不上我。

我想，这样漫无目的地发帖子顶什么用啊，应该有针对性地发，针对哪里？针对神秘的有关部门啊，他们是管人管事的，只要引起一家有关部门领导重视了，事情就会有转机的可能。

我在网上使劲地扒，从市一级到省一级，再到中央一级，找出了几十个我认为属于"有关部门"的机构，在其网站上找到"×长邮箱"，把我的稿子，还有"罗战神"的稿子，还有司机们的材料（扫描），一股脑儿发了进去。就连记协，我也寄了一封过去。

一天过去了，两天过去了，一个星期过去了，我的邮箱里只收到一封回信，是省里某局一个秘书回复的，说从所提供的材料，看不出罗占生入监牢与车管所有因果关系，故决定不予调查（是秘书决定不予调查，还是领导决定不予调查？）。我想这一招又失败了。我感到无比沮丧，我实在想不出别的招了。

一天，有个人在QQ里加我为好友，他告诉我，在网上看到了我的帖子，很为罗记者抱不平，说他也是大湾车管所的受害者，有关于大湾市车管所更猛的料，"你别看大湾车管所这个二层机构的二层机构，不显山不露水，默默无闻地坐落在荒郊野岭，也正因为如此，这口塘水深得很哩。"

他又说："你敢不敢像罗记者那样，也捅捅大湾车管所的马蜂窝？"句子后面，他加了一个憨笑的表情。

我说："我靠，别以小人之心度君子之腹，对公安机关抱有偏见，绝大部分公安机关还是好的，打击犯罪、抗震救灾、扶弱帮困，哪里没有公安机关的参与，以及广大民警战斗的身影？大湾车管所黑只是个例，并不代表所有车管所都黑，就算大湾车管所有点黑，他已经抓了一个记者了，还敢再抓一个记者？我有什么敢不敢的。"

"敢，你就去捅啊。"

"你不要激我，否则我真去了，叫你引火烧身。"

"你以为我是大湾车管所的人，来钓你鱼的吗？"

"你拿什么来证明你不是大湾车管所的人？"

"我无法自证自己不是什么，这是一个逻辑悖论。"

"就是嘛。"

"我是不是大湾车管所的人很重要吗？一点不重要。大湾车管所里也有很多、甚至绝大部分都是有正义感的人，恶人只是极少部分，对不对？只要我勇于曝黑，你管我是什么人呢。"

"大湾车管所真的还有黑幕？不至于吧。"

"你来采访一下就知道了。"

"我不会一去就被你们抓了吧。"

"只要你自己不黑，谁也抓不了你。"

"罗记者没黑过，不也照样被抓了。"

"那是他不注意保护自己。只要你不跟任何人有钱的接触，谁能把你怎么样。"

我最终被他说动心了，也鼓起了勇气，我想，好，我就再去捅捅马蜂窝，为"罗战神"出口气，说不定还能"围魏救赵"。这将是我最后一篇报道，写完这一篇，我再也不跑采访了，再也不当记者了，甚至再也不待在吉都市了，不待在本省了，不再抛头露面了，我看你怎么陷害我。我就不相信你敢没有正当理由就抓了我。

50 又揭开一起大案

每看到一条援助短信，我都要流下两行热泪。那几天，我天天都是以泪洗面，还是我的记者同行兄弟们给力啊！

到了大湾市，我立即拨打Q友留给我的手机号，Q友叫我去一个叫"海风咖啡馆"的地方等他。我有些犹豫，该不该去呢？我害怕这是一个陷阱，就像林冲进白虎堂，转眼英雄变成凶犯。"罗战神"就是这样，进去前是记者，从一间屋里出来就成了敲诈犯。

　　我想了想，还是决定去，但我不进屋里去，我就在大门口等，大庭广众之下，我不信他们就能陷害得了我，就是天上掉下十公斤重的黄金到我跟前，我也决不弯腰捡。

　　在海风咖啡馆门前等了一会儿，一个男子驾一辆摩托车到我跟前停了，摘下把头部包得严严实实的头盔，问我："你就是周记者吧。"我说是，他邀请我进屋，我拒绝，我看到旁边的小树林里有石凳石桌，便说："我们在那边谈吧。"

　　他不可能有先见之明，预先在小树林里安装了摄像头吧。坐下来后，男子朝我笑笑，说："我真是大湾车管所的，你怕不怕？"

　　哎哟妈呀，他真是大湾车管所的！我条件反射般站起来，想逃跑，但又以迅雷不及掩耳的速度镇定了下来，我伸手在石凳上拂了拂，让他以为我站起来，是因为凳面上有颗石子硌了我屁股。

　　我说："你来得正好，我要找的就是车管所的人，这样就可以直接采访了。"

　　"好了，不跟你逗了，车管所里的人并不都是坏人。"男子拿出一叠纸张递给我看，说："我发现，大湾车管所竟然有八百多本驾照没有档案，太大胆了，等于是给八百多个马路杀手发了许可证哪。可能还有已经做了档案的，那就更多了。"

　　此男子名叫张一牟，看上去一脸正气，年纪应该比我略大些，他在车管所的主要工作就是办理驾照。上个星期，有个男的，来到他窗口，说他的驾证丢了，想补办。张一牟核对档案，却没有找到此人的档案材料。他感到疑惑，"你的证是在这里办的吗？"

　　"肯定是。"

　　"不是找街头假证贩子办的？"

　　"假证贩子办的，我敢来这里补证嘛。"

　　是不是编号弄错了？于是他进行系统搜索，这一搜，让他吃惊不已，他竟发现有八百多本驾驶证编号无档案。看来，所里有人大肆贩卖驾证。按一本三千至四千元来算，八百多本获利可达三百万！

"你也是办证员，别人私自办证，你怎么会不知道？"

"办驾证是有一套严格的程序，分受理岗、审批岗、档案制证岗。三个岗都由不同的民警负责，各人掌握各自的工号和系统密码，不得向他人透露，每一个岗需输入专职民警各自的工号和密码，才能进入系统，填写考驾照者相应的数据和资料，一关一关地通过，驾证才出得来，我是第一关受理岗，偏偏没有登记，所以我才奇怪。"

"可能你那个岗位是虚设的，过你这一岗可以，不过也可以。你这个岗是因人设岗，领导原先不知道安排什么事给你做，就设了这个岗给你坐，坐凳子的坐，不是做事的做。"

"切，你以为我是市长的儿子啊。"

"难说，如今市长的儿子都很低调的，不是圈子里的人根本不知道谁是市长的儿子。"

"我要是市长的儿子，吃空饷不更好，上什么鸟班。再说，我也不是没受理过办证申请，一年起码有二、三千。"

"好了，不闲扯了。你说，为什么会出现这种情况？"

"我怀疑，所领导和制证员勾搭私卖驾照，因为领导知道我们每个岗位的工号和密码，驾照内页也只有从领导手上才拿得到。"

我思考如何调查，直接找领导或制证员质问是不可能的，不能做自投罗网的事。一个制证员何以能给这么多人办证，他一定有一张揽生意的网络，找到这张网络，就成为揭黑的重要手段。

"只有办驾校的人，才有本事拉到这么多要办证的人。可以说，办证的人一定和办驾校的人有勾结。"张一牟说。

对！我决定去几个驾校暗访。

我游走于大街小巷，寻找驾校的招生点，不一会儿，就发现了一个，名叫"车神驾校报名点"，有一拨人刚报完名，兴高采烈地离去。我坐下来，装模作样地翻看资料，一个中年男子凑近我，问："小兄弟，想学车？我们这里学费绝对划算，教练技术也非常好。"

我问了一下学费、场地、学时等情况，说："我是想学车，只是没有整块的时间去驾校。其实，我平时借朋友的车自己练，基本会开车了，能不能省点学车时间？"

"如果你已经会了，不用来驾校学，报名交钱就可以了，过段时间接到我们的通知来领证就行。"

"有这么好的事？"

"像你这种情况的人不少。你说，现在车子这么普及，谁自己学个车还不容易？车管所也懂的，只要你保证已经会了，我们跟车管所说明情况，通融一下没问题的。"

"车管所会这么好说话？"

"那也要看是什么人跟他说啦，是不是？哈哈哈。"中年男子一脸灿烂。

他的话被我悄悄用录音笔录下来了。

我暗访了四个驾校报名点，有三个明确向我表示，不用去驾校学车，也可以领到证。

我又找到补办驾照的那个人，他叫王智文。王智文仍在为他迟迟补办不了驾照而郁闷，他首先声明绝不是找假证贩子办的，是托一个非常铁的朋友办的，而这个非常铁的朋友又有一个非常铁的朋友是车管所交警，所以他的驾照绝对是真的。

"你能确认，你的驾照是你那个非常铁的朋友托他那个非常铁的交警朋友办的吗？"

"肯定！这么铁的朋友，他会骗我吗？我前几天还问过我那朋友，他说驾照绝对是真的。"

我在大湾市才采访了一天，第二天报社就有人知道了，"尿不湿"打电话给我，质问："周跑跑，不是要你停职反省么？你怎么跑去大湾市采访了？"

我感到吃惊，忙说："我没采访啊，只不过一个朋友邀请我来大湾市散散心。"

"别跟我扯淡。我告诉你，王所长是我朋友，你在大湾市的一举一动我都知道。"

"你是说王所长在监视我，还是说你安排王所长监视我？"我感到奇怪，我在大湾市的采访是秘密进行的，怎么王所长这么快就发现了？难道那个张一牟真是钓鱼的？不会吧，钓鱼会下这么肥的鱼饵？这黑幕要真被我撕开了，可不得了。

"莫总叫我命令你回来，否则的话，将开除你。"

开除就开除吧，虽然我被开除后，将不能进行采访了（否则王所长有可能会以我是冒牌记者为由，叫有关部门把我抓起来），但我也采访得差不多了，可以写出一篇完整的报道了。

不过，我还是赶回了吉都市，因为我担心报社一贴出开除我的通报，大湾市这边立马就行动将我抓起来，也许我还不知道被开除，就已经进监牢里了。

我没有去报社。果然第二天早上，"得花柳"就通知我，报社已下文将我开除。我心里直叹幸运，想如果现在还在大湾，也许就进局子里去了。我猜想，王所长可能想与报社演双簧，在我暗访期间，由报社偷偷开除我，之后王所长这边马上以我是假记者为名抓了我，只是报社并不想完全配合，虽然同意开除我，却不想偷偷地先斩后奏，而且事先通知了我，由我自己看着办。

当然这只是我的猜测，实际怎么样，我也无法知道。

我奋笔疾书了一天，完成了稿子《大湾市车管所：你到底有多少黑幕》，内容既包括了驾照的事，还有出租车司机的事，"罗战神"莫名进监牢的事。这次我不发论坛、微博了，也不发有关部门信箱了，我找出全国各地那些敢于说话的报纸、杂志、电视台、网媒的"名记"，用快递，把稿子连同各种证据材料，一封又一封寄给了他们。我相信他们之中终会有人关注的。

恰在此时，外省某地车管所曝出腐败案，不仅所长，还有四十多个收红包的驾证考官，都被省纪委调查。车管所一时成了人们关注的热点，很快，我陆续收到了"名记"们的反馈，称将对我提供的线索进行采访。每看到一条援助短信，我都要流下两行热泪。那几天，我天天都是以泪洗面，还是我的记者同行兄弟们给力啊。

　　不显山不露水的大湾市车管所，终于成了媒体聚焦的地方，今天是报社记者来访，明天是电视台记者来摄像，还有杂志记者也找上门来。一时间，全国各种媒体对大湾市车管所的质疑铺天盖地。大湾市纪检、检察、公安机关迅速作出反应，组成联合调查组，进驻大湾市车管所展开调查。

　　调查组介入调查的第二天，车管所有人向调查组自首了。她叫方洛丹，是制证岗位的制证员。其实她是车管所的一名临时工，原来是打字员，一年前，由于原先的制证员休产假，她被安排顶了岗。她说，她原来也是打算好好干，干出点成绩，以便于转正的，可是好多朋友得知她做驾证，纷纷要求她帮忙，盛情难却，她只好冒险了，于是偷窥了其他岗位办证员的工号和密码，盗印了驾照内页，私下做起了驾证。后来觉得有利可图，便与驾校人员勾结。为了更高效，她省过了前面几道程序，什么材料也不要了，只要办证的人提供照片、身份证复印件就做，收了钱后有时间再慢慢把档案补上，这才导致许多人没有原始档案。

　　"车管所还有谁和你一起做这件事？"调查员问她。

　　"没有了，就我一个人。另外，还有几个驾校的人帮我拉客户。"

　　"得了多少赃款，都藏在哪里？"

　　"我自己得了二百三十万，其中二百万买了两套房子，还有三十万买了一辆车，现在房价涨了一倍，那两套房子值四百万，我愿意卖掉一套房退赃。"

　　"你以为另一套房子可以归你了？"

　　"我退完赃款，为什么不能归我？"

　　"看来在牢里你还得好好学学法。"调查员无奈地笑了一声。

　　半个月后，调查组宣布了调查结果，一、私自制证是一个叫方洛丹的临时工所为，警方已对其及三名涉案驾校人员执行逮捕；二、二十辆被盗车上牌的事，是一个叫方伟全的人伪造发票、窜改车身数据造成的，已对其进行通缉；三、在这两起事件中，车管所相关人员工作存在失职行为，已对包括前任、现任所长在内的八名工作人员予以行政记大过处分，调离相关岗位。至于司机索赔问题，由司机与车管所协商解决，调查组不宜干涉；四、没有发现车管所或相关公职人员陷害罗占生的证据；五、检察机关决定对罗占生涉嫌敲诈案重新审查。

51 落魄三兄弟

我问为什么，"罗战神"说，他还是想继续做记者，去外省。"我相信偌大中国，一定会有赏识我的媒体。"

检察机关当初认定罗占生敲诈的重要证据，一是录像带和吴园长的证词，录像带显示吴园长将一沓钱塞进了罗占生的包里，吴园长也称罗占生收了他四万元；二是当天罗占生的银行卡里存进了四万元。罗占生向办案人员辩称，录像带经过了掐头去尾的剪辑，吴园长把钱塞进了他的包里不假，但他马上拿出来还给了吴园长，这一段却被剪掉了，而且，存进他卡里的四万元钱并不是他自己存的，他也不知道自己卡里被存进了这笔钱，因为这张卡没有设置短信提醒。然而，他的辩解没被采纳。

检察机关另行成立的办案组重新审查后认为，录像表明，吴园长将一沓钱塞进了罗占生的包里，但这不足以认定罗占生构成敲诈，因为没有双方的对话作证，也没有罗占生要挟的行为发生。罗占生的银行卡里存进的四万元，是有人从自动柜员机以现金方式存进去的，谁存的，由于银行视频找不到了，无法查明，也就无法证明这四万元就是吴园长给罗占生的这笔钱，所以无法证明罗占生收下了吴园长的钱。

不久，检察机关撤回了对罗占生的起诉。

得知罗占生获释，一大早，我兴高采烈地赶到大湾市看守所大门外等候，然而，一直等到中午，都不见罗占生出来。我感到纳闷，也感到疑惑，难道又出了什么变故？

我硬着头皮，冒着自投罗网的危险走进看守所，问警察罗占生什么时候出来，人家告诉我，罗占生早出去了。我说："不会吧，我一大早就在门外等着，都不见他出来。"

"你怎么不半夜就来等呢，你半夜就来等肯定能见着他。"

"他半夜获释的？那他怎么回去啊？"

"你是说我们连车都没有吗？"

我苦笑。估计看守所或者检察院担心大白天可能会有很多记者，守着罗占生出来采访他，索性半夜就让他出去了，还派车一路把他直接送回吉都。

我迅速赶回吉都，在罗占生租住屋，我见到了离别大半年的"罗战神"，他瘦了许多，白净了很多，显得有些虚弱，毕竟身处四面墙之中，日晒不着风吹不着雨淋不着嘛。我们像久别的战友重逢一般紧紧拥抱。

"兄弟，你终于回来了。"我说。

"我的好兄弟，谢谢你为我冒这么大的风险。"罗占生说。

"你瘦了很多，是不是在里面挨打了？"

"这倒没有，我跟号友说，我是揭腐被陷害的，他们都很敬佩我，没打我，也没罚我刷厕所。"

"万幸。"

"这不算什么，没有挖出大鱼，真不甘心。"

"算啦，安全第一。他们都是出道多年的沙场老将，我们几个小毛孩，哪斗得过他们，调查组介入了，不也才逮了个临时工，当然，不排除这其中也有黑幕，但我们只能做到这一步了。"

这一番波折，虽然只从车管所挖出了一个临时工，记了几个人的过，但"罗战神"得以获释，我也感到知足了。

下一步怎么办？我是回不了吉都报了，也不想再去其他报社了。"罗战神"说想休息一段时间，对下一步没有打算。

我想起了悠悠，这一个月来，我忙于援救"罗战神"，把寻找悠悠的事忘到一边了。悠悠"失踪"已一个半月了，一个半月都不露面，看来她真是不想见我了，彻底跟我掰了。

我高兴的心情很快被忧伤所遮盖，我不知道现在还该不该寻找她。找吧，茫茫人海何处寻找？找到了又能怎样？不找吧，心里又放不下她。

犹豫了一天，我最后决定还是继续找，反正现在失业了，闲着也是闲着，如果找到了，她确实不理我，我也最后死了这份心，该干嘛干嘛去。

我早出晚归，继续游荡于大街小巷。

一天，我接到了钟正操的电话，他从北海回来了。于是我们相约晚上在金辉路大排档相见。

我、罗占生、钟正操、冯哥、雷嫣五个人相聚了，这是我们五个人第一次坐在一起。当看到我后面跟着雷嫣时，罗占生、钟正操还以为我新换了女朋友呢，悄悄对我说："太惊艳了！小心眼光太高，跌得更惨。"

我说："别胡扯，我是个花心的人吗？即使有花心，也没那实力。她是我的好哥们，女的哥们。"

别看平时雷嫣言谈举止一副大家闺秀的模样，可跟我们这一堆男人坐在一块，她顿时就变回了男人，嗓门粗了，说话粗了，手脚粗了，还大口大口地喝啤酒。我劝她文静点，她不买账，说："在别人面前，我一副温婉的模样，你不知道有多难受，你就让我放松一下吧。"我也只好由着她去，反正这一堆男人，没有谁拿她当怪物，也不会去跟别人嚼舌根。

"抄抄，跑北海干嘛去了？"我问。

"还能干嘛，找口饭吃呗。"

钟正操的夜宵摊被城管清理后，正愁不知上哪找份活儿干，这时接到了一个朋友的电话，朋友说在北海承包了一座大厦的装修，想请他来帮管理。虽然他知道这朋友一直东游西荡，不像个老板，不过这年头，谁知道呢，一夜间暴富的人多的是，他相信了朋友的话，直奔北海。

可是朋友没带他去工地，而是进了传销窝，要他做下线。开始时他很生气，但朋友也不强迫他，只恳求他听几节课，到时他再走老板就不会为难自己了，还主动端来热水为他洗脚，这样，钟正操暂且留了下来。

没进过传销课堂的人，是无法领略传销培训师的厉害的，钟正操此前也清楚传销是骗局，可是几堂课下来，他就被培训师的"成功学"迷住，被鼓动得热血沸腾了，发财心切了，决定跟着朋友搞"资本运作"，交了三万六千元入会，这是他全部家当了。

钟正操在北海待了三个月，只发展了一个下线，入不敷出，靠在市场捡烂菜叶度日，直到他所在的传销窝被端，才灰溜溜地回了吉都。

"我们这是融资搞项目，跟传销是有区别的。"钟正操说。

"是融资送给你们总裁吧。"我笑他。

"你不懂的。"

"抄抄，别鬼迷心窍了，找个正正当当的事做吧。"

我们一边喝酒一边聊今后怎么办，吉都虽大，看来没有我们的立身之地了，也许去另外一个城市发展会好点。这么讨论着，我们想到了"王大神"，他不是在省城开了一家影视公司么？春节过后，我和"罗战神"曾去看望他，看到他的公司挺有模有样的，租了一间三百多平米的写字间，还有漂亮的前台小姐呢。"王大神"告诉我们，公司正筹拍一部四十多集的电视连续剧，跟一家电视台合作的，绝对可以播出，并且肯定会热播，赚个二、三千万是没问题的。他得意洋洋，满脸油亮油亮的，像在油缸里泡过，我恨不得掏出餐巾纸给他擦一擦，免得太招摇了。

"我们去投奔'王大神'怎么样？搞搞文字统筹、剧务、场记什么的，应该干得了。也许可以演男七号呢。"钟正操笑说。

"我看行。"我说。我想"王大神"有背景，他的公司应该有发展前途的，既然有发展前途，肯定需要人，我们是他的老战友，他不要我们要谁啊，谁会对他忠心耿耿？除了老战友，不会有谁了。

我当即掏出手机拨打"王大神"的电话，怪了，手机关机。可能正跟小蜜嘿咻吧，我们淫荡地笑。

第二天早上，我继续拨打"王大神"的电话，仍是关机。不管他了，去了再说，给他一个惊喜。

准备上路时，"罗战神"说："我不去了。"

我问为什么，"罗战神"说，他还是想继续做记者，去外省。"我相信偌大个中国，一定会有赏识我的媒体。"他说。"受网络尤其是微博冲击，现在纸质报业一天不如一天了，哪里的报社都不好待。"我说。

"那我就去网站。"

"网站不得采访时事新闻。"我说，马上又意识到不应该打击他的热忱，于是说："战神，我看好你！在哪个报社安顿下来了，要马上告诉我。"

我知道劝也是劝不住他的，因为他就是为当记者而生的。战神，祝你一路顺风，祝你好运！越战越勇！

坐一个小时的高铁，到了省城，直奔"王大神"的影视公司，然而我们看到的却是铁将军把门。怪了，难道都出去拍剧了？可再怎么忙，前台小姐也得留守办公室呀。

我问旁边公司的人，一个派头十足、额头锃亮的男人说："王老板呀，到牢里发财去喽。"我和钟正操都吓了一跳，忙追问怎么回事。

原来，那个文化厅长、原吉都市周副市长栽了。

其实周副市长原本没事的，是一个包工头把他捅了出来。包工头承建的一座桥梁塌了，吉都市进行调查，发现桥梁材料严重不合格，尤其是灌浆水泥，与其说是水泥掺沙，不如说是沙子掺水泥。包工头被抓后，为了立功，他供出了向"王大神"、实际上是向分管建设的周副市长行贿的事，这样，周厅长（周副市长）栽了，"王大神"也在劫难逃。

周厅长落马这事我是知道的，我还在报社的时候，吉都报登过一则周厅长因涉嫌违纪被罢免市人大代表资格的简讯，是市人大的通稿，自然只提到周厅长，没提"王大神"，也就一百来字，短得我都没有去细想这则新闻的爆炸力，短得我看过就忘了。而且那天我正焦头烂额地满街寻找悠悠，脑子里装不下任何事。

真是计划不如变化快呵，我和钟正操灰溜溜地回了吉都。

我心灰意懒，什么也不想干，整天蜷在租住屋，不是上网看电影，就是睡大觉，白天只吃方便面，到了傍晚才下楼找饭吃。钟正操过的日子也跟我差不多。傍晚的时候，不是他打电话叫我，就是我打电话叫他，一块儿碰头去吃晚饭。吃罢饭，我们无所事事，沿着街道乱逛，就像当初雷恩那样。我理解了雷恩当初为什么那么喜欢散步，实在是无聊啊。一个人如果不是无聊，谁喜欢散步呢？

不顺心的事接踵而来，有一天，冯哥闪了腰。

冯哥的搬家公司是实行分包制的，比如说一单业务，公司安排五个人去做，这单业务公司提成百分之二十，剩下的就是由这五个人平分。因此他们要想多挣钱，就要尽量快地把一单业务做完，好接着领第二单业务。在干活儿过程中，大家都自觉形成默契，干起活儿来特别能吃苦，特别不怕累。一台硕大的冰箱，换作一般人，可能四个人抬下楼还会感到吃力，可冯哥他们，一个人拿条粗大的布条，将冰箱往背上一捆，飞奔下楼。

冯哥四十多岁的人了，干力气活儿本不是强项，何况工友们个个都很卖力，他也不愿偷半点懒被人看低——若被人看低，没人愿意跟你搭伙，你也就在搬家公司混不下去了。当他扛起一台笨重的老式大彩电，从八楼下到四楼时，气力不支了，两脚发软，打了个趔趄，就这样闪了腰。还好，电视机没摔坏，否则他闪了腰还得赔电视机。

我和雷嫣去冯哥家里看望他，看到冯哥躺在床上，想翻个身都需要人帮忙，雷嫣哭了，像一个女孩子那样哭了。她坚决地把冯哥送去了医院，一切费用由她承担。我心里也不好受，觉得冯哥的受伤也有我的责任，如果不是我鼓动他给雷嫣做变性手术，他就不会卖掉小超市，也就不会去搬家公司打工，也就不会受伤了。

52 三个大红包

发财是一件好事，可不是人人都发得了财的，现今是资本的天下，没有大资金投入，发财只不过是做梦

我不知道冯哥的受伤，还有我的落魄、悠悠的消失，给雷嬷心里造成了怎样的震撼，让她内心产生怎样的挣扎，那些天，她明显沉默了许多，忧郁了许多，不多的话语中有一句是常说的："我害了你们。"

我劝过她，我说："你不要太往心里去，我和冯哥的事跟你没有太直接的关系。悠悠离开我，算不上多大的事；对于每个人来说，与恋人分分合合是正常的，谁没有谈过三两次恋爱呢。我被报社开除，跟你更加没有关系。冯哥呢，他的小超市迟早是要关门的，他缺乏资金，货物没有人家的丰富，怎么竞争得过人家，而且中国人有个怪现象，老是爱搞同质竞争，恶性倾轧，你开了家超市，我在同一个地方也开一家超市；你开了家饭店，我在你隔壁也开一家饭店，搞得大家都做不好，冯哥卖了超市也许是好事，如果继续亏本经营，说不定欠上一屁股债了。"

雷嬷说："你别劝我了，我心里有数。"

既然如此，我也不好再多说，只希望她尽快走出愧疚的阴霾。

一个月后，冯哥的伤基本好了，雷嬷约我、冯哥、钟正操出来吃晚饭。这段时间我们相聚不多，我估计雷嬷有什么事要跟我们说，但一直到吃罢饭，雷嬷都只是跟我们闲聊。

买单后，雷嬷说："三位好兄弟，过半个月就是新年了，这一年里，你们给了我莫大的帮助，我雷嬷的感激之情不知如何表达，也不懂拿什么来感谢你

们。我准备了一点小礼物，希望你们能收下，但愿它能助三位好兄弟在新的一年里大展宏图。"

雷嫣说着，从她的小坤包里掏出三个小红包，发给我们每个人。我以为里面装的是钱，忙说："雷嫣，你看你，怎么搞起这一套来了，好庸俗。"三个人都要把红包还给她，但雷嫣坚决不接，"一点小意思，你们就不要为难我了。"

我捏了捏，没有纸感，感觉是一个硬硬的小方块，难道给我们发的是银行卡？用得着吗？也许是顺便发展自己的储户吧，银行对每个职员都有揽储任务的。我们虽没什么钱，但为雷嫣做点小贡献还是愿意的，所以见雷嫣不接，也就不再客气。

小红包的口子封上了，雷嫣笑说："先不要打开看，回家再看吧，免得庸俗了。"

回到家里，我拆开红包一看，果然是张银行卡，还有一张小纸片，上写：用户名——罗文；密码——666666。我感到奇怪，怎么把一张别人的银行卡给我？

第二天上午，我还在睡觉，突然手机铃声大作。不知怎么回事，我感觉它透出一种惊悚与刺耳，我忙接了电话，是冯哥打来的：

"力波，雷嫣给你的卡里有多少钱？"

"不知道，我没有去查。"我说，我想冯哥是不是太小市民气了，给个红包也这么一惊一乍。我是不打算取的，起码目前不会。我考虑过，是不是哪天偷偷把它放进雷嫣的包里，但又担心她以后发现了生我的气，所以一时决定不下怎么处理。

"你猜猜，她给我的卡里有多少钱，给你一百次机会。"冯哥说。

"我靠，有那么玄乎嘛。就算他们银行效益好，雷嫣也才上了半年的班呐，万把块了不起了。"

"那我告诉你吧，三百万！"

我的手机被吓到了，从我手里飞了出去，飞到了我活动衣柜的顶面，还跳了两跳，才躺下来，像是中枪了。我愣愣地看着它，一时忘了捡。

我想，银行也太暴利了吧，雷嫣进去才半年，就收入三百万，难怪网上有一篇文章里，一个银行业高管称，银行的暴利让他都不好意思说。

不对，雷嫣何止收入三百万，她给了冯哥三百万，给我肯定也不会少于这个数，还有钟正操呢。钟正操虽然没怎么帮过她，但既然那天晚上雷嫣也约了他出来，也给了他红包，给他的钱也许没有我和冯哥的多，百把万也会有吧。这么说来，雷嫣收入应该在七百万以上！

打死我也不会相信，雷嫣一个普通营业员，才上了半年班，就收入七百万。这钱肯定来路不正！

我急忙起床，穿衣，冲下楼，找到附近一个柜员机，插入卡，里面真有三百万！我这回是真正呆住了，全身神经麻木了，血液停止流动了，思维消失了，伴随着两眼发黑，两耳齐鸣……

傻站了半天，我才想起应该给冯哥打电话，"冯哥，我的卡里也有三百万。"我的声音极其低沉，仿佛是向冯哥说一个噩耗。

"这个雷嫣，从哪里得这么多钱来？"

"不会是偷银行的钱吧？"我弱弱地说。

"难说。我实在想不出她能上哪弄来这么多钱。"

如果是这样，事情就大了，这么一想，我头都大了。我说："冯哥，我们去找她，得问清楚这件事。"

我们会合后，急急赶去雷嫣上班的地方，却不见雷嫣，她的同事说，她今天请假了。冯哥拨打雷嫣的电话，得到的是"该用户已关机"的回音。我们越发感到此事蹊跷。时值寒冬，我们却出了一身汗。雷嫣啊雷嫣，你到底是怎么想的，我们帮你又没要求你回报，你用得着报答我们吗，还搞得这么大。一人三百万哪，恐怕我、冯哥工作到六十岁都挣不下三百万，你想把我们噎死呀。

我们一路忐忑不安地赶到雷嫣住的地方，敲门，没人应；我们大声喊："雷嫣！"仍无人应答。我们接着擂门，"咚咚咚！"擂了半天，也是白费力气。

怎么办，怎么办？

　　我掏出那张名为罗文的卡，尽管天空没有阳光，它依然金光灿灿，要在平时，它肯定是最有魅力的东西。可现在我只感觉它是一颗卡式炸弹，令人恐惧。

　　"叫钟正操过来，我们一块儿商量怎么办。"冯哥说。

　　我拨打钟正操的电话，"该用户已关机"！他怎么也关机了？我看着冯哥，冯哥也有些发愣，似乎对这事想不通。

　　"会不会是他们两个私奔了？"我说。

　　"别胡扯，怎么可能！"冯哥的口气像是要为雷嫣辩白。我也觉得不可能，他们才见过几次呀，就能产生爱情？虽然世上有一见钟情这种事，但肯定不会在雷嫣身上发生，因为雷嫣说起来，还只能算半个女人，她的男性心理并未完全消失，她绝不会这么快就爱上一个男人，何况她在做男人时也不是同志；就算钟正操对她一见钟情，她也不可能轻易接受。此前几次聚会中，我一点也看不出钟正操爱上了她，或她爱上了钟正操，她甚至没怎么跟钟正操说话。

　　肯定是钟正操见钱眼开了！怕我们要他把钱退出来，索性关了机，跟我们玩失踪。这个钟正操，自传销窝里溜了一圈出来，已变成了一个财迷，憨厚的气质没有了，知足常乐的神态不见了，满脸红光，聚会的时候总爱说发财的事，我都有点烦他。发财是一件好事，可不是人人都发得了财的，现今是资本的天下，没有大资金投入，发财只不过是做梦。

　　冯哥对我的分析表示赞同，说："我怀疑雷嫣是受了钟正操的蛊惑。雷嫣那么老实的一个人，如果没人蛊惑，做不出这么大胆的事。"

　　一连几天，雷嫣都杳无音讯。我们猜测，她可能是防我们把卡退给她，索性一走了之，断了我们的念头，不得不收下钱。可是，这来历不明、甚至有可能是银行的钱，我们敢要吗？

　　退不了，该怎么办？收下来，恐怕我会天天做噩梦；交给警方？我就是有一百张嘴也说不清啊，不是犯罪也犯了罪，一身清白也得坐牢。

　　又过了几天，我收到了一封特快专递，打开一看，是雷嫣写来的。这封信让我看得心惊肉跳倒吸气。

果然是钟正操搞的鬼，是他唆使雷嫣盗取了储户的巨款，共有九百多万！雷嫣啊雷嫣，我们好不容易把你拯救成正常人了，你怎么又干起不正常的事来了，这件事绝对毁了你一辈子，谁也拯救不了你了！

"你们放心用这些钱吧，很安全，没有一点风险。"在信中，雷嫣轻描淡写地说。我才不信呢，没一点风险？银行不会那么无能吧，人家从它身上挖走了九百万，它会感觉不到？不翻历史，只看现实，有哪一个人玩得过银行？

就说几个最近的例子：山东一青年，通过某银行的交易系统炒黄金买卖，十天里赚了二千多万，正当他乐得睡觉都笑醒时，银行认为其属不当得利，把他的钱划走了，打官司法院也是支持银行。深圳一小伙子，从柜员机取钱，取了一千元卡里才被扣掉一元，他一时起意，超额取了17万，结果银行报案，他被抓，先被判无期，后改判5年刑。河南一中年男子，银行卡半小时里无故打进来1700万，估计他懂得银行的厉害，急忙向银行报告这事，还好，银行没有为难他，只是把钱划回去了事。

53 雷嫣的困扰

她感觉只是在表演做女人，她一点没有感受到她成为了一个女人

我真是太才疏学浅了，我不懂得，一个人的身体可以很快变成另外一个性别的身体，他（她）的性别意识却不是马上就能随着转变的，性别意识的转变比身体性别的转变顽固多了。

雷嫣身体虽然变成了女人，虽然她去女人培训会所培训过、跟悠悠学过如何做女人，但她感觉只是在表演做女人，她一点没有感受到她成为了一个女人。

一个人独处的时候还好，男人不男人，女人不女人的，无所谓，没人看到；跟我们哥几个在一起的时候，也很放松，因为我们对她知根知底，她用不着隐瞒什么。可是在工作中，在单位里，她得把自己装成一个女人，说话尽量把声音放尖了，走路尽量把腰扭起来，手放在桌子上时翘兰花指。

以前，雷嫣为了掩饰自己的心理障碍，装人间看客；而今，她又陷入了另一种装，装优雅女人。

刚变性那会儿，雷嫣一度以为自己真的变成了另外一个人，变成了一个女人，跟过去彻底告别了，她是高兴的，开心的，兴奋的，她重拾了信心，她变得活泼起来，开始拥抱社会、接触社会、接触他人。

恢复了积极心态的雷嫣，工作中手脚利落、得心应手，每个月的业绩都是所里第一名，所里墙上的员工评比表，她的一栏里一直贴着五颗星。为此，雷嫣成了所里、支行引人注目的人。

当然，雷嫣引人注目还有另外一个因素，就是她的独特的美丽。

雷嫣的美是独特的，她的美中既有妩媚，也有阳刚，也就是说柔中带刚，刚中有柔。这种美跟"伪娘"的那种美是不同的，"伪娘"虽有柔美，但人们把他当男人；人们看雷嫣虽阳气十足，但认定她是女人。男人喜欢"伪娘"只是欣赏，不会爱慕；雷嫣的这种美跟"男人婆"也不同，"男人婆"往往行为举止粗鲁，大大咧咧，不讨人喜欢，而雷嫣举止优雅，仪态端庄。

她这种非男非女的独特风采，吸引着所里的男同事，也吸引着外面不少男人。渐渐地，有男人明里暗里向雷嫣暗送秋波了，她时不时收到男同事发来的求爱短信，还有人约她出去看电影、喝咖啡、开房。一些爱慕者，自己居住的小区门口就有各大银行，却不爱，偏要取远，穿过几条街，来到雷嫣的营业所存取款、转账，以享受雷嫣的服务，并可以多看她几眼。营业所是实行叫号排队的，有四个窗口，不一定你的号刚好安排在她窗口吧，但这些人偏要碰碰运气，大堂经理劝他们直接去自动窗口操作也予以拒绝，结果呢，十个人里面往往只有一个能享受到这种"艳福"。

接着，有人以实际行动向她发起爱情攻势了。一天，一个小伙子捧了九十九朵红玫瑰来，放在她的窗台上，引起一片喧哗。

还有一天，一个个子高高的帅哥，开了一辆法拉利来，在营业所门前停着，一直等到雷嫣下班，看到雷嫣出来，忙去迎接她，但雷嫣从车前方走过去了。

更有一天，一个年近四十的钻石王老五，提了一纸箱现金去雷嫣的营业所存款，第一次叫到他排队号时，他一看不是雷嫣的窗口，放过了，另取了一张，这一次终于轮到雷嫣的窗口。他从纸箱里把一扎扎钱塞进窗口，留着最后一扎单独处理，因为他在钱里夹了一封求爱信……

说起来，31岁的雷嫣也算是个剩女了，虽然做变性手术的时候稍微整了一下容，看上去也小不了几岁。然而对这些男人的求爱表白和约会邀请，她一点心动的感觉都没有，甚至反感。

有了爱慕者，女人往往会更加注重装扮自己，但雷嫣反而渐渐对自己做女人的行为感到累了、疲了，身体里仿佛有另一个自我跟她对抗，对抗她做女人，让她渐渐厌烦女人的那一套。女人出门要化妆，要穿着得体，要背个包，让她不习惯。她特别不喜欢穿裙子，总让她感觉下身空荡荡的，有一种什么都没穿的感觉，另外坐下来时，还得用手抹抹臀部才能坐下，以免裙子被坐皱，她觉得好繁琐。渐渐地，她不爱穿裙子了，总是换成休闲裤。银行里的女性夏季工作服以裙装为主，但她不管那么多了。

她也不喜欢跟女同事混在一堆家长里短，她喜欢跟男同事扎堆，爱聊些体育、时事话题，让男同事惊为另类。

有时候，在浴室洗澡，抚摸着胸前两个丰满的乳房，她会产生一种梦幻的感觉，感觉自己被一个女人附体了，或者她的灵魂钻进了一个女人的身体里。

多少次，在上厕所时，下意识地走进了男洗手间。她的美艳常把一些正在撒尿的男人看得兴奋不已。对她曾经拥有过的东西，她才一点不受惊吓呢。

更要命的是，上个月，她喜欢上了一个人，这个人是女孩，所里一个漂亮的女同事，名叫姚珍。她总是和雷嫣一块当班，和雷嫣面对面而坐。雷嫣一抬起头，姚珍就会映入她的眼帘。姚珍的皮肤非常白，白得让人怀疑她体内有没有血液；她是鹅蛋型脸，头发垂到肩膀，看上去既古典又时尚；她还有一双顾盼生辉的杏眼，每当与这双眼睛相视时，她会产生触电般的感受。

这是雷嫣失恋五年来，再一次爱上一个女孩，这表明她已经从过去的阴霾中走出来了，可惜，她现在的身体已经是个女孩了，她不可能再爱一个女孩子，她没有同性恋取向。就算有同性恋取向，她也应该是爱上男子。

雷嫣为此感到痛苦，我不知道她现在是不是后悔做变性手术，但她已回不去男儿身了。再做变性手术变回男人？不要说她会崩溃，我和冯哥也会崩溃，王医生也会崩溃。

一个月前，我还以为她的忧郁因我和冯哥而起，其实她的心态比我想象的复杂得多，既有因我和冯哥的落难而愧疚，也有对她性别角色里外不一的苦恼，还有对这场变性手术的反思，还有对未来何去何从的迷茫……

雷嫣越来越难以承受身心不一的沉重，她想到了离开，离开人群，回到孤独中去。

钟正操的教唆让她最终下了决心，其实严格说起来，钟正操还算不上教唆，而应该说是点拨，因为雷嫣的心里一直有报答我和冯哥的渴望。此前一直没有下决心离职，是还想不出如何报答。如果离职了，消失了，她将如何报答我们？她会一辈子内疚。钟正操的设想让她有豁然开朗之感，于是接纳了他的计谋。至于会不会被抓，不是她要考虑的问题，也许进牢里了，对她也是另一种解脱。她倒是担心连累我和冯哥，一度犹豫，几番考虑，觉得钟正操的计谋应该是万全之策，于是才有了这极度雷人的举动。

"我走了，永远消失在人海中，消失在世上，别问我去了哪里，也许我会活着，也许我会葬身海底，我不知道。不要找我。"在信中，雷嫣向我们告别。

我急忙拨打快递信封上留的电话，竟然是空号；接着又乘大巴赶去快递上写的一个外省城市的地址，也是假地址。

我感到伤感，又一个好朋友从身边离去了，前一个是悠悠，接着是"王大神"、"罗战神"、钟正操,现在是雷嫣,难道我命里克朋友?还好,我还有个冯哥,他是不会离去的,他上有老下有小,中间有老婆,他即便想离去也走不了。这么想着,我心中略感安慰。

54 钟正操栽了

网上有不少这样的案例,当然这些案例都是窃款人被抓的案例,钟正操看到这些人被抓并没有感到害怕、放弃,反而津津有味地分析这些人为什么会失败被抓

世上的事有时真是诡异,一心想发财的钟正操,真就遇上了发财的机会。一天,他独自一人百无聊赖地在街上闲逛时,突然肩膀被人轻轻拍了一下。估计不少人都有过这样的经历,走在街上,有个男子悄悄靠近你,低声问:"要手机吗?要金表吗?"甚至还有人问:"要真枪吗?"

钟正操扭头一看,是一个中年猥琐男,凑近他耳朵悄声问:"要读卡器吗?能复制别人的银行卡。"钟正操心里一动。他当记者的时候,就从本报看到过相关报道,某人复制他人的卡号并盗取密码,取走多少钱最后又被判了多少年。那时候他还 身正气,没把这种事当作发财"信息",看过就忘了。不想今天这种生意送上门了。其实这种读卡器在网上就有人卖,只不过他从未想到以这个做生意。

虽然北海之行让他身无分文,但钟正操发财之心丝毫未改,仍想重返北海的传销窝,前几天他骗父母说想买房,叫父母汇来了四万元,打算找到上线就动身。如今一个发财机会从天而降,他想不动心都不行。他上下打量了中年男子一番,装出不屑的神态,"能复制别人的银行卡有什么用,还要有密码才

行，密码又不能复制。"

"我这设备是全套的，能让你复制卡里资料，当然也能让你得到密码。"

"怎么得？绑架卡主吗？"

"你跟我来，我教你。"

中年猥琐男带他去一茶庄，要了间包厢，之后拿出设备，详细教他操作，让他掌握了整套流程，钟正操最终下了决心，他取出一万元，买下了一套读卡器和操作软件。

钟正操满怀激动，奔向一台柜员机，然而站在机前，他却感到为难了。把那个跟插卡口很像的读卡器套在柜员机插卡口上倒不难，难点还是在如何获取人家的密码。那个中年男子所教的获取密码方式，是在柜员机上方暗装摄像针头，可已经落伍了，因为如今几乎所有柜员机都在数字键上装了盖，就是装一百个摄像针头都没用，根本拍不到储户摁的是什么号码。他以前怎么就没留意这点呢？上了那个中年猥琐男的当。

钟正操转了半座城市，都无从下手。他想到去乡镇试试，但一想乡镇的储户大多是农民，卡里也就几百几千的，又觉得没劲，耗那个神干嘛，还是在市里干，虽然难弄，也许弄到一单就能得几十万、几百万。

一天，钟正操转到了五一路的吉都银行储蓄所，他突然想到雷嫣。对呀！她在银行工作，而且又是计算机高手，获取别人的银行卡资料和密码，应该是易如反掌。真是"柳暗花明又一村"，他兴奋了。

可是如何使雷嫣为我所用呢？这让钟正操感到难办，他看得出，雷嫣不是贪财的人，以"共同发财"来诱惑他，不会奏效。难办虽然难办，但也只有这一条路可走了，他想一定得在雷嫣身上找到突破口。

于是钟正操背着我们找雷嫣玩，通过几次接触聊天，钟正操发现，雷恩对我和冯哥有很强的负疚心理，想报答我们却又不知如何报答。钟正操意识到他拿住雷嫣的脉了。

在其后的多次与雷嫣聊天中，钟正操故意大谈特谈我和冯哥的困顿，强化雷嫣的负疚感，他说："雷嫣，你现在有了条件，为什么不帮帮他们呢？"

"我有什么条件？"

"你有了一份收入高的工作啊。"

"我才参加工作不久，也拿不出多少钱来帮他们。"

"我认为你能拿得出钱。"

雷嫣不解地望着钟正操，钟说：

"你弄几个储户的账号、密码给我，我有办法取出钱来，你就有钱报答他们了。"

"这可不是闹着玩的。弄银行的钱，找死呀。"

"没事，我想出了安全的办法。"

钟正操说出了他反复思考出来的自认为万无一失的方案，雷嫣思考了几天，觉得钟正操说的办法应该是安全的，最终同意了。值班时，她偷偷查阅储户的资料，寻找适合对象，当看到某账号有九百万的巨款而且五年多时间都没有过交易，又没有设置短信提示，不由上心了。

她想，谁会这么有钱呢？九百万竟然五年都不动一分一毫，房地产商都做不到啊。对于做生意的人来说，即使身家过亿，手上其实是没有多少现金的，即使有巨额现金，也会时时处于流动状态，以获取更多利润，而不会让它躺在银行睡大觉。有九百万巨款五年都不运转，估计这人不是脑残了，就是死亡了。从户主的身份材料看，他的住址居然是某个村庄，更是诡异。搜索这人的情况，发现他在吉都银行只这一个账户。

她认定，这肯定是哪个贪官存下的钱，否则不会五年都不动一下，说不定这个贪官已进牢里去了（比如那个受贿的周副市长），不会取它了；即使他没有坐牢，她取了它，谅他也不敢吭一声。她毫不费神就破译了这个账号的密码。

把密码告诉钟正操时，雷嫣说："账户的资料复制到这张卡后，你各转三百万进这两个卡上，之后三张卡都交给我，否则我马上冻结账户。"她递给钟正操一张空卡和两张废卡，废卡是她值班时储户把钱取完后，由她销户的，她没有销掉，私藏了起来。

"雷嫣，你放心，我绝不会忘恩负义的。力波和冯哥也是我的好朋友。"钟正操说。

拿到密码后，钟正操经过一番操作，把九百多万元复制到了空卡上。他各转了三百万元进另两张卡，一并交给雷嫣，由她以发红包的形式给了我们。

雷嫣为什么说用这些钱很安全?

为想出万无一失的方案，钟正操不仅绞尽脑汁思考，还上网查找相似案例，汲取人家的经验教训。网上有不少这样的案例，当然这些案例都是窃款人被抓的案例，钟正操看到这些人被抓并没有感到害怕、放弃，反而津津有味地分析这些人为什么会失败被抓，他看出这些人失败，就在于自己亲自取钱或刷卡消费，留下了痕迹。如果叫一个陌生人帮取钱，就安全了。

表面上看，钟正操想出的方案确是万无一失的。第一，储户几年没使用过这个账号，可以肯定之后一段时间他也不会使用，不会有人报案；第二，原卡里的钱是用复制卡套走的，不会有人怀疑是银行内部人员作案；第三，即使事情暴露了，银行追查，也只能找出资金流向了哪个账户，可是只要一取现，账户链就断了；第四，虽说取款窗口有摄像头，但不是自己取的，拍到了取款人也没用；第五，代取款的人不知道他是谁，警方或银行从陌生人身上找不到他的下落。这确实安全，要不，懂业务的雷嫣不会认可。

然而，钟正操太想把这笔巨款，实实在在地变成自己的钱，他太怕夜长梦多，万一这个储户一觉醒来，突然想起这笔钱，想用一下这笔钱，一查，钱少了六百万，他即使不敢去报案，也会找银行交涉，银行追查钱的去向，一查就能查到钱流向了哪些账户，甚至首先就把账户冻结了。他得赶快变现。

复制了卡后，钟正操马上物色合适的陌生人，这不难，世间有着大把想挣钱的、失业下岗的人。半个小时他就找到了一个，是在求职网找到的。

此人名叫谢田风，四十八岁，十五年前就下岗了，为混口饭吃，什么苦活脏活累活都干过，从他满脸皱纹就可看出历经坎坷。

与谢田风见面之前，他特意化了妆，把头发染成灰白色，贴了假胡子，戴了副黑边眼镜，看上去是一个中年男人形象，一个大老板形象。他给自己取了个化名，叫杜文韬。

见面地点是在一家五星级宾馆客房，钟正操对谢田风说："我是广州人，姓杜，刚到吉都，要取一笔款做生意，因为钱有点多，想请个人协助，不知谢师傅愿不愿？"谢师傅有些犹豫，钟正操又说："你协助我把钱取出来就行了，我付给你二万元报酬。"

钟正操从包里拿出了二万元现金。谢师傅犹豫，是以为杜老板要他当保镖，在他取钱时保护他、为他提钱箱，未免有些害怕。前一阵子外地一家银行门口就发生过命案，一老板带保镖去银行取钱，当保镖把取出的二十万现金拿去停在银行门口的车上放时，就在车边，被歹徒一枪毙命，钱也被抢走。他上有老下有小，中间还有老婆要养，可做不了危险活儿。当听到活儿并不危险，还能得二万元，立马同意了，"杜老板，只要你信得过我，上刀山下火海我都干。"

"好，爽快！为表示我的诚意，谢师傅，这二万元酬金我先给你。"钟正操把钱塞给了谢师傅。

钟正操带着谢师傅打的前往吉都银行光明路储蓄所，他叫谢师傅以自己的名字先立个账户，将他给的二万元存进去。之后钟正操拿了谢师傅的卡，到柜员机前，把复制卡里面的三百一十万元转进了谢师傅的账户上。

两人又转去另一家储蓄所，钟正操叫谢师傅开始取钱。

一路上，钟正操一直都在思考如何与谢师傅保持最佳距离。绝不能与谢师傅挨得太近了，否则谢师傅一旦被抓，他也逃不掉；但是，与谢师傅离得太远了，又无从监控他了。是的，必须监控，毕竟不是取一千两千哪，毕竟他对谢师傅一无所知，如果谢师傅见巨款起歹意，取了钱就跑，他不是帮人家做好事么？一定不能离得太远，要处于万一他逃跑时能追得上他、抓住他的位置。

他想出的办法是，就站在营业厅的大门外，透过窗户观察谢师傅的言行，没人会看出他有什么不对劲儿的。如果谢师傅出事，银行保安只要一围住谢师傅，他立马一闪了之。而谢师傅成功取钱后，走出大门，他马上就接过他的钱袋。

　　谢师傅按照他的吩咐，在这里取出了十九万（银行规定取二十万元以上要提前预约）。两人马不停蹄，前往别的营业所，继续取钱。一个上午，他取出了一百五十多万。中午，他们就在路边店匆匆吃了份快餐，再接着干。

　　在取最后十九万时，钟正操又遇上了诡异的事，他内急了，是大便。俗话说，人有三急，其中一急就是内急，它和生孩子一样，是拖不得的。钟正操早上起来后就一直没上厕所，渐渐也顶不住了。钟正操极力忍住，他打电话给谢师傅，问忙得怎么样了，谢师傅说钱已取出来了，营业员正数钞，估计还有五、六分钟。本来他想叫谢师傅暂停的，事已至此，也罢。他想，前十多次都平安无事，这次应该也没问题吧，即使谢师傅发现他不在门口，拿着这次的十九万逃了，他也还得了二百八十多万。他急忙冲进大厅里的卫生间。

　　钟正操没有料到，银行有一个资金流向监测系统——其实应该说是雷嬷不知道，要是知道了，一定会告诫钟正操的，此时系统监测到谢田风的账户一天里转进了三百一十万，接着同一天又分多次取现二百八十多万，很不正常。营业所领导接到监测报告，马上派保安控制了谢师傅。

　　"你为什么一天取二百八十多万，用来做什么？"

　　钟正操没有告诉他这些，他回答不出，只好说是帮人取的。

　　"那个人呢？"

　　谢师傅指指大门口，银行保安冲向大门口，但不见人。这时，钟正操拉完大便，心满意足、一身轻松地出来了，谢师傅看到了，朝他指了指，保安迅速将钟正操控制。钟正操卑劣的偷钱行动，跟汪精卫早年壮烈的暗杀行动一样，很不巧地被一泡屎搅黄了。

　　钟正操落网后，还算仗义，没有供出我和冯哥，一直咬定另两张卡在雷嬷手上。银行马上把我和冯哥手里两张卡里的钱划了回去，把账号冻结了，我和冯哥的心也放下了，不再担心哪一天贪念上头，或喝醉了酒，冒冒失失地去取这些钱，那就坏了。

　　既然钱已全部追回，雷嬷又失踪，警方没再穷追，在公安内网发了个对雷嬷的通缉令而告一段落。

过年前一个乍暖的傍晚，我和冯哥相约到秋江大道散步。一路上，我们几乎没有说话，只慢慢地走，看人来人往，看天边的彩霞。今天天气晴朗，彩霞满天，煞是迷人。天气好，出来玩的人也多，人行道上、河边都挤满了人。走到一个供人游玩的小码头，我们下了岸，走向河的浅水区。我们各自掏出雷嫣给的卡，轻轻地扔进了江中，看着它们像鱼儿一般，在河面上闪了几下，沉入了水底。我们相视而笑，苦涩的笑。

"不晓得雷嫣现在在哪里，过得好不好。"冯哥说。

"挺想念她的。"我说。

"周记者，前几天我终于打听到了雷恩母亲的下落。"

"是嘛，在哪儿？"

"被雷德送回北京了，雷德在北京给她买了房子。"

"难怪三年了都不见她出现。这样也好，她终于回北京了，再也无憾。"

我又骑上电动车，踏上了继续寻找悠悠的路。我心里有预感，悠悠十有八九离开了这座城市，但在她没现身之前，我就要不停地寻找她。

55 我和悠悠的结局

现在的人都焦躁不安，一身戾气，容易走极端。现实生活中发生过太多恋爱暴力事件，一对情侣分手了，男的依然对女孩死缠烂打，可女孩又不懂得保护自己，结果有的被泼硫酸毁容，有的被砍成重伤，有的甚至丢了命。如果这些女孩玩消失，把手机换了，去了别的城市，就安全了。

大年三十这天下午，我回了老家天南县。

父亲见我一个人回来，脱口就问："怎么没带悠悠回来？"我没好声气地说："人家不回自己家过年呀，人家又还没嫁给我。"

父亲像说错话的孩子，涎着脸笑了笑。

不过父亲的话倒提醒了我，我想，悠悠即使回避我，也回避不了她父母；即使去了别的城市，过年也得回老家，于是我打电话到葛老师家里，一来向他拜年，二来问问悠悠回来了没有。

"悠悠没回来，这孩子，唉。"葛老师叹气。电话这边，我也跟着叹气。

春节，街上人声鼎沸，如瀑布一般传进我家里，传进我耳朵，但我一点看热闹的心情都没有，我虽然被吵醒了，一直躺在被窝里，直到中午才起来。

一连几天都是这样，很赖床，即使醒了，也不起床，闭着眼睛，回忆和悠悠在一起的快乐时光；有时我也在想，还有什么办法能找到悠悠的下落。

我还是又想出了一个办法，说实话，这个办法很绝很惨烈。一个男人如果不是怀着对一个女孩深切的爱，肯定采用不了这个办法。这个办法就是，去悠悠的小镇守候，永远地守候。

我不相信用这个办法见不到悠悠，你春节不回来，清明节回不回？端午节回不回？中秋节你回不回？再下一个春节你回不回？等你结婚时回不回？当然，她要是结婚了，我待在小镇上也就没意义了。如果她回来的时候，是带着男朋友或者老公回来的，这一天，将是我离开小镇之日。

悠悠，你是我的身体之心脏，眼睛之角膜，同时也是我的精神寄托，我的灵魂家园。悠——悠，舌尖稍为向前卷，同时嘴唇微噘，再把气送出，做两次，悠——悠。

初五这天，我踏上了北上火车。

过年这五天，我没再打电话给葛老师问悠悠回了没有。她若回来了，我今天去，一样可以见到她，所以没有再打电话的必要了，而且，如果悠悠回来了，葛老师一定会偷偷打电话告诉我的，我用不着多此一举。

我的突然到来，让葛老师夫妇惊讶不已，葛老师说："小周，我理解你的心情，但你这样纠缠可不好，影响我们正常生活。"

"葛叔,对不起,打扰你了。我只看看悠悠回来了没有,一会儿就走。"

"我不是说过,悠悠回来了,我会告诉你的。"

"是的,是的。"

交谈中,我向葛老师坦陈了与悠悠分手的真实原因,葛老师脸色平和了,他没有责备我,反而称赞我是个有大爱的人,是个有理想的青年。我内心暗笑一声,想不愧是当老师的,最爱把一件事上纲上线。我知道我是个什么人,但我也没有对葛老师的夸奖推辞。

葛老师叹气说:"悠悠这孩子,要分手就平平和和分手呗,玩什么消失,害得你为她担心,我们做父母的也担心。"

"悠悠这样做我理解。现在的人都焦躁不安,一身戾气,容易走极端。现实生活中发生过太多恋爱暴力事件,一对情侣分手了,男的依然对女孩死缠烂打,可女孩又不懂得保护自己,结果有的被泼硫酸毁容,有的被砍成重伤,有的甚至丧了命。如果这些女孩玩消失,把手机换了,去了别的城市,就安全了。"

"我们相信你,不会做出格的事。"

我笑说:"葛叔,谢谢你,但你还是不要相信我为好,让我自己证明我自己。"

夜深了,葛老师要留我在家里住宿,我拒绝了,说不想影响叔叔阿姨的正常生活,住旅馆好点。葛老师有些不好意思,说刚才那句话只是说着玩的,不要介意。

我在镇上找到了一家小旅馆。房间没有奢华的装饰,十分简朴,还算整洁。床是架子床,硬梆梆的;被单很干净,看不到污迹。我本就是小县城出来的人,对住宿条件不讲究,顺眼就行。

虽然没有见到悠悠,但我的心变得踏实了,躺下不久,我就进入了梦乡。晚上我做了很多个梦,都是梦见和悠悠在一起。我梦见和悠悠骑着我的电动车,行走在街上,奇怪的是,大街上竟没有一个人,我们越骑越快,比摩托车还快,我感觉电动车飞了起来;我梦见和悠悠一起在海边游泳,我们在水里互朝对方泼水，为让水泼到对方身上更多，我们越走越近，最后拥抱在一起，沉入水底……

早上醒来时，我发现自己面颊有两道泪痕。

洗漱后，我上街吃早点。小镇很小，只有一条商业街，街很古老，很多是民国以前建的房子，挂满烟尘，许多铺面尚未开门。路是石板路，石块表面黝黑，同样也是年深月久了。行人不多，稀稀拉拉是些去村外洗衣、洗菜的妇女和边吃包子、油条边赶路的学生，时不时有只小猫、小狗小跑着出现在街角，又消失在另一个街角。多么安宁恬静的小镇！没有喧嚣，没有浮躁，没有紧张。也许你会说，它是一座没有生机的小镇，以致人们都外出打工、谋生了。这种说法也对，看个人以什么眼光来看。当你饱受大都市的喧哗，饱受大都市的挤压，饱受工作的压力，饱受快节奏的驱赶，饱受缺钱的烦恼，饱受人与人之间的倾轧与冷漠，我相信你就不会这样看了。

我走进一家米粉店，要了一碗米粉，它也给我一种纯朴的感觉。它没有吉都市米粉那种与顾客的疏离感，它让你感觉和这家人亲近。店面的后间就是店家住所，可以看到后院晾晒的衣服，让你觉得不是进了一家店，而是来到了一户农家。店里的碗是那种表面粗糙的家用碗，筷子也是家用的筷子，所用的油也是这家杀了自养猪炼出来的，绝非地沟油。挑一筷粉条送进嘴里，那份香爽和醇厚，无法用语言描绘，只能说从来没感受过。

吃过早点，我不知道该做什么，便在镇上瞎逛，没走几分钟，就出了街，来到了田畴上，一片鲜黄的油菜花映入眼帘。我走进田里，尽情地吸着冷空气里的花香。花香沁人心脾，让人沉醉。我沿着田埂走，看到远方有一座大坝，我又走向大坝。

大坝后面是个小水库，水面青幽幽的，宁静得像一面镜子，四周的山上亦是万籁俱寂，时间、空间都像是在这里停止了。我在水线处坐下来，望着水面发呆，我的心感到从未有过的宁静。

我每天就这样，在小镇上、小镇郊野转来转去。

一天中午，葛老师上街买东西，看到了我，很是吃惊，问："小周，你怎么还没走呀？"

我说："葛叔，我想了想，决定等悠悠回来。"

"你不要犯傻了，悠悠什么时候回来，谁也不知道，你要等多久？"

"她什么时候回来，我就等到什么时候。"

"她回来了，我一定打电话告诉你，放心吧，别窝在这里浪费时间。"

"我觉得还是在镇上等她更好些。"

葛老师感动了，极力邀我去他家住，不管我愿不愿意，拽住我的手，硬拉回家里。阿姨说："悠悠没回来，你就住她的房间吧。"

悠悠的房间里布置很简单，一个小衣柜，一个小书架，一张小书桌，一张小靠椅，还有一张小床，典型的学生房。房间里飘着一股淡淡的清香，不是化妆品的香味，是悠悠的体香留下来的。这种清香我最熟悉不过了，满屋的清香给了我亲切感，仿佛悠悠也在房间里。

为了不让叔叔阿姨对我厌烦，把我当累赘，我主动揽家务做，又是拖地，又是擦窗户玻璃；每吃罢饭，我都抢着洗碗。叔叔阿姨在学校围墙边开了几垅旱地，种点蔬菜，我知道了，背上铁锹、锄头，把空置的地翻了一遍，又跟着阿姨学种菜秧。

通过这些劳动，叔叔阿姨显然对我亲热了许多，比如不再客气地叫我"小周"了，改称"阿波"，显然他们已把我当半个女婿或半个儿子看待了，我感到高兴，这正是我期待的。

春季学期开学这天中午，葛老师回家后，对我说："学校有几个老师辞职走了，其中有个是数学老师，学校一下子招不来人，我记得你不是数学系毕业的吗？可不可以帮我们上上课？不过只能是当代课老师哦，工资很低的。"

我想了想，同意了。

我想的是，整天、整月地在街上闲逛，实在是太无聊了，这样下去，最终肯定熬不住而打退堂鼓。得找点事做，可是小镇上有多少事做呢？如果有事做，小镇上年轻人也不会差不多都外出打工去了。现在，有份当老师的工作摆在面前，简直就是讨饭遇着天上掉饭团啊。虽然工资低，我又不是来求职的，何必在乎。我在小镇上只花不进，熬下去，终有一天会弹尽粮绝，不想回去也得收兵，现在能当代课老师，正好补上供给。

我叫葛老师帮我找来了课本，我教的是初一。初一的数学对我来说，小菜一碟，但为教得更好，我还是认真备了课。上第一节课时，学校安排了五名老师来旁听，显然是要考察我。我镇定自若，一点不怯场，口若悬河，很少看备课本，五位老师听得频频点头。

第二天，学校便通知我，聘请我做代课老师，但鉴于上级已要求不得再请代课老师，学校称我为招聘教师。

我日日忙于上课（每天都要上三节课），守候悠悠的心渐渐淡了下来，不想，六一儿童节这天悠悠回来了。

真是太有喜感了，她竟然选择儿童节回家探亲。是不是她估计我在传统民俗节日会跑来家里寻她，所以选了个只有儿童过的节日回来，这样我肯定不会来。她怎么也想不到我会在她家里住下来。

那是下午，我刚上完课回家。葛叔上课去了，阿姨上菜地忙去了，只有我一个人在家。我正在拖地，她一进屋，看到我，顿时惊呆了，变木了，就像被定了格、被点了穴。过了几分钟，她才恢复正常，放下箱包，杏眼圆睁，指着我说："你怎么在我家里？你竟然跑到我家里来？！"

"你老不回来，你爸妈他们多孤单啊，所以我就搬过来了，替你好好照顾二老。"我乐呵呵地说。

"不需要！"

"需要，太需要了。"

"现在我回来了，我父母有人照顾了，你可以走了。"

"多一个人照顾，不是更好吗，即使叔叔、阿姨不需要我照顾了，我也可以照顾你呀。"

"我还没到那么老，不需要任何人照顾。"

"我不是把你当老人照顾，我要把你当宝来照顾。"

我一边说着一边走过去，将悠悠搂进怀里，悠悠没有反抗，任我紧紧地搂着她，任我温柔地亲吻她。接着她哭了，她说："你为什么要来我家呀，我都快把你忘记了。为了躲避你，我换了手机号码，去了广州，可还是躲不掉你……"

"悠悠，不要躲我了，我们就在镇上留下来。我已经找到了一份教数学课的工作，你也可以到小学或者初中当英语老师。悠悠，好不好？"